신현득의
동시세계

신정아 ● 1982년 서울에서 출생했다. 단국대 문예창작과를 졸업하고 대학원에서 아동문학전공으로 박사학위를 받았다. 2012년『월간문학』신인작품상에 동시가 당선되었으며, 동시집『사탕, 과자 쉬어버리면 어쩌죠?』를 펴냈다. 주요논문으로「신현득 동시 연구」,「동요의 문학성에 따른 어린이 수용양상과 교육적 함의」,「소천 시 연구 – 생태주의 낙원으로의 초대」,「강소천 동화의 아동상과 교육관 – '꾸러기'를 중심으로」등이 있으며, 평론「유아동시의 변모 양상과 재평가의 필요성」을 발표했다. 현재 아동문학전문지『아동문학사상』과『어린이책이야기』에서 기획편집위원으로 활동하고 있으며, 단국대 · 명지전문대에서 아동문학을 강의하고 있다.

아동청소년문학총서 08

신현득의 동시세계

2015년 4월 27일 1판 1쇄 인쇄 / 2015년 5월 11일 1판 1쇄 발행

지은이 신정아 / 펴낸이 임은주
펴낸곳 도서출판 청동거울 / 출판등록 1998년 5월 14일 제406-2011-000051호
주소 (413-756) 경기도 파주시 문발동 파주출판도시 534-4 301호
전화 031) 955-1816(관리부) 031) 955-1817(편집부) · 팩스 031) 955-1819
전자우편 cheong1998@hanmail.net / 네이버블로그 청동거울출판사

책임편집 김은선
출력 칼라리스 / 인쇄 세진피앤피 / 제책 경원문화사

ISBN 978-89-5749-171-3 (93800)

이 도서의 국립중앙도서관 출판시도서목록(CIP)은 서지정보유통지원시스템 홈페이지
(http://seoji.nl.go.kr)와 국가자료공동목록시스템(http://www.nl.go.kr/kolisnet)에서
이용하실 수 있습니다. (CIP제어번호:2015012283)

아동청소년문학총서 08

신현득의 동시세계

신정아 지음

 청동거울

　대학원 박사과정에 있을 때다. 가정적으로는 두 살, 세 살 연년생을 키우느라 무척 힘이 들었다. 그나마 나에게 위안을 주었던 것이 아이들 재롱에서 떠오르는 시상이었다. 문예창작학과에서 시를 전공하고 있었는데, 아이들을 키우면서부터는 동시가 써졌다. 그냥 아이들 생활은 시였다. 전공을 아동문학으로 바꿀 정도로 나는 점점 아동문학에 매료되어갔다. 당시 김용희, 박상재, 선안나, 이동렬 선생의 강의를 들었다. 그전까지는 학부 때 강정규, 신현득 선생으로부터 한 학기 아동문학 강의를 들은 것이 전부였다.

　아동문학을 본격적으로 공부해 봐야겠다는 생각이 들었다. 일단 혼자서 아동문학을 공부해 보기로 했다. 동시 이론서를 닥치는 대로 사서 읽었다. 그래도 막상 실제 창작에 맞닥뜨리니 막막했다. "좋은 작품을 쓰려면 좋은 작품을 많이 읽어야 한다"는 귀에 못이 박히도록 들은 강의 말씀을 잊은 채 이론서에만 집착하고 있었던 때문이었다.

　다시 해방 전후 시기부터 현대에 이르기까지 훌륭하다는 동시집을 선별해 읽었다. 이 작업은 한국 동시문학의 초석을 닦은 윤석중, 강소천, 이원수 등의 작품을 읽는 것에서부터 시작되었다. 현대에 이르기까지 수많은 작품을 접하면서 신현득 동시에 주목하게 된 것은, 그가 해방 전후 동시와 현대 동시의 맥을 잇는 중심에 서 있다는 판단 때문이었다.

　박사논문을 준비 중이던 내게 신현득 선생의 동시를 심도 있게 연구해 봐야겠다는 의지가 생겼다. 신현득 동시를 꿰뚫는 분석을 함으로써, 한편으로 나의 창작 방향이 바르게 자리 잡을 것이라는 기대를 한 것도 사실이다. 그러나 1959년 조선일보 신춘문예에 「문구멍」이 입선돼 줄곧 동시시인의 길을 걸어온 신현득 선생의 55년 시력을 내가 과연 논문에 다 담아낼 수 있을까, 하는 걱정이 먼저 앞섰다. 그리고 서른 권 가까이 되는 동시집을 찾아 읽으면서 그가 왜 시인이 될 수밖에 없었는지를 먼저 발견했다. 바로 조국과 민족을 위하고, 어린이를 너무 사랑하기 때문이었다. 아동문학가로서 당연한 것 같지만, 그의 작품 전체를 읽어 보면, 그것을 소름이 돋을 정도로 강하게 느끼게 된다.

연구를 하기 직전까지 신현득 선생에 관한 나의 인식은 동시를 잘 쓰는 분이라는 것이 전부였다. 알고 보니 선생은 동시의 천재였다. 선생은 주위의 모든 것을 동시의 테두리 안에서 소화할 수 있는 시인이었다.

논문을 쓰기 시작하면서 선생이 작품 창작 외에도 한국의 아동문학을 위해 얼마나 많은 일을 했는지 알 수 있었다. 자료를 찾아보니 신현득 선생에 관한 선행연구는 적지 않았으나, 단편적인 연구들이 대부분이었다. 일단 아동문학 연구자가 희소한 처지에 있는 것이 첫 번째 이유일 것이다. 그럼에도 불구하고 반세기가 넘도록 아동문학에 매진해온 선생의 작품세계와 의식체계를 한번쯤 정리해야 할 시점에 온 것으로 보였다. 이 적절한 시점에 나의 연구가 작게나마 도움이 되길 바라는 마음이었다.

한국 아동문학의 역사에서 신현득 선생의 삶과 그의 작품은 중요한 위치를 차지한다. 일상의 사물이나 자연의 동식물과 나누는 동심의 대화, 한국 민족사의 시공간으로의 거침없는 여행, 통일에 대한 뜨거운 열망의 의지, 지구에서 우주로 확장해 가는 광활한 상상력 등 실험적인 시 세계를 보여준다. 또한 독자를 떠난 작품으로 동시를 위축시켰던 난해시를 극복하고 「동요문학선언」을 통해 아동문학인들에게 "동요로 돌아가라"며 동요보급운동을 편 주역이기도 하다. 그는 동시문학 발전과 아동문학 전체에 지대한 영향을 미쳤다.

본서는 신현득의 동시 전반을 살펴보고, 이어 선생의 동요의식체계와 역사참여문학을 분석한 글을 보론으로 첨부했다. 이들을 함께 책으로 엮는 것을 고민했으나, 신현득 동시와 동요시, 그리고 역사참여문학은 창작에 있어 서로 긴밀한 연관성을 갖고 있으므로 총체적으로 다루는 게 나을 것이라는 판단을 했다.

학위논문을 쓸 때 몇 번이나 주저앉고 싶은 마음을 다잡아주신 김수복 교수님, 심사과정에서 조언을 주신 박상재 교수님과 이상호 교수님께 감사드린다.

논문 주제로 고민하고 있을 때, 선뜻 신현득 선생의 「동요선언문」을 토대로 그의 동요론을 분석해 보라고 말씀해 주신 박덕규 교수님께 감사드린다. 덕분에 좋은 결과를 낳았다. 단국대학교 대학신문 지면에 신현득 선생 관련의 기사를 낼 기회를 주셔서 본서의 겉표지가 되었다. 더욱 감사하다. 항상 격려를 아끼지 않으시는 강상대 교수님, 최수웅 교수님께도 감사드린다. 그리고 평론을 써보라며 힘을 북돋아주고, 많은 가르침을 주신 김용회, 최명표 교수님께도 감사드린다.

무엇보다 어떠한 상황에서도 나를 다독여준 가족들에게 고맙다는 인사를 꼭 하고 싶다. 책을 내 준 조태봉 사장님께도 감사의 마음을 표한다.

본 연구가 한국아동문학과 역사를 함께해 온 신현득 선생의 기본 자료로서 가치 있게 쓰였으면 한다. 앞으로도 아동문학 연구에 있어 작은 역량이나마 일조해 보리라 마음을 다잡아본다.

2015년 봄
신정아

| 차 례 |

신현득의 동시세계

제1장

신현득과 동시문학

1. 동시인 신현득

　신현득은 1959년 조선일보 신춘문예에 「문구멍」이 가작으로 입선되어 등단한다. 그는 등단 초기인 1960년대부터 비슷한 시기에 등단한 여러 시인들과 함께 '동시도 시다'라는 명제를 창작현실에서 가장 뚜렷이 실천해왔다. 그의 동시는 이전 동시의 문제점으로 지적된 소위 '동심천사주의'와 정형성의 한계를 극복해온 대표적인 작품으로 이해되고 있다. 또한 삶의 현실과 밀착된 언어와 상상력으로 기존 동시가 지닌 교시적인 표현과 규격화된 동심 세계의 한계를 극복한 그의 동시는 한국 동시문학사를 한 단계 성숙하게 한 것으로 평가된다.

　1960년대까지 한국 동시는 특히 두 가지 면에서 한계를 보여주었다. 첫째, 지나치게 자연의 정태적 풍경만을 재현함으로써 어린이들의 진솔한 정서를 드러내지 못하고 있었다. 둘째, 7·5조나 4·4조 등 정형률에 의존해 감정과 정서를 자유롭고 다채롭게 드러내는 형식을 만들어내지 못했다.

　1958년 박화목이 어느 한 일간지 칼럼에 발표한 '동시도 시여야 한

신현득 시인

다'는 주장은 당시 동시의 이런 한계에 대한 확실한 자각이었다.[1] 신현득은 누구보다 이 자각에 충실했다. 그는 여태까지 글감이 되어왔던 교실, 가정, 자연의 소재에서 과감히 벗어나 역사와 우주 등 스케일이 큰 소재들을 작품에 다루었다. 박경용은 그의 시가 "내용면에서 일찍이 그 누구도 감히 실험해 보지 못했던 미답의 세계였다는 것과, 독보적인 표현의 길을 열어 놓은 점"[2] 등을 신현득의 중요한 성과라 말한다.

이 시기 신현득의 시는 형식적인 면에서 특히 주목할 만한 세계를 펼쳐보였다. 기존 정형 동시의 틀을 해체한 것이다. 그는 동시 그 자체가 지니고 있는 시적 이미지의 유한성을 동화세계와 융합하는 성취를 가져왔다. 동시의 범주에서 새롭게 애용되는 이야기성의 수용이나 대화기법 등 다양한 형식실험이 이때부터 자연스럽게 발휘되었다.[3]

'동시도 시여야 한다'는 전제 아래 다양한 소재와 주제의 동시가 발표된 1970년대는 현대시의 모더니즘 기법이 동원되면서 이른바 '난해동시'가 나타났다. 모호하고 추상적인 시어가 남발되면서 어린이 독자들이 이해하기 힘든 동시가 옹호되는 분위기가 이어졌다. 이 무렵 신현득은 '시인의 시'가 아니라 '아동을 위한 시'가 되어야 한다는 주장 아래, 어린이들이 읽어서 이해가 되고 깨달음을 주는 시를 창작의 기본명제로

---

1 '동시도 시여야 한다'는 주장은 박화목이 1958년 한 일간지 칼럼에서 "동시야말로 시인이 가진 시세계를 단적으로 형상화할 수 있고 시정신을 표백할 수 있는 문학형"이라고 주장한 데 근원을 두고 있다. 박화목, 「동시와 시정신」, 《동아일보》1958년 12월 30일.
2 박경용, 「하도한 계곡을 품은 우람한 산」, 『시와 동화』 2001년 여름호, 47쪽.
3 이재철, 『한국아동문학사』, 일지사, 1978, 546~547쪽.

삼는다.

또한 이 시기의 동시는 다른 한편으로 불행한 현실은 덮어두고, 현실과 동떨어진 행복한 세계만을 보여주었다는 점에서 '동심천사주의'로 비판되기도 했다.[4] 이를 극복하기 위해 신현득은 리얼리티가 있는 소재를 작품에 끌어들인다. 그의 시는 불행한 현실을 인식하되, 그것을 극복해 나가려는 의지를 보여준다. 이 시기 신현득은 교육적 내용을 예술적으로 승화시킴으로써 교시성과 예술성의 갈등을 해소시킨 시인으로 평가된다.

1980년대에는 신현득이 이끈 한국동요문학동인회가 중심이 되어 동요시 운동이 새롭게 전개되었다. 그는 1981년 3월 「동요문학선언」[5]을 통해 "자유시로서의 동시가 차츰 난해성을 띠게 되고 아동에게 유리되는 기현상을 극복하기 위해서라도, 읽기에 부담이 적고 문학성을 지닌 훌륭한 동요가 많이 쓰여야 한다"며 아동 문학인들에게 동요로 돌아가자고 호소한다. 1960~1970년대 동시의 자유시화를 실천해온 그가 다시 동요보급운동을 펼친 것은, 난해성을 극복하고 '어린이를 위한 시'를 얻기 위해서였으며 단순하고 쉬운 시를 통해 어린이들과 친숙해지고자 함이었다.

또한 신현득은 "과거 동요들의 농경시대적인 주제에서 벗어나, 공업화·도시화에 맞는 작품이 많이 나와야 할 것"이라고 주장한다. 노래와 주제 면에서 현대 감각에 맞는 동요일 때 어린이들의 사랑을 받을 수 있

---

4 이오덕, 『시정신과 유희정신』, 창작과 비평사, 1977, 63~64쪽 참고.
5 "창작동요는 아동문학의 주류로서, 어린이들에게 시와 노래를 제공함으로써 식민지 어린이들에게 희망과 위안을 주어왔다. (…) 그러나 1960년대를 전후하여 어린이들에게 주는 시의 자유시화 경향으로 정형시로서의 동요가 쇠퇴하게 되었고, 이로 인해 어린이들은 건전히고 문학을 담은 노래에서 굶주리게 되어 그들의 정서에 막대한 손실을 가져왔다. 지금 우리 아동문학인은 여기에 아픈 책임을 느껴야 할 때다. (…) 자유시로서의 동시가 차츰 난해성을 띠게 되고 아동에게 유리되는 기현상을 극복하기 위해서라도, 읽기에 부담이 적고 문학성을 지닌 훌륭한 동요가 많이 쓰여야 한다는 것을 깨닫게 된다. 여기서 아동문학인에게 동요로 돌아가자는 호소를 하는 바이며, 비단 아동문학인 뿐 아니라 일반문학인과 교육자와 학부모가 함께하는 국민문학으로서의 동요쓰기 운동을 펴갈 것을 본 모임의 이름으로 밝히는 바이다." 신현득, 「동요문학선언」, 『한국 동요문학의 재조명』, 동요문학동인회, 1981. 3. 1, 18쪽.

다는 뜻이다.[6] 이 시기는 신현득이 유년시, 연작시, 환상시 등 동시의 영역을 확장시킨 때이기도 하다.

1990년대에는 다양한 주제를 다루면서 그 속에서 보편적인 동심을 발견할 수 있는 작품들을 창작하게 된다. 그는 "동시도 국민시에 포함되어야 한다."는 주장을 펼치기에 이르는데, 이것은 동시의 독자층이 다양해져야함은 물론, 동시와 시의 거리가 좁혀져야 한다는 것을 의미하기도 한다.[7] 2000년대에 이르러서는 아동문학의 영역이 확대되고 작가의 양식과 기법이 다양해지면서 작품은 더욱 다층적인 성격을 띤다. 이 또한 신현득의 작품이 시발점이 되어 수십 년 동안에 걸쳐 발전된 양상이라 말할 수 있겠다.

1960년대 이후 현재에 이르기까지 신현득은 한국 동시단에서 많은 영향을 주었다. 그는 본격 동시운동의 주역으로 1960년대 동시문학의 꽃을 피운다. 또한 동시가 동화보다 상대적으로 위축되려 했던 시기에, 난해시를 극복하고 동시의 이미지를 일반시의 수준으로 끌어올리는 데 공을 남겼다. 뿐만 아니라 아동문학인들에게 "동요로 돌아가자"며 동요시 보급운동을 편 주역으로서 동시가 문학으로서 대접받지 못한 시기를 외길로 지켜왔다. 일천오백 편이 넘는 많은 작품 활동으로 한국 동시문학 발전에 기여한 신현득, 전후 동시문학 흐름의 중심에는 항상 그가 버팀목이 되어 서 있었던 것이다.

신현득 동시에 대해서는 그의 문학사적 성과만큼이나 활발한 연구가 이루어져왔다. 그러나 아직까지 총체적이고 깊이 있는 연구가 이루어지지 않고 있다는 점이 문제로 제기된다. 이 논문은 신현득의 등단 이후 현재까지의 작업을 연대기적 변모 양상을 기반으로 하여 주제, 창작기

---

6 신현득, 「우리 동요 · 동시를 되살리자」, 『동아일보』, 1983. 5. 4.
7 신현득, 「나의 삶, 나의 문학」, 『아동문학세계』 2013년 가을호, 17쪽 참고.
 그는 국민시를 동시의 연장선이라고 말하며, 이것은 모더니즘을 통한 추상시가 아닌 작품의 난이도를 국민독자에 맞춘 투명한 시라고 주장한다.

법 등 다양한 측면에서 연구함으로써 신현득 시의 작품세계와 의의를 고찰하는 데 목적을 둔다.

2. 신현득 동시에 대한 논의들

신현득에 대해서 비교적 활발한 연구가 이루어져왔음에도 불구하고, 합동연구로 된 박사학위 논문 한 편을 제외하면 석사학위 세 편 정도가 있을 뿐이며 그 외에는 대부분 단편적인 평설류들이다. 물론 이러한 현상은 연구 대상인 당사자가 생존해 있기 때문이기도 하겠지만, 그렇다고 해도 아동문학사에 미친 그의 업적과 성과를 고려하면 그에 상응하지 못한다고 판단된다.

신현득 작품에 대한 본격적인 평가는 1978년 이재철의 『한국아동문학사』에서부터 시작된다. 그는 신현득의 작품 「빨갛고 예쁘고 달콤한 것이」를 인용하고, 완전한 내재율에 의해 절제된 리듬에 주목했다. 그는 이와 같은 시들이 동시가 '느끼는 문학'이어야 한다는 주장의 좋은 예가 되었다고 말하며, 종래의 언어감각으로는 상상할 수 없었던 새로운 언어감각의 혁신을 불러 왔다고 평하였다.[8] 또한 신현득의 동시가 섬세한 기교상의 효과나 형식미의 추구에 초점을 두지 않고 아동세계의 이해를 바탕으로 작가적 사상의 표현에 중점을 두고 있는 것이 특징이라 말하며, 1960년대 이후 쌓아온 신현득의 문학적 역량은 동시를 하나의 본격적인 문학 장르로 구축한 데서 확인된다고 평한다.[9]

이어 김용희는 신현득의 동시선집 『참새네 말 참새네 글』(1982)과 일곱 번째 동시집 『아버지 젖꼭지』(1987)를 중심으로 신현득 시세계의 흐

---

8 이재철, 같은 책, 543~544쪽.
9 이재철, 『한국아동문학연구』, 개문사, 1983, 136~137쪽.

름을 살피고 있다. 그는 순수한 자연의 세계에서 과거의 치욕스런 역사 인식, 그리고 나날이 달라져가는 현대의 삶에 이르기까지 그야말로 아이들에게 당면한 현실적 삶의 문제를 새롭게 모색하고 그가 지향하는 세계를 성실히 보여준다고 평한다.[10] 또한 신현득의 시세계는 진솔한 삶의 체험으로 이루어진 두 의식 속에 내밀히 형성되는데, 하나는 삶 체험의 진정성을 집단의 가장 기본 단위인 가족으로 수렴하는 내향화한 의식이고, 다른 하나는 역사와 민족이라는 큰 이상으로 지향해 가는 외향화한 의식이라고 논하고 있다. 결국 신현득의 시는 이처럼 두 의식의 상관성 속에 가족의 존재 의미를 새롭게 각인시키고, 역사와 민족으로 향해 더 높은 삶의 가치를 고양시킨 작품으로 정리된다.[11]

최지훈은 30여 년간에 걸친 작가의 문학세계를 전체적으로 살피고 있다. 그는 특히 민족의식과 역사의식이 배어 있는 작품에 주목하면서 신현득을 시적 서정성을 훌륭하게 성취하면서 주제를 명료하게 부각하는 데 성공한 최초의 동시인이라 평한다.[12]

최명표는 1987년에 발간된 동시집 『아버지 젖꼭지』를 평가하면서 특히 그의 '부성지향'에 주목했는데, 이때 신현득의 문학적 변모 양상을 시기별로 나누어 분석했다.[13] 여느 시인들이 과도할 정도로 여성 편향의 작품 생산에 관심을 기울이는 시단의 현실에서 "고군분투하며 아비의 진정한 모습을 되살리려고 힘쓰는 시인"이라고 신현득을 평가했다.[14] 신현득 동시에서 '아비 상실'과 '고아 의식'의 표정으로 드러나는 아버지

---

10 김용희, 「나날이 새로운 삶을 향한 모색」, 『아동문학평론』 1989년 봄호, 54~67쪽 참고.
11 김용희 엮음, 『옥중아, 너는 커서 뭐 할래』, 청동거울, 2000. 이 책은 신현득 시력 40주년을 기념해 김용희 등 연구자들이 신현득의 문학세계를 조명한 글을 모은 책이다. 이하 『옥중아』로 표기함.
12 최지훈, 「신현득론─옥중이의 겨레인식」, 『아동문학평론』 1991년 봄호, 28~42쪽 참고.
13 최명표, 「아비 없는 시대의 아비 찾기/신현득의 동시론」, 『한국아동문학』 1996년 봄호, 56~72쪽 참고.
14 최명표, 「건강하고 힘센 아비 찾기」, 『옥중아』, 165~166쪽.

의 노동현실이 묘사된다는 특징도 적절히 지적되고 있다.

이밖에도 신현득의 동시에서 '화해적이며 희망적인 세계관'[15]을 확인하거나, '자연과 하나 되는 아동을 통한 인간성 회복의 추구'[16]라는 주제를 발견한 예도 있다. 또한 '자연의 움직임을 노동행위'[17]로 보는 시선을 주목하기도 하고, 그로부터 '친환경 생태문학의 면모를 발견해내기도 했다.[18] 동심과 동화적 환상, 그리고 민족애 등에 관한 연구가 진행되기도 했다.[19]

한편, 노여심은 신현득 동시의 텍스트 분석을 통해 '동시의 교육성과 예술성의 문제' 및 '동시문학의 수용자와 창작 방향'에 대한 답을 찾는다.[20] 또 이성자는 의인형 은유를 비롯한 다양한 은유 형태를 고찰하며 신현득 시의 형식에 주목했다.[21]

살펴본바, 기존 연구 성과의 결과는 다음과 같다.

① 현실적 삶의 문제를 다룬 작품 연구로 '역사 참여' 시인임을 명백히 한 것
② 신현득의 문학에서 '아버지 상실' 문제를 제기한 것
③ 자연과 하나 되는 '화해적이고 희망적인 세계관'을 언급한 것

그런데 이러한 연구들은 단편적이라는 점에서 한계를 보인다. 특히 아버지의 노동현실을 '아버지 상실'과 '고아 의식'의 표정으로 다루며 훼손된 아버지상을 강조한 것은, '노동＝어쩔 수 없이 하는 것'이라고 본 일부 견해에 불과하다는 점에서 한계를 드러낸다. 또한 20세기 후반

---

15 선안나, 「어느 '대책 없는' 시인에 관한 보고서」, 『아동문학평론』 1997년 가을호, 317쪽.
16 황정현, 「자연과 동시의 변증법」, 『옥중아』, 129~134쪽 참고.
17 김현숙, 「노동한다, 고로 존재한다」, 『옥중아』, 218~221쪽 참고.
18 김진희, 「신현득 동시의 생태학적 상상력 연구」, 단국대 대학원 석사학위 논문, 2013.
19 전유경, 「신현득 동시연구」, 성신여대 대학원 석사학위 논문, 1997.
20 노여심, 『한국 동시문학의 창작방법』, 박이정, 2009.
21 이성자, 「신현득·전원범 동시의 은유형태 연구」, 광주대 대학원 석사학위 논문, 2001.

에 논의된 '화해적이고 희망적인 세계관'은 2000년대 이후 신현득의 시 편에서 그 범위가 확대된 양상을 보이므로, 연구의 범위가 협소하다는 한계점이 있다. 창작방법에 관한 연구에서도 작가의식에 기초한 창작방법에 대해서만 언급했을 뿐, 그의 전반적 작품세계를 다룬 창작방법에 대해서는 논의되지 않았다.

그러므로 신현득 시 전반을 대상으로 그의 시세계를 재탐색하고, '우주 관점에서의 동심적 상상력'을 중심으로 신현득의 세계관을 살펴보는 세밀한 분석이 요구된다. 이것은 신현득 시를 분석하는 데 있어 중요한 요소다. 신현득의 시는 '노동의 신성성'과 '우주에서 지구'로의 시점 이동을 통해 좀 더 확대된 상상력을 형상화했다. 이는 '세계의 화합'이라는 신현득의 시적 주제와 관련된다.

한편 신현득의 작품세계가 실험의식이 적지 않다는 점도 간과되어 왔다. 그는 보수의 동심주의를 배제하지 않으면서 진보의 리얼리즘을 기존 방식에 통합하는 등 새로운 양식을 꾸준히 개척해 나간다. 즉 기존 질서를 완전히 탈피하는 것이 아니라, 오늘날의 관점에서 융합하려는 태도를 보여준다. 그러므로 기존의 논의들을 보완, 시인의 작품 전모를 살피는 것이 이 논문의 주된 목적이 될 것이다. 시의 연대기적 분석, 주제 및 작가의식, 형식적이고 실험적인 시세계 등 다양한 측면에서의 총체적인 접근이 시급하다 하겠다.

3. 신현득의 작품 현황

본격적인 논의에 앞서 신현득의 작품에서 분석 대상으로 삼을 작품을 선정하는 것이 우선되어야 한다. 신현득은 1961년부터 2013년 11월 현재까지 53년간 총 28권에 이르는 동시집을 출간했다. 그의 시집 전체목록을 살펴보면 다음과 같다.

신현득 동시집 일람표

순서	제목	편수	출판사	출간연도	주제/형식
제1동시집	아기 눈	34	재미마주	2000[22]	농촌생활시
제2동시집	고구려의 아이	46	형설출판사	1964	서사시 역사참여시
제3동시집	바다는 한 숟갈씩	38	배영사	1968	
제4동시집	엄마라는 나무	43	일심사	1973	
제5동시집	박꽃 피는 시간에	43	대학출판사	1974	
제6동시집	통일이 되는 날의 교실	47	교음사	1981	통일참여시
제7동시집	해바라기 씨 하나	55	진영출판사	1987	유년시
제8동시집	아버지 젖꼭지	37	대교문화	1987	연작시
제9동시집	착한 것 찾기	91	미리내	1992	연작시
제10동시집	독도에 나무심기	72	미리내	1994	연작시
제11동시집	몽당연필로 시 쓰기	80	미리내	1995	
제12동시집	달나라에서 지구구경	74	미리내	1996	우주참여시
제13동시집	고향 솔잎	72	미리내	1997	
제14동시집	대추나무 대추씨	71	아동문예	1999	
제15동시집	우리 집 강아지는 아기공룡이에요	71	창작미디어	1999	이야기연작시
제16동시집	내 별 찾기	74	미리내	2000	우주참여시
제17동시집	자장면 대통령	70	아동문예	2000	
제18동시집	빈대떡과 피자는 어디가 다른가	70	청개구리	2004	
제19동시집	살구씨 몇 만년	60	문원출판사	2005	

---

22 신현득은 1961년 연말에 첫 작품집을 내기로 하고, 대구에 있는 김성도 선생과 상의해서 전 재산 1만원으로 대구 형성출판사에 일을 맡긴다. 교정지를 가지고 서울 새싹회 윤석중 시인에게 첫 동시집 교정지를 보여드렸더니 직접 문법·낱말을 바로잡은 다음 머리말을 써주었다고 한다. 교정본 것을 출판사에 전했는데, 얼마 뒤 시집 1천부가 학교로 배달되었다. 하지만 책은 교정을 하지 않은 초고 그대로를 박은 것이었다. 신현득은 시집을 다시 출판사로 돌려보내려 했으나 소개를 한 김성도 선생의 체면 때문에 그대로 인수한 바 있다. 그러므로 제 1시집『아기 눈』은 1961년에 출간되었으나, 2009년에 재판된 교정본 시집에 실린 작품을 인용하기로 한다.

제20동시집	기관사 아저씨 딸기 드세요	62	청개구리	2007	통일참여시
제21동시집	공룡을 타고 지구 한 바퀴	41	섬아이	2008	판타지시
제22동시집	작아야 클 수 있다	60	아동문학세상	2008	
제23동시집	몽당연필도 주소가 있다	45	문학동네	2010	
제24동시집	칠백년 만에 핀 꽃	77	대양미디어	2010	동시조
제25동시집	내가 누구게?	37	사계절출판사	2011	수수께끼동시
제26동시집	화성에 배추 심으로 간다	60	아동문예	2011	우주참여시
제27동시집	째깍째깍 너는 내 친구	55	대양미디어	2012	
제28동시집	세종대왕 세수 하세요	44	푸른사상	2013	역사참여시
제29동시집	분홍 눈 오는 나라	60	아동문예	2014	판타지시

위에서 살펴본바 1960년대에는 제1동시집부터 제3동시집까지 총 세 권의 시집을 출간한 것을 알 수 있다. 이 시기의 시들은 동심에서 비롯된 농촌생활 시에서 시작하여, 역사참여를 주제로 한 시편들이 주를 이룬다. 이것은 농경사회였던 1960년대의 시대적 배경과 깊은 연관성을 가지면서 일제 강점기와 6·25 전쟁의 상황을 어느 정도 객관적으로 바라볼 수 있는 여유가 생겼음을 말해준다.

한편 1970년대에는 제4동시집부터 제5동시집까지 총 두 권의 시집을 출간하였다. 1960년대를 시작으로 1970년대에는 상당한 수준의 산업화가 달성되었고, 일정 부분 생활 수준이 향상되었으며, 한편으로 도시와 농촌의 빈부격차가 심화되었다. 신현득 또한 이러한 시대적 배경으로부터 자유로울 수 없었으며, 산업화의 과정에서 소외된 농촌과 농민, 그리고 도시 빈민의 삶에 대한 애환을 『박꽃 피는 시간에』에 담아낸다. 특히 『엄마라는 나무』는 그가 어렸을 적 여읜 어머니에 대한 그리움을 표출하고, 모성의 형상화를 통해 그리움을 승화시킨 작품집이라 할 수 있다.

제6동시집부터 제8동시집까지 3권의 시집은 1980년대 출간된 작품집이다. 이 시기는 다양한 주제를 바탕으로 실험이 시도된 때다. 특히 『해바라기 씨 하나』에서는 동화시와 저학년들을 대상으로 한 유년시가 시

험되었다. 뿐만 아니라 1980년대는 연작시의 실험이 시도되었는데, 신현득은 『통일이 되는 날의 교실』[23]에서 아동문학 잡지에 연재했던 어머니와 선생님을 소재로 한 연작시를 실은 바 있으며, 이어 제8동시집 『아버지 젖꼭지』의 제4부 '아버지의 손'은 1979년 『아동문예』지에 연재했던 연작시다.

1990년대에는 제9동시집부터 제15동시집까지 총 7권에 이르는 시집을 출간한다. 사물의 착한 점을 찾아 칭찬하는 '착한 것 찾기' 연작시와 『독도에 나무심기』에서 '그릇'을 소재로 한 연작시는 1980년대에 시작된 연작시 실험의 연장선상이라 할 수 있다. 또한 '우주참여' 시가 활발히 이루어진 것은 2000년대 이후지만, 『달나라에서 지구 구경』을 통해 1990년대 후반부터 다뤄졌음이 확인된다. 그리고 이 시기에는 이전에 비해 양적으로도 많은 시가 발표되었음을 알 수 있다. 이것은 그가 1989년 소년한국일보를 그만두고 오로지 창작해만 몰두하는 전업작가의 길을 걸었기 때문이다.

한편 2000년대 이후 현재에 이르기까지 그의 시가 거의 폭발적으로 생산되는 경향을 보인다. 제16동시집부터 제29동시집까지 총 14권에 달하는 시집을 출간한 것이다. 매년 평균 한 권의 시집을 낸 것이라 볼 수 있다. 전세계가 하나 되는 세계화에 발맞춰 그의 시집에 일관되게 드러나는 특징은 '한국인의 힘'이다. 즉 세계화 시대에 한국인의 '가능성'을 염두에 둔 작품들이 다수 발표된다. 또한 그의 작품에 내재된 세계화에는 우주세계와 지구세계의 융합이 포함되어 있는 것이 특징이며, 시공간의 확대와 더불어 환상적인 경향이 많은 것 또한 주목된다.

한편, 상기의 목록에서 드러나듯이 신현득의 동시는 특징적으로 '역사

---

23 이 시집 제1부는 1980년 『소년』지에 발표했던 연작시 「어머니 그리고 어머니」, 제2부는 1979년 『아동문예』지에 발표했던 연작시 「영이네 학교」, 제3부는 1977년부터 『아동문학평론』에 연재했던 「교실을 노래한 이야기시」를 바탕으로 하여 엮었다.(신현득, 『통일이 되는 날의 교실』, 머리말에서)

참여', '통일참여', '우주참여' 등의 주제적 다양성과 개성을 보여준다. 형식적 면에서도 서사시, 연작시, 동시조 등과 나아가 수수께끼형에 이르기까지 다양한 면모를 보여주고 있다.

4. 신현득 동시세계의 이해를 위하여

앞에서 살펴본바, 그의 작품 제재는 일반적 소재를 다루면서 역사참여와 통일참여를 시작으로 우주참여에 이르기까지 끊임없이 변모되는 양상을 보인다. 2장에서는 그 양상에 따라 신현득의 작품을 크게 세 시기, 즉 초기, 중기, 후기로 나누어 살펴볼 것이다.

첫째, 신현득 초기 작품의 특성은 '자아성찰과 역사의식'을 들 수 있다. 그는 몸소 겪은 역사적 사건들을 소재로 역사참여와 통일의식을 주로 다루었다.

둘째, 중기 작품의 특성은 '성장과 주체성의 확보'로 요약할 수 있다. 불행한 역사를 뒤로하고 우리 민족이 주체가 되어 앞으로 나아갈 길을 모색하는 것이다.

셋째, 후기 작품의 특성은 '세계화 시대와 우주적 상상력'이다. 그 중 「몽당연필도 주소가 있다」는 작은 사물도 그 존재의 가치를 가질 권리가 있음을 제시한다. 또한 「작아야 클 수 있다」는 중기에 언급한 '성장' 주제에 이어 작은 것이 지닌 가능성을 말하고 있다. 「달나라에서 온 편지」 등은 독자들의 동심을 우주시대에 맞추어보려는 시도이다. 그러나 시인의 작품 특성이 초기, 중기, 후기로 뚜렷이 구분되는 것은 아니며, 시기별 주요 특성을 바탕으로 구분하였다.

이어 3장에서는 주제의식의 유형을 고찰했다. 그것은 크게 초월과 동경의 세계, 역사 반추와 민족 정체성, 모성회귀와 부성의식, 그리고 자연의 생명력과 생태적 상상 등을 들 수 있다. 신현득의 우주적 상상력을 주제로 다룬 작품들을 두고 평론가들은 우주공간을 다룬 환상적 작품 또는 미래지향적 시라는 데 의견을 모았다. 이러한 해석은 세계화합의 일면에서 볼 때 극히 일부 양상만을 다룬 것으로, 보다 확대 연구될 필요가 있다. 시인의 작품에 나타난 우주적 상상력은 주체의 시선으로 객체를 보는 것이 아니라, 객체의 시선으로 주체를 보는 관점이다. 즉 대상과 주체, 주체와 대상이 서로 상호작용하는 독특한 시적 발상을 전제로 한다.

또한 그는 민족의식과 통일염원 추구의식을 보여주었다. 신현득의 통일염원의식에는 한민족이 나뉘어서는 안 된다는 의지와 남북이 하나가 되어야 다른 나라 앞에 더욱 당당히 맞설 수 있다는 신념이 자리 잡고 있다. 이처럼 통일에 대한 당위성과 염원이 현대적인 관점으로 드러난다.

다음, 신현득의 시편에는 '모성회귀와 부성의식'이 나타난다. 시인은 유년 시절 경험한 어머니 부재의 상황과 모성에 대한 그리움을 작품을 통해 승화시킨다. 또한 「아버지 젖꼭지」와 「아버지의 손」 연작시에서 아버지의 노동을 자연스럽고 필요한 것으로 바라볼 필요가 있다는 점을 강조한다. 위의 작품이 발표된 때는 1980년대로 노동에 대한 가치가 재평가받는 시기이며, 이러한 시점에 맞춰 시인은 어린이들에게 노동의 가치를 바르게 인식시키려 했다. 이렇듯 신현득의 가족 친화적 화해의식은 국가집단의 문제로 발전하는 양상을 보이며, 세계화합으로까지 뻗어나간다는 데 의의가 있다. 뿐만 아니라, 그는 생태적 상상력으로 자연을 재인식하는데, 다양한 시편들에서 근원에 대한 물음을 전개하고 있다.

4장에서는 그의 시세계를 바탕으로 이미지의 특성을 네 가지로 나눠 살펴볼 것이다. 첫째, '착한 본성으로의 동심'이다. 신현득은 존재론적

인식을 바탕으로, 인간과 필연적 관계를 맺고 있는 사물의 '착한 점'을 찾아 칭찬한다. 둘째, 모든 것은 자연의 존재로부터 비롯되었으므로 인간이 자연은 물론 사물에게 '빚지고 있다'는 것이다. 이와 같은 시인의 생각은 결코 인간을 우위에 두지 않는다. 이렇듯 자연 주체의 관점에서 바라본 존재성, 그것이 바로 신현득 작품에 드러난 주체적 사물의 탐색이다. 셋째, 신현득은 성장의식을 '씨앗'과 '새싹' 또는 '나무'를 통해 형상화한 바 있다. 성장을 주제로 한 이들 소재는 여느 작가와 크게 차별성을 두지 못하는 한계점을 지니지만, 신현득은 이러한 소재들에 '작아야 클 수 있다'는 새로운 논리를 제시한다. 그가 씨앗과 새싹을 소재 삼아 작고 여린 것에 주목하는 이유는, "어린이들의 작은 힘은 마침내 마을과 나라를 일으킬 것이며, 지구촌을 지키는 힘으로 자랄 것"이라는 작가의식 때문이다. 넷째, 그는 '그릇'으로 다양한 이미지 표출을 시도하는데, 이 장에서는 그릇을 소재로 한 작품에서 시인의 성장의식을 살펴보고자 한다.

끝으로 5장에서는 신현득 시의 형태적 다양성을 고찰할 것이다. 먼저 동화적 동시와 수수께끼형 동시의 일부를 발췌하여 기법적 특성을 분석할 것이다. 또한 그의 시집에 드러난 '동요운율의 적극적 수용' 등을 토대로 형태의 변주와 화법에 대해 연구한다. 그 밖에 의인화 기법의 확장, 판타지 기법의 활용 등의 형식적 특징을 논의할 것이다.

제2장

시대적 상황과 시적 변모 양상

1. 동시의 위상과 신현득의 문학

1920년대 최남선에 의해 창가라는 이름으로 시작된 한국동시문학은 방정환으로 이어졌다. 동시의 갈래인 동요시는 거기에 곡이 붙여져서 가히 민족적인 노래로까지 애창되는 작품들이 나오기도 했다. 이런 사실은 결코 동요나 동시의 가치를 과소평가할 수만은 없다는 점을 실증적으로 보여주고 있다. 뿐만 아니라, 그와 같은 열의는 꾸준히 이어져 1920~30년대 윤석중, 박목월 등에 의해 종래의 정형률을 벗어난 한 단계 높은 차원의 동시들이 쓰이게 되었다. 특히 윤석중은 『잃어버린 댕기』에서 자유시를 발표하였으며, 대표작 「넉 점 반」을 낳았다. 이어 해방과 6·25 등 격변기를 거치면서 동시도 그 형식의 내용과 변혁을 가져오게 되는데, 신현득 등이 등장하면서 60년대 소위 본격 동시문학의 시기를 맞이하게 된 것이다.[1]

1950년대를 전후해서 기성작가들이 아닌, 새로 등단한 신인들에 의해

---

1 제해만, 「80년대 동시의 특성」, 『현대시학』, 현대시학사, 1988, 124쪽 참고.

순수 본격 동시가 창작되었다. 1950년대의 율문문학은 한 시대 문학으로서의 독립된 의미를 갖기보다는 다음 세대로의 본격문학운동의 교량적 성격이 강했다.[2] 내용적으로 글자 수 맞추기와 동요 곡의 가사 구실을 위주로 하는 아동시적 동요시대는 1950년대를 끝으로 역사의 뒤꼍으로 후퇴하고, 1960년대부터 '시로서의 동시운동'을 전개하여 1970년대에 난해시 문제로까지 이어진다. 동시도 시라는 단순명제를 내걸면서 시작된 '시에의 복귀운동'은 1970년대에 들어서면서부터 동시에서 수용 가능한 표현문학을 추구하는 작업으로 확대되었으나, 그 성과 못지않게 난해성과 같은 문제들에 부딪히게 된 것이다.[3] 이러한 상황에서도 신현득은 묵묵히 작품을 쓰고 발표했으며, 거기에 머물지 않고 국민감성교육을 위해 헌신해 왔다.

1960년대에 문학 활동을 시작한 신현득은 어렸을 적 몸소 겪은 일제 강점기와 6·25 전쟁을 작품 소재로 선택한다. 이는 한국의 아픈 과거가 단순한 역사적 기록에 머물러서는 안 된다는 작가의식에서 비롯된 것이다. 신현득 시인은 어린이 생활이나 자연 소재를 주로 다룬 이전의 동시 문학의 한계에서 벗어나 역사참여적인 시를 창작했다. 이러한 신현득의 역사참여시는 어린이들에게 역사를 바로 알리는 것은 물론 동시 영역의 확대를 가져온다. 이는 『고구려의 아이』(1964), 『통일이 되는 날의 교실』(1981) 등 시집 등을 통해 나타난다.

1980년대 전후의 시기에 신현득은, 급격한 산업화로 사회의 질서가 모순에 빠지게 되었고 자연환경이 오염됐다고 개탄한다. 이러한 시대적 상황에서 의식이 있는 아동문학가들은 어린이들의 순수한 꿈을 지켜주기 위하여 끊임없이 긴장했다.[4] 이 시기 각 일간신문의 신춘문예와 몇몇

---

2 이재철, 『아동문학개론』, 서문당, 2003, 84~86쪽 참고.
3 이재철, 「한국아동문학의 현 주소와 미래」, 『아동문학평론』 2007년 가을호, 288~291쪽 참고.
4 최지훈, 「80년대의 한국아동문학」, 『아동문학평론』 1989년 봄호, 34쪽.

아동문학 전문잡지에 의해 새로운 시인이 다수 등장하여 왕성한 활동을 보여주었다. 이는 1970년대 후반에 계간『아동문학평론』지와 월간『아동문예』지가 창간되었고, 추천제와 신인상 제도를 통해 시인들이 대거 등단한 것과도 관련을 갖는다. 이로 인해 동시인의 숫자는 양적으로 대단한 팽창기에 들었다고 하겠다. 이 시기 동시는 성인시 못지않은 다양성을 획득하고 있었다.[5] 아동문학의 독자층이 확대되었으며, 아울러 연작시가 본격적으로 창작되어 동시의 장시화 현상이 대두되었다.[6] 아동문학사적으로 동시의 위상이 정립되기 시작한 1980년대, 신현득은 동시문학의 주체성을 회복하기 위한 각고의 노력을 기울인다. 또한 이 시기는 동시동요의 역할이 점차 확대되고 아동문학 독자층이 확장되는 시기이다. 신현득 창작활동으로 보면 중반기에 접어드는 시기이기도 하다.

이러한 변화를 바탕으로 1990년대 후반은 '제2의 발전 도약기'라 칭할 수 있다. 신인작가들이 신문사는 물론, 아동문학 잡지와 문학상 등 다양한 방법으로 등단한다. 또한 출판사의 급증은 베스트셀러를 발간하기 위한 경쟁체제 등으로 새로운 개척 단계에 접어든다. 이 시기 독자들은 동시·동화가 어린이를 위한 문학이라는 고정관념에서 벗어나, 어른들도 함께 읽는 문학으로 인식하게 된다. 학부모들 또한 어린이들에게 도서를 추천하고 독서를 권장하는 것에서 나아가, 직접 창작을 하는 등 주부작가의 활동이 두드러지게 나타난다. 이들은 인터넷 댓글을 통해 아동문학 작품의 평가까지도 적극적으로 참여하게 된다. 뿐만 아니라 동시의 기본은 동심이지만, 예쁜 것 내지 귀여운 것으로만 출발하는 장르가 아니라는 인식이 확대되었다. 이에 내재된 동심을 추구하는 작품들이 본격적으로 발표되었으며, 그 중심에는 항상 신현득이 있었다고

5 제해만, 같은 글, 124~129쪽 참고.
6 최지훈, 같은 글, 36쪽.
　신현득은『아버지 젖꼭지』(1987)에서 '아버지'를 주제로 한 연작시를,『독도에 나무심기』(1990)에서 '그릇'을 주제로 한 연작시를 발표한 바 있다.

하겠다.

다음은 이와 같은 신현득의 시를 초기, 중기, 후기로 구분하여 논의하고자 한다. 신현득의 초기 시는 자아성찰과 역사의식(1962~1980년대 초반), 중기 시는 성장과 주체성의 확보(1980년대 중반~2000년), 후기 시는 세계화 시대와 우주적 상상력(2000년대 이후)을 중심으로 작품을 다루고 있다.

2. 자아성찰과 역사의식

역사적 소재나 민족의식을 주제로 삼는 시는 우리가 흔히 볼 수 있다. 동시의 경우에도 80년대 이래, 젊은 시인들에 의하여 그러한 작업이 매우 활발하게 일어났음을 볼 수 있다. 그러나 이러한 작업은 이미 60년대에 신현득에 의하여 거의 독보적으로 개척되고 있었다. 즉 60년대의 동시 문단에서 역사와 민족을 시의 주제로 삼고, 역사적 사실이 서정적 동시의 소재로서 등장한 일은 당시로서는 상당히 낯설고도 신선한 충격이 되었다.[7] 신현득은 특히 일제강점기와 민족 분단의 근·현대사에 가장 분노한다. 이것은 그의 직접 경험에 의한 것이기도 하지만, 이는 시인에게 민족의식을 지키기 위해 반드시 바로잡아야 할 역사였던 것이다.

이러한 이유로 전쟁과 이후 국가 재건기의 시기에 작품 활동을 시작한 신현득의 초기 작품은 역사 소재의 시가 많다. 자라나는 어린이들에게 역사를 바로 알리고 지켜가야 한다는 작가의 역사의식은 그의 작품 활동에서 지속적인 가치관으로 작용한다. 이러한 신현득의 역사참여시를 두고 평론가들은 역사적 성찰은 물론 역사를 새로운 소재로 끌어들

---

7 최지훈, 「계속 크는 시인―신현득의 동시세계」, 『아동문학평론』 2000년 봄호, 42쪽.

였다는 평가를 한다. 역사적 성찰을 통한 교육성은 현대아동문학이 경계하는 교훈주의와 맞물려 이질감을 형성할 수 있었음에도 불구하고 그의 역사참여시는 여러 의의를 가지고 있다.

교훈주의는 사회제도 안에서 이미 만들어진 것을 의심 없이 승인하려는 태도와 이어지기 때문에, 정서적 울림이 뒤따르는 안으로부터의 깨달음이 아니라 교훈을 바깥에서 주입하는 형태로 흐르게 된다. 아동문학의 자리가 교육적인 목적을 가지고 있음은 틀림없지만, 우리가 이른바 교훈주의를 극구 경계해야 하는 이유는 교훈주의가 무엇보다 아동 주체의 관점이 아니기 때문이다.[8] 지난 역사를 되돌아보는 가운데 그 안에서 삶의 교훈을 얻으려는 신현득의 시도는 이와 같은 잘못된 교훈주의와 차별성을 갖는다. 왜냐하면 그의 시에는 감상주의를 경계하고, 사회성과 교육성을 문학예술의 차원에서 고민한 현실주의 문학정신이 깃들어 있기 때문이다.

일제 강점기의 암울한 상황과 분단의 아픔을 우회적으로 표출한 작품은 기존에도 있었지만, 대체로 불행한 상황은 감춘 채 앞으로의 희망만을 노래한 것에 가까웠다. 어린이들이라고 해서 현실의 상황을 모르는 것이 아니며, 이를 피해갈 수 있는 것도 아니다. 어린이들에게 슬픔은 감추고, 예쁘고 아름다운 것만 보여주어야 한다는 작가의식은 본질을 외면하는 임시방편에 지나지 않는다. 이러한 현실 미화는 작가의 자기만족 또는 작가 도취가 되어버리는 셈이다. 이에 비해 신현득의 역사참여 시편들은 당시의 상황을 생생하게 꼬집으면서도 문학성을 견지한다는 점에서 다르다. 그의 역사참여 시편들을 보면 교육성이 겉으로 드러나지 않는다. 역사적 상황을 적나라하게 표현하지만, 훈화적 요소는 함축하여 내면화시킨다. 그리하여 그는 독자로 하여금 역사적 진실을 우

---

8 원종찬, 『아동문학과 비평정신』, 창비, 2001. 17쪽 참고.

회적으로 깨닫게 하고, 미적 체험을 통해 역사의식에 눈뜨게 한다.

신현득은 1960년대부터 1970년대에 걸쳐 농촌과 농민·민속, 자연 보호, 역사, 분단조국, 통일 문제, 독도 문제 등을 제재로 한 작품을 많이 창작했다. 제1동시집『아기 눈』부터 제6동시집『통일이 되는 날의 교실』까지가 이 시기에 속한다. 대표 시집으로는 제2동시집『고구려의 아이』등이 있다. 대표작「나는 보았다」, 「아무도 말려주는 이가 없었다」 등을 통해 억울하게 당한 일제강점기의 상황을 폭로하고, 아이들의 뼈에까지 스민 민족적 열등감[9]을 씻어주면서 이어 조국통일의 염원을 말하고자 하였다.

이와 같은 제재들의 공통점은 '역사참여' 의식이 투영되고 있다는 것이다. 당시의 시대적, 사회적 배경이 작가들에게 암암리에 압력을 가했다고 할 수 있는데, 신현득 역시 그러한 창작 환경에서 이탈될 수는 없었다. 그는 부끄러운 우리의 역사적 체험을 시적으로 표현[10]함으로써 그의 내면에 잠재해 있는 '민족의식'을 드러낸다.

그는 밝고 씩씩하게 자라나는 어린이들만큼은 우리나라에 대한 자부심을 갖고 힘찬 내일을 열어가기를 소망하는데, 이를 직접 '드러내기'보다는 어린이들이 스스로 읽어서 깨닫게 하는 방식을 취한다. 예를 들어 어린이들에게 민족적 자부심을 촉구한「고구려의 아이」를 보면, 서사시의 형태로 어린이들에게 한 편의 이야기를 들려주고 있다. 이 시의 시적 화자는 이와 같은 이야기를 전달하는 전달자로서 철저히 '객관적 거리'를 유지한다. 이것은 교시적인 성격을 가질 수밖에 없는 주제 또한 문학적 표현을 통해서 깨달음을 주려는 시인의 주제의식 표출 방법과 관련

---

9 내 교실에 머리카락이 노란 아이가 있었다. "너 서양아이 같구나" 했더니 그 아이의 말이, "내가 서양아이라면 얼마나 좋게요" 하는 것이었다. 나는 그 아이의 말을 듣고 며칠 동안이나 잠을 못 잤다. 신현득,『고구려의 아이』, 형설, 1964, 130쪽.

10 부끄러운 자기 체험을 시적으로 표현한 대표 작품으로는『고구려의 아이』에서「교실」, 「이 이야기를 하지 않고는 견딜 수 없구나」 등이 있다.

된다.

다음으로, 통일의식 추구를 들 수 있다. 그는 "전쟁은 분열과 증오로써 우리 모두가 공유한 갈등이자, 강대국의 정략에 의해 분단된 조국의 상처다. 어느 자리, 어느 대화에서도 그 언어의 중심은 통일염원으로 귀결이 된다. 따라서 우리의 시도 그 지향점은 통일염원으로 모아지고 있다."[11]고 말한 바 있다. 이러한 의식을 바탕으로 그는 「여덟시 반」, 「통일이 되는 날의 교실」 등 통일을 지향한 다수의 시편을 발표하였다.

이상에서 살펴본 대로 신현득의 초기 작품들은 자아 성찰에서 출발하여 궁극적으로는 역사 문제로 확장된다. 이제껏 동시문학에서 역사 문제를 다룬 시인은 거의 없었다. 신현득에 이르러서야 역사와 통일 문제를 심층적으로 다룬 작품들이 본격적으로 등장하였다. 그의 이념적 자아의식은 민족의식이 그 기초가 되므로 시인의 작품 연구에서 통일문제를 비롯한 역사문제가 크게 다루어져야 함은 당연한 논리다.

3. 성장과 주체성의 확보

신현득의 초기 작품이 역사를 다루었다면, 중기 시편들에서는 '주체적 성장의식'이 중심을 이룬다. 제7동시집 『해바라기 씨 하나』부터 제15동시집 『우리 집 강아지는 아기공룡이에요』까지가 이 시기에 속한다. 대표 시집은 제8동시집 『아버지 젖꼭지』, 제9동시집 『착한 것 찾기』, 제10동시집 『독도에 나무심기』 등을 들 수 있다. 이 시기 신현득은 「아버지의 손」 연작시, 「그릇과 그릇」의 연작시를 통해 세계인이 되기에 앞서 훌륭한 한국인이 되라는 작가의식을 표출한다.

---

11 신현득, 「나의 시법 나의 시」, 『옥중아』, 249쪽.

불행한 역사를 뒤로 하고 우리 민족이 주체가 되어 앞으로 나아갈 길을 모색하고 있는 것이다. 시인은 이러한 주제를 '동심'으로 녹이고 있는데, 이러한 시적 주제는 '주체', '존재', '성장', '화해'라는 핵심어들로 집약할 수 있다. 나열된 이름만으로 난해한 문제들임이 분명하나, 시인은 이를 동심으로 풀어나간다.

'주체적 성장의식'은 비단 인간 생활 소재에 국한되지 않는다. 그의 작품에서는 사물이나 자연의 은유적 표현을 통해서도 드러나는데, 이는 만물의 주체적 성장을 인간의 삶으로 유비(類比)하는 의미를 띤다. 그리하여 시인은 나무, 그릇, 몽당연필 등에 이르기까지 사물의 주체성을 폭넓게 인정한다. 이와 같은 주체적 성장물들은 그 자체로 존재론적 존엄성을 갖는다는 것이다.

또한 성장하는 나무의 이미지를 형상화한 그의 시편들에서 우리는 시인의 동심지향의지와 그 방향을 파악할 수 있다. 그는 포장된 동심을 나열하거나 훈화적인 태도 또한 취하지 않으며, 나무가 자라나듯 어린이들이 자연스럽게 성장해 나가길 바라고 있다. 시인은 결코 현실을 외면하지 않고 직시하는데, 동심을 관념적 형상화가 아닌 현실을 개선하는 하나의 방안으로 논의하고 있는 것이다.

뿐만 아니라, 시인은 '낯설게 하기' 기법으로 일반적인 '그릇'의 의미를 또 다른 발상으로 전환시키면서 그 안에서 내재된 성장성을 발굴한다. 대표적인 시편으로는 「일기장이라는 그릇」, 「신이란 그릇」, 「달력이라는 그릇」, 「바다라는 그릇」, 「사람이라는 그릇」 등이 있다. 이는 자동화된 일상적 인식의 틀을 깨고 사물에게 본래의 모습을 찾아주는 데 그 목적이 있으며, 익숙지 않은 발상의 전환으로 독자의 이목을 끄는 것이다. 시인은 존재의 다름과 쓸모, 그리고 각각이 지닌 역할 문제를 환기한다. 또한 이것은 개인주의를 넘어 각각 다른 개인들과의 화합과 조화를 암시하기도 한다.

이렇듯 신현득은 중기에 이르러 성장과 주체성 확립을 시 창작의 뼈대로 삼는다. 그는 주로 사물을 통해서 그 의미를 탐구한 다음, 인간 존재나 삶으로 확장해 간다. 말하자면 세계와 인간의 동일성을 제시함으로써 감상과 이해의 폭, 즉 시적 공감대를 넓히려 한다.

4. 세계화 시대와 우주적 상상력

20세기 후반 세계화 예찬론자들은 세계화가 동등한 기회부여, 자유로운 경제활동, 경제활동의 공동참여, 민주화의 전개, 평등한 국가적 대우를 가져다준다며 이를 적극적으로 수용했다. 이러한 세계화에 대한 입장은 문학에서도 비껴가지 않는데, 이 시기 신현득은 개인을 세계사회의 일원으로 파악하는 세계주의에 입각하여 다수의 작품을 창출한다. 독특한 점은 그 세계에 우주세계가 포함되어 있다는 점인데, 시인은 이를 '우주 참여'[12]라 이름 지었다. 제16동시집 『내 별 찾기』부터 제28동시집 『세종대왕 세수 하세요』까지가 이 시기에 포함된다. 그는 2000년대 이후 더욱 많은 작품을 생산해낸다. 그 결과 다수의 대표작들이 발표되었는데, 대부분의 표제가 주목할 만한 작품들이다.

과학의 발달로 인해 우주공간이 우리에게 바짝 다가온 것은 맞지만, 아직까지는 판타지의 요소가 강하다. 이것은 경이로운 세계를 좋아하는 어린이들의 특성과 관련이 깊다. 아동심리는 물활론적이며, 보통보다

---

12 "내가 동시를 내놓기 이전 시대에는 동시의 소재가 학교생활, 가정생활과 자연에 한정되어 있었고, 이외의 소재로는 아동문학이 되지 않는 것으로 알고 있었다. 이러한 관념을 깨는 작업이 시도되었는데 나의 작품에서 우주를 시의 소재에 끌어들이고, 통일 문제와 역사 문제를 들고 나온 것이다. 이 세 계열의 작품을 〈통일 참여〉, 〈역사 참여〉, 〈우주 참여〉라 이름 지어 놓고 있는데, 이것이 내 시의 특성으로 보인다." 신현득, 「나의 문학과 그 철학」, 『아동문예』, 아동문예사, 2013, 109쪽.

제12동시집 『달나라에서 지구 구경』(미리 제16동시집 『내 별 찾기』(미리내, 2000).
내, 1996).

별난 세계를 좋아한다. 그의 작품 「비눗방울 타고 태평양 건너기」, 「화
성에 배추 심으러 간다」를 비롯한 상상의 세계는 어린이들의 호기심을
만족시킨다.

후기 시에서는 이와 같이 우주로 확장되는 작품들이 주류를 이루는
데, 16집 『내 별 찾기』(2000), 26집 『화성에 배추 심으러 간다』(2011) 등
은 제호를 우주참여에 맞추어서 정했다. 2000년 이전에도 12집 『달나라
에서 지구구경』(1996)이 출간된 바 있는데, 시집이 출간된 시기로 보아
신현득이 오래 전부터 우주에 관심을 둔 창작활동을 시도했다는 것을
알 수 있다. 시집에 실린 「달나라에서 사과나무 가꾸기」(12집)는 달나라
에서 과일을 가꾸는 상상의 시이며, 「해님의 그림자놀이」(12집)는 일식
과 월식을 동화적으로 형상화한 것이다.

시집 제호와도 같은 「내 별 찾기」(16집)는 사람이 살지 않는 별, 무인성
하나를 맡아 아주 주민등록을 옮겨 놓으면 내 별이 될 거라는 상상을 펼
친 작품이다. 특히 우주참여가 본격적으로 시작된 2000년대 이후 발표

된 「달나라에서 온 편지」와 「달이 정말 풍선이 됐지 뭐야」는 우주 또한 지구에 관심을 갖고 있다는 발상에 기초한다는 점에서 의의가 있다. 살펴본 바 신현득 문학은 어린이들의 꿈을 실현시키기 위한 문학으로서, 우주에 대한 관심과 애정을 주제로 많은 작품들이 생산되었다.

지금까지 살펴본 대로 신현득의 작품세계는 크게 구분할 수 있을 만큼 일정한 시기를 거치며 제재에 상당한 변화를 보여준다. 즉 초기의 자아성찰로부터 촉발된 역사의식, 중기의 성장과 주체성 문제, 그리고 후기의 세계화 시대를 염두에 둔 우주적 상상력 등이 그것이다. 이렇게 세분화하면 크게 3단계로 구분될 수 있지만, 이것들은 각각 독립된 별개의 것이라고 보기보다는 서로 연계성을 갖는 것으로 파악해야 한다. 다시 말하면 반성적 자아로부터 출발하여 주체적 성장과정을 거쳐 결국 범우주적 존재(우리)로 거듭나는 과정을 신현득 시의 역정으로 규정할 수 있다는 점이다. 그만큼 그의 시적 관심사는 의식적이고 체계적이라 하겠다.

제3장

역사와 우주의 통합적 인식

1. 초월과 동경의 세계

모든 존재는 그만의 공간을 가지고 있다. 특히 문학작품에 나타나는 공간은 작가의 내면세계를 담아내는 그릇이 된다. 작가는 작품 속에 창조된 공간을 통해 자신의 정서와 의식을 드러내며, 이때 공간에 대한 인식은 작가의 세계관과 밀접한 관계를 가진다.[1]

신현득 또한 작품을 통해 '우주'라는 초월적 공간을 제시함으로써 지구와 우주의 완전한 화합을 지향한다. 김준오는 "시적 공간의 형성은 이미지에 의해 가능하다"[2]라고 말한 바 있다. 즉 시인이 택한 이미지로, 그이미지가 담긴 공간을 떠올릴 수 있다는 것이다. 신현득은 우주라는 대상을 이미지화하여 지구와 우주의 화합, 즉 완전성에 대한 동경의식을 드러내고 있다.

시란 대체로 꿈의 드러냄이라 하듯이 시인은 현실에 안주하기보다는 그것을 넘어서려는 인식에 투철하다.[3] 그의 우주적 공간도 마찬가지로

---

1 이세경, 『한국현대시의 공간의식』, 청동거울, 2007, 32~36쪽 참고.
2 김준오, 『시론』, 문장사, 1982, 105~106쪽 참고.

"현실세계에서 한계를 자각"[4]한 시인이 추구하는 이상적 공간인 셈이다. 이러한 이유로 시인이 생성한 공간은 지극히 의도적으로 구성한 공간임을 염두에 두어야 한다.

그의 작품에는 일상적 공간이 아닌 환상적이며 초월적인 공간이 나타난다. 시인은 현재의 공간을 초월함으로써 우주와 지구간의 구분이 없는 상상적 공간을 창조했다.

언젠가는 만나볼
별나라 동무들아
여기는 작은 지구별이다.

로켓이 가고
인공위성이 가고
이젠 우리가 놀러 다닐 차례야.
모두가 가까운 이웃이야.

지구에는 지구라는
커다란 문패를 달고
화성에는 화성이란
커다란 문패를 달고
별마다 커다란 문패를 달고

---

3 이상호, 『우리 현대시의 현실 인식 탐구』, 한국문화사, 2003, 65쪽.
4 토머스 모어, 주경철 옮김, 『유토피아』, 을유문화사, 2007, 158쪽 참고.
  토머스 모어는 "이상향에 대한 믿음은 현실에서 받은 상처와 고통을 치유 받을 수 있는 곳이 있다는 희망으로 이어져 현재의 아픔과 어려움을 이겨낼 수 있게 해준다. 이는 이상공간이 근거 없는 헛된 공상이나 막연한 동경이 아니라 고통스러운 현실에 대한 날카로운 인식에서 출발하는 지적인 꿈이기 때문에 가능하다."고 말한다.

이웃에서 이웃으로

놀러 다니자구나.

재미있는 얘기도 나누자구나.

—「별나라 동무들에게」(1-72)[5] 전문

　「별나라 동무들에게」는 지구별에서 별나라로 보낸 편지를 바탕으로 지구세계와 우주세계의 만남을 시도하고 있다. 물론 그 거리가 좁혀진 다거나 하나가 되는 등 완전한 일체가 이뤄진 것은 아니지만, 서로 편지를 주고받을 수 있다는 점에서 그만큼 주체와 대상의 거리가 가까워졌음을 알 수 있다.

　별나라 동무들에게 쓴 편지에서 지구는, 언젠가 만나는 날 서로의 별에 문패를 달고 이웃이 되어 놀러 다니자고 제안한다. 여기에서 지구, 우주, 별들은 분리된 공간에 존재하는 것이 아니다. 이들의 공간은 서로 문패를 달고 자유롭게 방문하면서 놀러 다닐 수 있을 만큼 가깝다. 이렇듯 지구세계와 우주세계가 소통할 수 있는 공간은 아이들의 상상 안에서만 가능하다.

　또한 1연에서 "언젠가는 만나볼"은 시인이 지향하는 완전한 세계, 즉 지구와 우주의 일체가 되는 시점일 것이다. 여기에서 편지는 시인이 초월적 공간을 찾아 나서기 위한 방법으로 선택된 형태임을 알 수 있다. 공간을 초월한 상상력에서 편지는 어디로도 갈 수 있고 전달될 수 있는 구체적인 소통수단이 된다. 별나라 동무들에게 보내는 '편지'는 아이들이 쓴 것이다. 시인은 아이들의 목소리를 통해 동심의 세계를 재현한다.

　그가 동경하는 세계는 다음 작품에서 더욱 두드러지게 나타난다.

---

5 제1시집 『아기 눈』, 72쪽. 이후 작품 인용은 '1-72' 식으로 표기함.

수성 금성 지구 거느리고
해님의 그림자놀이.

일식이다. 월식이다
장난도 하고
지구별 밤낮을 열두 시간씩에 맞춘다.

그림자로 가려서
반달을 띄웠다가
그림자를 비켜놓고
보름달을 띄운다.

사람마다 닮은꼴
그림자 달기.
돌멩이에게도
그림자를 단다.

기어가는 일개미에
기는 그림자.

일렁이는 나무에는
일렁이는 그림자.

달리는 강아지엔
달리는 그림자.

—「해님의 그림자놀이」(12-92) 전문

「해님의 그림자놀이」에서 지구와 우주는 한 공간에 마주한 존재 그 이상의 의미를 갖고 있다. 이 시는 해님이 수성, 금성, 지구를 거느리고 '그림자놀이'를 한다는 발상에서 출발한다.

시적 화자는 지구 그림자로 반달이 되었다가 보름달이 되었다가 하는 달을 구경하고, 사람마다 닮은 꼴 그림자를 달고 돌멩이에게도 그림자를 다는 해님의 놀이를 구경한다. 여기에서 시적 화자는 그림자놀이를 구경하는 '구경꾼'의 역할을 하는 듯하지만, "사람마다 닮은꼴/그림자 달기"라는 시구에서 알 수 있듯, 화자 또한 그림자놀이에 참여하고 있다. 이것은 그림자놀이가 단순한 상상적 놀이가 아닌, 별과 인간이 공간을 초월해 함께 어우러진 상황임을 보여준다.

해님이 지구에 그림자를 띄우는 것은 해님이 먼저 지구에 손을 내미는 행위로 해석될 수 있다. 이는 단순히 지구에서 바라보는 세계로서의 의미를 벗어난다. 여기에서 우주는 먼저 지구, 혹은 지구의 아이들을 향해 손을 내미는 적극적이며 주체적인 존재가 된다.

여기에서 염두에 둘 점은 해님의 놀이에 불참하는 객체가 없다는 점이다. 개미, 나무, 강아지 모두 그림자를 달고 해님의 놀이에 반응하고 참여한다. 이는 '놀이'를 통해 모두가 함께 어우러지는 세계를 보여주며, 그 세계에 불화합하는 객체가 없음을 강조한다. 환언하면 시인이 지향하는 공간세계는 안전하면서도 공동체적인 세계이며, 이를 통해 세계와의 화합을 도모하고, 화해의 메시지를 형상화하고 있다는 것이다.

지구촌은 좁단 말이야.
아웅다웅하지 말고 우주로 나서자구.
나서서 찾아보자구.
지구 열 배쯤 되는 별이 있었음 좋겠지?

—「지구촌 너무 좁아」(26-108) 일부

"한국 사람 김치 안 먹곤 안 돼." 그 말 하다가

"김치 안 먹고 며칠이나 참겠니?" 묻다가

아주 화성까지 배추 심으러 나섰지.

왜냐?

한국 어린이가 개척할 화성이거든

김칫독 장만해 놓고, 김치 담아 먹으며 살 곳이거든.

(중략)

꼬마 우리가 만든 우주선이 안전하고 좋을 걸.

화성 가고 오는 데에는 520일.

우주선 안에서도 김치는 있어야 해.

이파리 하나씩 들고 찢어 먹는 김치지만

우주선에선 그거 안 되지. 캡슐 김치야.

그래도 김치맛 나네, 냠냠.

―「화성에 배추 심으러 간다」(26-64) 일부

　위의 시는 지금 살고 있는 지구촌이 좁다고 생각한 시적 화자가, '화성을 개척해보는 건 어떨까?'라는 상상을 한 것에서 시작된다. 단순성에 기초한 어린 아이의 눈으로 관찰된 대상, 즉 화성은 '동심에 근거한 논리' 방식에 의해 이해될 수 있다. 현실에서는 터무니없는 이야기가 유아의 눈을 통해 그 창조적인 가능성과 객관성을 획득하는 것이다. 시인은 이렇듯 자신의 목소리를 갖춤으로써, 작품 속 어린이에게 시적 세계를 온전히 열어준다.

　화성에 배추를 심으러가는 초월적 우주활동은 어린이를 주체로 성취되었으며, 이것은 시인이 동경하는 세계를 어린이의 상상력을 통해 실현한 것이기도 하다. 이러한 상상력은 현재의 공간을 탈피하고 초월적 공간을 지향한다. 그런데 우주참여 시편들에서 유의 깊게 살펴볼 것은 시에 드러난 주체들이다. 위의 시에서 신현득은 화성의 개척자로 한국 어린이를 제시한다.

어린이에게 자신의 자리를 내주는 것은, '앞으로 우리나라를 이끌어갈 주체는 어린이'라는 시인의 민족주의 정신에서 발현된 결과이다. 또한 시인이 한국 어린이를 지목하는 것과 김치를 소재로 하는 것에서, 그가 우주참여의 원심적 공간을 지향하면서도 동시에 민족의 구심적 공간을 뿌리로 두고 있음이 확인된다.

제26동시집 『화성에 배추 심으로 간다』(아동문예, 2011).

위의 시에서처럼 "달나라에 지구마을 나무를 옮겨 심고, 화성에 가서 밭갈이를 하게 될 날"이 멀지 않았다. 각종 신문잡지에서도 기사화된 바 있듯이, 우리가 즐기는 김치가 우주식량으로 뽑힌 일 등이 곧 실현될 것이라고 시인은 말한다. 이렇듯 그는 한국의 대표 음식 김치를 소재로 하면서 세계로 뻗어가는 한국의 힘도 일깨워주고 있다.

앞서 신현득의 시에서 공간은 자아의 현실세계를 초월하는 곳이며, 시인은 이것을 어린 화자의 상상력을 통해 그려내고 있음을 알 수 있었다. 그리고 작가가 작품에 제시한 공간에 따라 그의 세계관을 파악할 수 있음을 확인하였다.

이와 같은 작품에서 공간인식을 통한 세계관은 크게 두 가지의 방향성으로 살펴볼 수 있다. 구심적 세계와 원심적 세계가 바로 그것이다. '구심적'이라는 말의 어원은 가장 중심이 되는 부분을 찾아 깊이 파고들려고 하는 것을 뜻하며, '원심적'은 중심에서 멀어져 가는 상태를 의미한다. 즉 구심적인 것은 주체 중심으로 집중되는 현상, 원심적인 것은 발산적 사고로서 외적인 대상으로 방향성을 돌리는 특성을 갖는다. 이는 주체와 대상의 관계를 전제한다.

신현득이 보여주는 화합의 세계는 가족과 민족이라는 구심적 공간에서 세계와 우주에 이르는 원심적 공간으로 이행의 의미를 드러낸다. 그러나 그는 원심적 공간의 이행 단계에서도 구심적 공간을 배제하지 않는다. 오히려 구심적 공간을 견지한 상태에서 원심적 공간을 지향하는 특성을 취한다. 이것은 우주에 이르는 그의 원심적 공간 또한 가족과 민족이라는 구심적 공간을 토대로 함을 의미한다.

신현득의 작품에 나타나는 완전성에 대한 추구와 세계 화합을 지향하는 태도는 등단작에서부터 확인할 수 있다. 시인은 등단작인 「문구멍」이라는 시에 대해 "문구멍의 높이와 아이의 키와의 관계 같은 것을 생각하면서 상당히 긴 시를 썼다"고 집필상황을 회고한다. 그러다가 그것을 줄이고 줄인 끝에 2연 4행의 시구, 열여덟 개의 글자만 남았다는 것이다.

빠꼼빠꼼
문구멍이 높아 간다.

아가 키가
큰다.

—「문구멍」(1-20) 전문

당시 시인에게는 걸음마를 배우는 아이가 있었다. 그 아이가 창호지로 바른 문을 뚫었다. 아가는 문밖의 세상에 대한 호기심으로 '빠꼼빠꼼' 문구멍을 뚫는다. 여러 군데의 틈이나 구멍이 깊게 벌어져 있는 모양을 뜻하는 의태어 '빠꼼빠꼼'은 크기가 작으면서도 또렷한 느낌을 준다. 이것은 아기가 뚫을 수 있는 구멍은 작지만, 바깥세상에 대한 호기심만은 분명함을 드러낸다.

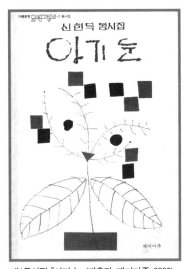

제1동시집 『아기 눈』(재출간, 재미마주, 2000).

그러나 작고 나약한 아가는 안에서 밖으로 '활짝' 문을 열고 나가지 못한다. 바깥 세상에 대한 두려움 때문일 것이다. 그럼에도 불구하고 문밖의 세상에 대한 호기심은 버릴 수 없다. 노여심은 이 시에 대해 "문을 열고 바깥의 상황을 받아들일 자신이 없는 시적 자아는 나약한 모습을 들키기 싫어한다."[6]고 논하지만, 이는 아가의 특성을 생각한다면 오류가 있는 논의라 할 수 있다. 아기는 '나약한 모습을 들키기 싫다'는 생각조차 갖지 못할 만큼 순진한 성향을 갖고 있기 때문이다.

여기서 아가의 눈이 닿는 문구멍은 일종의 카메라와 같다. 한정된 공간에서 주체가 객체를 바라보는 것은, 마치 카메라 렌즈의 범위 안에서 대상을 응시하는 것과 같은 이치이기 때문이다. 또한 아가의 시선이 높아갈수록 렌즈에 담아지는 바깥공간도 변화하며, 점점 발전된 변모양상을 거친다. 이것은 문을 열고 내다보는 세계와는 분명 차이가 있다. 문구멍을 통해 보는 세계가 곧 아가의 세계가 되는 것이다. 작은 자신의 눈 안에 세계를 담는 아가의 행위는 아가의 눈높이에 의해서 세계가 변화함을 뜻하기도 한다.

---

6 노여심, 같은 책, 71쪽.

아가는 계속적으로 바깥공간과의 연결을 시도한다. 아가 키가 크고 성장함에 따라, 즉 문구멍이 높아감에 따라, 밖을 향해 '활짝' 문을 열 수 있는 용기를 가지게 된다. 이와 같이 작품에 제시된 원심적 공간에로 의 호기심은 세계만물이 화합으로 나아갈 수 있다는 시인의식의 발로가 된다. 다음 「옥중이」는 구심적 공간에서 원심적 공간으로의 이행을 명확 히 드러내주는 예다.

옥중아 옥중아
너는 커서 뭐할래?

보리밥 수북이 먹고
고추장 수죽이 먹고
나무 한 짐
'쾅당' 해 오지.

—「옥중이」(1-18) 전문

작품에서 '옥중이'의 이미지는 산에서 "나무 한 짐/'쾅당' 해 오"는 힘 찬 옥중이이며, 자신을 둘러싼 세계를 겁내지 않는 주체로 형상화되었 다. 문구멍으로 바깥공간을 몰래 훔쳐보던 아기가 방문을 활짝 열고 세 상을 향해 발걸음을 내딛는 용기를 지닌 자아로 변화하고 있는 것이다. 이러한 논의에서 문구멍은 '원심적 공간으로 가기 위한 통로'였으며, 그 통로를 통하는 것이 옥중이가 바라던 '꿈'이었음을 말할 수 있다.

작품 안에서 나무는 생명과 풍요의 이미지로 대별된다. 궁핍한 시대 에서도 낙천적이면서도 힘찬 옥중이의 대답은 곧 생명성과 풍요로운 미 래를 보여준다. 총 2연 6행의 짧은 문답 시에 옥중이의 소박하지만 강한 꿈이 들어 있다. 또한 여기서 '쾅당'이라는 의성어는, "커서 나무 한 짐

해오"겠다는 옥중이의 굳은 의지를 고스란히 나타내준다.

　시적 자아의 공간은 가정·마을에서부터 출발하지만, 여기에 만족하지 않고 더 넓은 세상을 향해 열어간다. 환언하면 그의 공간의식은 가정과 국가에 수렴되지 않고, 세계와 우주로 확장되는 특성을 지닌다. 그러나 원심적 공간으로 가는 기초의 공간을 바로 가정, 마을과 같은 구심적 공간에 두고 있음을 주의해야 한다. 세계화합을 언급하면서 가정이라는 공간과 마을이라는 시적 공간을 두는 것은 그의 원심적 공간을 구축해주는 외향화된 의식이 어디까지나 가족, 또는 민족에서 출발함을 의미하기 때문이다.

　신현득의 작품에서도 보여지듯 아무리 원심력이 작용하는 공간에 대한 이야기라고 해도, 끝내 현실에서 벗어날 수는 없다. 작가는 이런 한계를 절감이라도 한 것처럼, 새로운 공간을 창조해내기 시작한다.[7] 다음 시에서 그는 구심적 공간을 견지하면서 원심적 공간을 지향하려는 태도를 보인다.

　　끌어당겨주지 않았다면
　　나무를 떠난 열매가
　　하늘로 날아올랐을 게다.

　　열매를 따라 나무도 날아가다
　　우주공간에서/ 헤어졌을 게다.

　　왜 당겨주는 걸까?
　　생각하면 안다.

---

7 최수웅, 『문학의 공간, 공간의 스토리텔링』, (주)한국학술정보, 2006, 189쪽.

모여서 같이 살자는 거다.
동그란 지구 위에.

그래서
산은 날아가려다 주저앉아 있고
강물이 그 언저리를 흐른다.

뉴튼이 본 것은
이것이었다.

― 「뉴튼과 사과나무」(7-73) 일부

 '뉴튼의 만유인력'을 소재로 한 위의 시는 지구가 물체를 끌어당기는 힘 때문에 우리가 동그란 지구 위에 모여 살 수 있음을 제시한다. 이어서 그는 질문한다. "왜 당겨주는 걸까?" 원인이 있어야 결과가 주어지듯, 지구가 물체를 끌어당기는 데는 분명한 까닭이 있을 거란 시인의 발상이다. 그 답은 5연에 드러나 있다. "모여서 같이 살자는 거다." 서로 부족한 점은 돕고, 조화로우면서도 평화롭게 모여서 같이 살자는 것은 곧 시의 주제이기도 하다.
 땅이 "끌어당겨주지 않았다면/나무를 떠난 열매가/하늘로 날아올랐을" 것이다. 또한 나무도 흙에 붙어있지 못하고 날아가다가 우주에서 뿔뿔이 흩어졌을 것이다. 위 시는 모여서 같이 살기 위해 산도 주저앉아 있고, 강물이 그 언저리를 흐른다고 말한다. 여기에서 위의 시가 흩어지려는 원심성을 모으는 힘, 즉 구심력을 강조한다는 것을 파악할 수 있다. 즉 「뉴튼과 사과나무」는 뉴튼의 만유인력을 재해석함으로써, 모든 사물이 자신의 자리를 지키고 '모여서 살 수 있는' 세계에 대한 지향성을 드러낸다.

독자에 따라서는 "뉴튼이 본 것은/
이것이었다"는 마지막 행을 모호하다
고 여길 수 있다. 시어가 구체화되어
있지 않고, "이것"으로 지칭되어 있기
때문이다. 뉴튼이 본 "이것"은 시에서
정다우면서도 화목한 세계였을 것이
다. 모든 사물이 자신의 자리를 지킬
때, 함께 모여서 살 때 바로 '이것'의
세계는 완성된다. 이는 세계화합을 두
고 원심력과 구심력의 양면성을 제시
하면서, 동그란 지구 위에 화합하며
사는 세계를 강조한다.

제7동시집 『해바라기 씨 하나』(진영출판사,
1987)

위와 같은 특징 때문에 신현득의
'우주참여' 의식을 다룬 작품들에 대해 논자들은 우주공간을 다룬 환상
적 작품, 또는 미래지향적 시라는 데 의견을 모은다. 제1시집에 실린
「월식」, 「별나라 동무들에게」 등이 그 시발점이라 하겠다. 그러나 이러
한 우주참여 시에도 발상의 전복이 나타나는데, 그것은 바로 '시선'의
전환이다. 여기서 시선의 전환이라 함은 지구에서 우주로 향했던 작가
의 시선이 '우주에서 지구'로 그 방향을 달리함을 뜻한다.

현재의 '보는' 눈이 '보이는' 눈을 의식하게 되면서, 우리의 시각은
'보고 있는 나'와 '보이는 대상'의 시선을 동시에 인식한다.[8] 이것은 주
체가 타자의 눈을 의식하는 것과 같은 원리인데, 내가 대상을 보는 것과
마찬가지로 대상도 각각 주체의 시선으로 나를 볼 수 있다는 것이다.

이러한 논의를 근거로 신현득의 우주시편에서 주체로서의 지구가 대

---

8 정문선, 「한국 모더니즘 시 화자의 시각체제 연구: 보는 주체로서의 화자와 보이는 대상으로서의
공간을 중심으로」, 서강대 대학원 박사학위 논문, 2003, 49쪽.

상이 될 수 있음과 더불어 대상이었던 우주가 주체가 되어 지구를 응시할 수 있음이 드러난다. 즉 지구가 우주를 바라보기만 했던 시선에서, 우주도 지구를 바라보고 있는 시선으로 시선의 변화와 이동이 발생한 것이다. 다음 작품은 달나라에서 온 편지를 지구인이 받아 읽는 형태를 취하고 있다.

지구촌의 길은 모두, 바닷길까지
남대문을 향해 모여 있군, 기찻길까지
달나라엔 아직
철길이 없어서 구경거리야.

그런데
가끔은 지구마을에
소용돌이가 생긴다구.
그것이 태풍과 그 눈이라지?

그보다 더 큰 소용돌이?
그걸 전쟁이라 한다는군.
지구덩이가 움찔할 때가 있지.
폭격 때문이라나?

번갯불보단 아주 큰
폭탄 불빛이 영글게 보여.
아우성이 여기까지 들리는 것 같지.

지구 사람

조용했음 좋겠어.

남대문이 의젓하게 앉아 있듯이.

—「달나라에서 온 편지」(17-101) 일부

　달나라에서 지구마을로 편지가 도착했다. 내용은 달나라에서 바라본 우리나라 모습이다. 이 편지에서 시인은 주제를 노골적으로 드러내는데, 달나라까지 보이는 지구마을의 소용돌이를 문제 삼고자 하는 것이다. 그것은 크게 자연재해와 전쟁으로 나뉜다. 자연재해는 노력하면 그 피해를 줄일 수 있지만, 인위적으로 행해지는 전쟁은 지구인들의 이기심이 발생의 원인으로 부끄러운 일이다. 결국 시인이 작품을 통해 전달하고자 하는 바는 세계평화와 화합에의 지향임을 파악할 수 있다. 또한 "지구촌의 길은 모두, …/남대문을 향해 모여 있군!"은 통일 등 우리 민족의 화합이 먼저 실현되어야 세계화합으로 가는 길이 열린다는 것을 제시해준다.

　이 시에서 시인은 원심적 시선과 구심적 시선을 번갈아 사용한다. 달나라의 시선은 전 세계를 돌아, 남대문에 초점을 맞춘다. 남대문을 중심으로 지구마을을 둘러보는 것이다. 이것은 남대문에서 지구공간으로 그 시선이 확장되었다가 마지막 연 "남대문이 의젓하게 앉아 있듯이"에서 다시 남대문이라는 구심점으로 회귀함을 뜻한다.

　또한 그는 우주를 노래하면서 더불어 역사소재를 끌어들이는데, 이것은 "전쟁"과 "폭격"을 소재로 한 것에서 찾아볼 수 있다. 이처럼 역사소재의 활용은 현재 관점에서 전쟁에 대한 비판의식을 은연중 드러냄으로서 반성의 효과를 낳는다. 즉 우주참여 시편의 확장적인 인식이 초월을 지향하면서도, 그것의 바탕에는 민족주의 정신이 내재되어 있음을 파악할 수 있다.

　이밖에 그의 시집에는 '달'을 소재로 세계화합 이미지를 형상화한 시편이 다수인데, 「달나라에서 지구구경」, 「달나라에서 사과나무 가꾸기」, 그밖에도 「달 끌어오기」가 있다.

달을 끌어오는 거다.
든든한 밧줄을 걸고.
우리 지구마을 모두가 힘을 모아서
"여엉차!"한 마디에 슬몃슬몃 끌어올릴 걸.
지구에 끌어다 합쳐 하나의 대륙을 만드는 거지.
지구땅 좁다고 싸우지 말고
그렇게 해보는 게 어때?

─그러면 달밤이 없어지는 걸.
보름달 초승달도 없어지는 걸.

거기엔 좋은 수가 있지.
금성을 끌어와서
달 위치쯤에
더 밝은 달로 달아두는 거야.

꿈같은 허공에다 달을 달아두고, 오늘처럼
쳐다보고 즐기는 게 좋아.

―「달 끌어오기」(13-70) 전문

앞서 논의된 「해님의 그림자놀이」나 「달나라에서 온 편지」에서 지구와 우주는 서로를 '숨어서' 본다. 실제로 지구와 우주 사이에는 공간적 거리가 있다. 이와 같이 떨어진 공간에서 서로에게 영향력을 행사하기란 녹록치 않았을 것이다. 그리하여 시인은 작품을 통해 서로에 대한 갈망을 '달 끌어오기'라는 상상력을 통해 실현시킨다.

이렇듯 신현득의 시세계에서는 '달 끌어오기'가 가능하다. 지구마을 모두가 힘을 합쳐 든든한 밧줄을 걸고 달을 끌어온다. 지구에 끌어다 합치면 하나의 대륙이 만들어질 것이고, 그들은 하나의 일치된 공간에서 서로를 대면하게 될 것이다. 이는 그들 사이가 숨어서 보거나 훔쳐보는 형국에서 벗어났음을 의미하며, 더불어 그들의 공간적 거리가 좁혀졌음을 암시한다.

한편 「달 끌어오기」에서 주체인 지구마을의 시선은 모두 하나로 '달'에 향해 있다. 이처럼 달은 지구인들의 시선을 하나로 모으고 있다는 점에서 중심적 역할을 담당하며, 구심적 특성을 지닌다. 이는 3행의 "모아서", 4행의 "끌어올릴 걸", 그리고 5행의 "끌어다 합쳐"라는 시구를 통해 나타난다. 제시된 시어들은 '하나로 모으다'라는 의미로서 세계화합으로 나아가는 방향을 제시한다. 2연에서 시인은 달밤이 없어지는 것을 걱정한다. 보름달, 초승달이 없어지는 것도 염려한다. 하지만 문제될 것은 없다. "금성을 끌어와서 달 위치쯤에 더 밝은 달로 달아두"면 그만이다. 지구만한 크기의 금성이 더욱 널리 세상을 비춰줄 것이기 때문이다.

이와 같은 시인의 낙천적 세계화합 인식은 작품에서 '달을 끌어오는' 환상적 분위기로 나타난다. "달 끌어오기"는 경험을 넘어선 환상의 세계로서 있을 수 없는 생각 내지는 상상인 것이다. 이러한 가상의 화합 실현은 지구와 우주가 서로를 갈망하듯 시인이 갈망하는 꿈이며, 특히 마지막 연 "꿈같은 허공에다 달을 달아두고"에 함축적으로 나타난다. 신현득 시에 유독 '달' 이미지가 자주 등장하는 것은 그의 달에 대한 동경의식을 증명해준다. 특히 다음 작품에서는 우주공간에 존재하는 달이 지구인에게 말을 걸어올 뿐만 아니라, 서로 융합하려는 형태를 취한다.

달이, 자주
내 방 창문을 기웃거렸지.
그러던 달이
창문 꽉 차게 방안을 들여다보는 건
오늘이 첨이었어.

"영수야!"
달이 불렀지.
달이 얘기하고 싶은 모습을 한 것도 첨이었지.

"내가 영수 동무가 되면 안 되니?"
"애들 동무로는 너무 크거든.
쬐그만 풍선이 될 수 있니?"

"그럴까?"
우스갯말로 한 건데 달이 정말
정말, 정말 풍선이 됐지 뭐야.

달 풍선을 실 끝에 매어 들고
떠들썩한 놀이터로 나갔지.
"이게 오늘 밤 보름달이야."
"그래?"
놀라지 않는 애가 없었지.

이놈을
정글짐에 매어놓고 나니

아주 환했지.

숨바꼭질도 하며

미끄럼도 타며

실컷, 실컷 놀았지.

─「달이 정말 풍선이 됐지 뭐야」(21-14) 전문

이 작품은 「달나라에서 온 편지」에 비해 지구와 우주의 관계가 가까워
진 양상이 확연히 드러난다. 즉 편지를 보내는 것에 그치던 우주가 영수
의 방 창문을 기웃거리는 것이다. 달은 지구인들의 생활이 궁금해 자주
영수의 방 창문을 들여다본다. 그러다 "창문 꽉 차게 방안을 들여다보
는"것은, 달의 호기심이 최고조에 이르렀음을 보여준다.

안과 밖을 연결해주는 매개체로서의 창문은 '공간 확장의 기능'을 담
당하며, 우주와 지구의 융합을 위해 나아가는 지향의지로 파악된다. 이
것은 지구와 우주 간의 경계가 모호해지는 것을 보여준다. 환상에 그칠
수 있는 꿈을 실현시키기 위한 '창문'이라는 공간은, 지구인과 달의 대
화가 시도된 기초공간으로서 이들의 심리적인 거리를 좁혀주는 역할을
담당하였다.

창문을 통해 전달되는 달의 마음은 2연의 "달이 얘기하고 싶은 모습"
에서도 잘 드러난다. 달은 영수와 친구가 되고 싶은 것이다. 영수의 제
안으로 보름달이 풍선으로 모습을 바꾸고 놀이터 정글짐에 매달려 아이
들이 뛰노는 걸 환하게 지켜보는 풍경은, 어린이들과 달의 교류를 통해
우주와 지구의 융합이 가능함을 제시한다.

시인의 동경 대상인 '달'이 누구나 쉽게 손닿을 수 있는, 특히 어린이
들에게 가장 친숙한 공간 중 하나인 놀이터에 내려와 앉은 것은 그만큼
주체와 대상이 가까워졌음을 의미한다. 이러한 주체와 대상의 '시선 이
동'은 다소 복합적으로 나타난다. 1연과 2연에서는 달이 주체가 되어

대상인 영수를 바라보는 형태를 취하는 반면, 3연부터는 영수가 주체가 되어 달에게 "쬐그만 풍선이 될 수 있니?"라며 제안한다.

"달이 정말 풍선이 됐지 뭐야"에서 '정말'이라는 시어를 세 번 반복적으로 사용한 것은, 지구와 우주가 '정말' 밀접해져 있음을 강조하려는 의도로 나타난다. 특히 마지막 연은 떠들썩한 놀이터에서 어린이들의 시선이 모두 '달 풍선'을 향해 있으며, 이어 정글짐에 매어놓은 달 풍선의 시선으로 어린이들이 노는 모습을 지켜보기에 이른다. 이렇듯 주체와 대상의 시선이 상호 교차됨으로써 나타나는 시상 전개 방식은, 그만큼 달과 어린이들이 서로 가까워졌음을 보여준다.

요컨대 「달이 정말 풍선이 됐지 뭐야」는 달이 먼저 지구세계를 찾아왔다는 데 의의가 있다. 지구인만이 우주에 대해 일방적인 호기심과 환상을 가지고 있는 것이 아니라는 점에서 발상의 전환이 이루어졌다고 볼 수 있다. 이 시는 우주도 지구인과 융합하고 싶은 의지를 보여주고 있다는 동화적 발상에 근거한다.

살펴본바, 시인이 동경하는 '세계화합'의식은 필수불가결한 요소로 그의 작품에 그려진다. 그 화합의지는 '달'이라는 소재를 끌어들임으로써 우주공간에서의 환상적 이미지로 나타난다. 그러나 달이 창문에 와 닿음과 동시에, 초월적 공간은 시인의 손이 닿을 수 있는 공간으로 가까워진다. 이어 놀이터라는 아이들의 공간을 배경으로 지구와 우주의 완전한 화합이 실현되고 있다. 앞선 작품 「지구와 사과나무」에서 지구는 끌어당기는 힘으로 모든 것을 제자리에 놓았다. 이어 「달 끌어오기」에서 시인이 동경하는 '달'마저 지구세계로 끌어오는 것은 다함께 협동하며 살기를 바라는 시인의 지향을 드러낸다. 그것은 「달이 정말 풍선이 됐지 뭐야」를 통해 실현됨으로써, 그가 동경하는 '세계 화합'이 보다 가까워지고 절실해졌음을 상징하기도 한다.

2. 역사 반추와 민족 정체성

세계화 시대라고 해서 민족과 민족주의의 구실이 끝난 것이 아니며, 세계화와 민족주의는 복합적인 관계에 있다.[9] 세계화 속에서 민족주의는 역기능을 수행하기도 하고 순기능을 수행하기도 하였다. 민족주의가 자민족우월주의에 빠져 국수주의적, 폐쇄적, 배타적으로 나아가거나 자민족중심주의에 잠겨 대외공격적인 역기능을 수행할 경우에는 민족주의가 세계화에 역행할 수 있다. 그러나 민족주의가 지구의 보편적 가치를 함께 추구하고 세계시민주의를 바탕으로 하여 상호 공생 공영하는 노선을 지향할 때, 민족주의와 세계화는 공존할 수 있는 것이다.[10] 이런 면에서 신현득의 시편들은 세계화 속 민족주의의 순기능을 수행하고 있다.

앞서 그의 시가 서로를 이해하고 받아들이는 세계화합을 지향함을 논의했다. 한편 세계화를 노래하면서 '민족성'을 강조하는 것은 신현득 작품에서 주목할 만한 특성 중 하나이다. 이것은 시인의 시적 공간이 세계화를 향해 원심적 공간으로 확장될 때에도, 그 중심은 구심적 공간으로 모아지고 있음을 뜻한다. 세계화 시대에도 민족국가의 역할이 유지되어야 하며, 민족주의는 여전히 유효하다는 작가의식이 역사를 소재로 다룬 작품 등에 일관되게 나타난다. 이러한 의식은 곧 한국인의 주체성을 지키면서 세계화에 이바지해야 한다는 것으로 요약된다.

이 장에서는 '고구려 아이 되기'의 현재적 변용의 의미와 통일을 추구하는 시적 주제를 살펴봄으로써 신현득 시의 화해의식과 지향점을 모색하고자 한다. 「고구려의 아이」는 요동성을 지키다가 전사한 아버지에게

---

9 김영명, 『우리 눈으로 본 세계화와 민족주의』, 오름, 2002, 125쪽 참고.
10 문중섭, 「백범 김구의 민족주의 사상과 세계화 시대의 민족주의」, 『한국시민윤리학회보』 제24집 2호, 한국시민윤리학회, 2011, 169쪽.

서 태어난 아이가 자라서 다시 요동성을 지키러 떠나기까지의 이야기를 내용으로 한 서사시이다. 총 15연 107행으로 창작된 위의 작품은 당시 독자들의 인기를 얻었고, '고구려 아이'는 시인의 애칭이 되었다. 또한 신현득 시인 스스로 '고구려 아이'를 필명으로 사용한 것에서 이 시가 갖는 중요성을 짐작할 수 있다.

시인은 "고구려 정신으로 보니 사물이 다르게 보였다. 고구려 정신으로 아동문학을 보니 스케일이 커지는 것이었다."[11]라고 말한다. 여기에서 그가 언급한 고구려 정신은 천지의 '광명정신'과도 일치한다. 고구려 정신은 밝은 미래와 희망을 향해 힘차게 나아가는 밝고 환한 빛을 띠는 정신이기 때문이다. 다음은 「고구려의 아이」의 일부이다.

"애야 그 칼이
아직 네겐 무거울 텐데?"
"좀 무겁지만 싸울 순 있어요."
"애야, 그 투구가
아직은 클 텐데?"
"좀 크지만 싸울 순 있어요."
"전동에 화살은 준비되었니?"
"다 준비되었어요."
"그 칼을 다시 갈았니?"
"날을 세워 갈았어요."
"그래 가거라.
내 아들아!"

—「고구려의 아이」(2-117) 일부

---

11 신현득 외, 『내 문학의 뿌리』, 답계, 2005, 196~197쪽.

아이들에게 그늘처럼 드리워진 민족
적 열등감을 극복하기 위해 시인은 유년
시절을 보냈던 고구려의 옛 땅을 떠올렸
다. 그는 일제 말기, 일제의 수탈로 생계
를 잇기 어려운 상황이 계속되자, 1937
년 가족들과 함께 어쩔 수 없이 송화강
상류지방으로 이주를 하게 된다. 적응하
는데 큰 어려움이 있어 4년 만에 다시
고국으로 돌아오지만, 이러한 경험은 그
의 시작의 중요한 모티프가 되었다. 그
는 "광활한 중원을 호령하던 고구려인
의 기상은 민족의 웅혼한 자긍심을 심어

제2동시집 『고구려의 아이』(형설출판사,
1964)

주기에 가장 적절한 제재일뿐더러 민족의 정신적 뿌리가 될 만하다."[12]
고 판단한다.

나는 바보였지만 자라는 어린이들은 바보가 되지 않게 해야지, 하는 생각으
로 '한국인이 되라! 가장 한국인다운 한국인이 바로 세계인이다.'라고 잔소리
처럼 되뇌었습니다. 특히 역사를 가르치면서 고구려를 더욱 힘주어 가르쳤습니
다. 고구려야말로 우리의 정신이 되어야 한다. 요동벌을 호령하던 고구려정신
이 어린이들 가슴마다 심어져야 한다고.[13]

위는 『고구려의 아이』(1964) 첫머리에 실린 글이다. 시인은 동북공정
의 대상이 모두 고구려 땅이라 주장하며, 고구려의 영광을 되찾아야 한
다고 말한 바 있다.[14] 그는 잃어버린 고구려 땅을 생각하며, 고구려 정신

---

12 김용희, 「옥중아 너는 커서 뭐할래」, 『옥중아』, 340쪽.
13 신현득, 『고구려의 아이』, '첫머리' 참고, 형설, 1964.

으로 배우고 일해야 함을 강조한다. 이를 실현시키기 위해 시인은 작품을 통해 '고구려 아이'를 창조함으로써 '강인한 정신력'과 '도전정신'을 드러낸다. 그리하여 자라나는 어린이들이 민족에 대한 자긍심을 발휘하기를 소망한다. 이는 곧 고구려 아이의 정신으로 우리 민족의 주체성을 되찾기를 바랐던 것이다.

시인은 엄마의 입을 통해 아이에게 고구려 이야기를 들려준다. 어머니는 세상의 온갖 이야기 중에서 살수싸움 이야기와 세상의 많은 장수들 중에서 을지문덕 이야기를 들려준다. 그리고 세상의 여러 임금 중에서 광개토대왕 이야기를 들려준다. 이어 요동성 이야기를 해주며 "고구려 사람은 겁내지 않고 물러서지 않는다는 걸 가르쳐"준다.

이와 같이 어렸을 적부터 고구려 이야기를 듣고 자란 아이는 '고구려 아이'가 되기 위해 노력한다. 얼마만큼 성장한 아이는 나라를 지키기 위해 투구를 쓰고, 화살을 준비한다. 이 시에서 시인은 위대한 고구려의 역사를 거울삼아, 커가는 어린이들이 "커가는 나라 고구려"의 기상을 이어가길 바라는 마음이 절실하다.

이와 같은 논의들은 「오뚜기 민족」[15]이라는 시를 통해서도 고찰될 수 있다. 이 시는 잠깐 기우뚱하다가도 바로 다시 우뚝 서고야마는 민족적 특성을 오뚝이에 비유하여 형상화한 것이다.

우리끼리 뭉쳐 큰 오뚜기 되었지.

거란이, 원나라가 툭툭-
오뚜기를 건드렸지.

---

14 신현득, 『고구려의 아이』, '도움글' 참고, 대교출판, 2005.
15 신현득의 「오뚜기 민족」은 오뚜기로 개정 전에 지어진 시로 신현득의 시 제목은 작성 당시의 표기법을 따라 '오뚜기'로 표현하고 본문의 내용에서는 개정된 맞춤법에 맞게 '오뚝이'로 표기하였다.

오뚜기가 또 한 번 기우뚱했을 뿐,

"빵!"

적을 때려눕히고 다시 오뚝!

(중략)

바다 건너 다시 온 적이, 또 괴롭혔지.

흔들리는 척하던 오뚜기 민족,

"빵 빵!"

안중근의 주먹으로, 윤봉길의 주먹으로

쥐어박았지.

김좌진은 머리로 받았어, "빵!"

오뚜기가 이겼다.

"만세!"

—「오뚜기 민족」(27-112) 일부

　작품에서 "수나라와 그런 일"은 살수대첩을 두고 하는 말이다. 이 싸움에서 을지문덕은 거짓으로 항복했다가, 기회를 엿본 후 재공격해서 대승을 거둔다. 이처럼 시인은 "쥐어 박히는 척, 넘어지는 척 꿈틀했다가" 다시 일어서는 고구려를 오뚝이에 비유한다. 안시성전투에서도 고구려는 당나라의 기세에 굴하지 않고 끝까지 안시성을 지키는 위력을 발휘한다.

　신라와 백제, 고구려의 통일로 오뚝이는 '고려'란 이름의 '큰 오뚝이'가 된다. 거란의 침입에 "오뚝이가 또 한 번 기우뚱"하지만, 강감찬의 귀주대첩으로 대승을 거두면서 전쟁을 승리로 이끈다. 또한 공민왕은 원나라의 압제에도 고구려의 옛 땅을 되찾고자 요동정벌에 나선다. 시인의 말처럼 "툭툭-/오뚝이를 건드"려 봤자, 오뚝이는 "다시 오뚝!" 하고 일어나는 것이다.

임진왜란에서도 이순신은 거북선을 앞세워 적의 함대를 무찌르는 쾌거를 보여준다. 병자호란 때도 "흔들, 흔들렸을 뿐/"빵" 적을" 때려눕히고 일어났으니, "흔들리는 척하던 오뚝이 민족"임을 강조한다.

이 시에서 '바다 건너 다시 온 적'은 일본을 의미한다. 일제 탄압으로 또다시 괴롭힘을 당하지만, 안중근 의사의 주먹이 적을 쫓아낸다. 청산리 대첩에서 김좌진 장군의 조선 독립을 위한 고군분투의 의지는 결코 넘어지지 않는 '오뚝이 민족'에 적절히 비유되면서 우리 민족을 승리로 이끌었다.

이처럼 시인은 「오뚜기 민족」을 통해 '우리 민족은 강하고, 멸망하지 않을 것'이라는 민족의식을 독자들에게 심어준다. 지금까지의 수난도 민족자존의 정신력으로 극복했으니, 평탄대로를 걸어온 나라보다 두려울 게 없는 강한 민족임을 분명하게 드러낸다. 이러한 민족적 특성을 결코 쓰러지지 않는 「오뚜기 민족」을 통해 승화시킨 것이다.

신현득은 "우리의 언어로 쓴 동시가 우리의 생활, 우리의 자연, 우리의 사물, 우리의 오늘, 우리의 갈등, 우리의 염원에 근원한 시가 되어야 한다."고 말한 바 있다.[16] 그의 작품에서 '나'에서 비롯하여 '우리', '우리 겨레'에 이르는 인식은 마을 사람들의 전통적 생활양식과 생활주변에서 보는 문화적 유산을 시적 소재로 삼는 양상으로 나타난다. 다음 작품들을 통해 살펴보자.

박꽃 피는 걸 보고

---

16 신현득, 「나의 시법 나의 시」, 『옥중아』, 249쪽.

엄마는 저녁쌀을 앉히고.

저녁연기 나는 걸 보고
하늘은 빨간 노을을 펴고.

하늘의 노을을 보고
아빠는 들에서 연장을 챙기고.

아빠가 돌아오신 걸 보고
제비는 식구끼리
제 집에 들고.

—「박꽃 피는 시간에」(5-33) 전문

「박꽃 피는 시간에」에서 시인은 농가의 전형적 모습을 노래한다. 자연의 흐름이 곧 시간이 되는 농촌의 전경에서는 굳이 시계를 필요로 하지 않는다. 또한 자연을 배경으로 한 고향은 가족이든 자연물이든 땀 냄새를 풍기고 있어서 정겹고 소중한 산천으로 기억된다. 그가 마련한 시적 공간은 인간과 자연이 공존하며, 이 둘의 대화가 가능한 곳이다. 자연의 순리에 따라 저녁쌀을 앉히고, 들에서 연장을 거두는 삶의 일면은 자연과의 소통을 바탕으로 생활하는 농촌 사람들의 면모를 보여주면서 고향에 대한 향수를 느끼게 한다.

신현득은 향토적 분위기를 바탕으로 민족적 서정을 그린 작품을 다수 생산하는데, 이러한 자연과 향토성이 사라진다는 것에 시인은 유달리 가슴 아파했다. 이런 맥락에서 그는 조상들이 써 왔고 그 자신이 써 오던 사물들에 눈길을 돌린다.

자연에 관한 동시는 고향에 대한 시로 쉽게 이어지며, 곧 '우리 것'의

제7회 윤석중문학상을 수상한 신현득 시인.

이미지를 형성한다.[17] 시인이 작품 활동을 시작한 1960년대에는 농업이 국민의 주업이었다. 그러다 보니 쟁기, 도리깨, 베틀, 물레, 도토마리 등이 신현득 작품의 소재로 등장한다. 신현득은 이러한 시적 소재들이 "지금 독자들에게는 주석을 달아야 하니, 고전"[18]이라고 말한다. 문제는 이러한 농촌의 풍경과 자연의 서정을 지금 어린이들의 화법과 생활에 맞게 어떠한 방식으로 작품에 녹여내는가에 있다. 신현득 또한 오랜 시간이 흐르는 동안 어린이들의 화법이 엄청나게 변했고, 어린이를 위한 아동문학은 어린이들 화법과 생활을 따라가야 한다고 생각했으며, 작품을 통해 그것을 실천했다.

　　작은 독은

　　작은 모자.

17 김현숙, 「노동한다 고로 존재한다」, 『옥중아』, 218쪽.
18 신현득, 「제7회 윤석중 문학상 수상자 인터뷰」, 『새싹문학』, 새싹회, 2011년 12월호, 19쪽.

큰 독은
큰 모자

장독은 하나씩
모자를 쓰고.
소래기를 엎어서
모자로 쓰고.

오뉴월 뙤약볕에
몸을 데우며.
지나는 소나기를
함빡 맞으며.

한 끼에 한 번씩
모자를 벗고.
한 끼에 한 번씩
뱃속이 줄고.

—「장독간」(5-22) 전문

 장맛을 관장하는 장독대에는 철륭신이 있다. 우리 조상들이 철륭신을
두었다는 것은 철륭굿을 보면 알 수 있다. 철륭신은 부엌신을 모시는 조
왕[19]굿을 시작으로, 고추장과 된장 등 장맛을 관장하는 철륭신을 달래는
것이다.[20] 옛 선조들은 장독에 의해서 장맛이 좌우된다고 생각했을 정도

---

19 조왕신앙. 조왕신을 모시는 가신 신앙의 하나. 조왕신은 부엌을 관할하는 신이며, 그 기원은 불
 을 다루는 데서 유래한다. 조왕굿은 부엌에서 조왕에게 치성을 드리는 굿이다.
20 주강현, 『굿의 사회사』, 웅진, 1992, 118~119쪽 참고.

로, 장독은 우리 정서와 깊은 연관성을 지니고 있다. 이처럼 조상들이 소중하게 생각해왔던 장독을 소재 삼아 노래하는 그의 시 세계에서 민간신앙과 우리 것을 지키기 위한 노력을 엿볼 수 있다.

장독은 모양과 크기에 따라 쓰임새가 다양하다. 시인은 장독 뚜껑을 '모자'에 비유하여, "작은 독은/작은 모자"를 쓰고, "큰 독은/큰 모자"를 쓰고 있다고 표현했다. 그는 「장독간」에서 현대문명과 비교해 봐도 뒤지지 않을 옛 선조들의 지혜를 읽는다.

신현득은 "동시의 소재가 농촌의 자연을 떠난다면 그 서정성을 잃게 된다. 어린이들이 반딧불이·장수풍뎅이·소금쟁이·송사리·옥수수 밭·원두막·논둑길·별빛에서 멀리 있을수록 시인은 농촌의 자연을 노래에 담고, 역사의 뿌리를 농촌에서 찾아 노래해야 한다."고 주장한다.[21] 어느 사회든지 민족 나름의 정서가 있기 마련이며, 그 사회공동체가 겪어온 역사와 문화를 반추하여 나름의 민족정서를 확립해나가고 있다. 그러나 오늘날에 이르러 이와 같은 민족 고유의 정서는 현대의 사회질서 안에서 부정되거나 파괴되어 간다. 이와 같은 현실에 대해 신현득은 비판적 의식을 가지고 있으며 작품에서 우리 것을 지키기 위한 노력을 게을리하지 않는다.

그의 작품에 나타난 민족정서는 주체성을 근간으로 하며, 이러한 겨레와 나라의 주체성 속에서만 개인의 주체성도 완성된다고 보았다. 민족의 모든 정서와 정신을 지켜나가기 위해서 주체성은 필수불가결한 요소로 작용하는 것이다. 이러한 주체성은 곧 '한국적'인 것에 대한 강조로 나타나고 있다.

바다의 이 물은

---

21 신현득, 「생태환경과 아동문학」, 『농민문학』, 2003년 여름호, 25쪽.

비 오는 날
무궁화 봉오리에서나
해바라기 목에서
시작되는 것이다.

군에서 오빠가 돌아오는
그런 밤이면
그 밤에 다 쏟아져 버릴
엄마 눈 속에 부푼
눈물주머니에서도
한 숟갈이나
반 숟갈씩
바다는 시작되고 있는 것이다.

바다는
처음 텅 빈 바다는
손바닥만 한
웅덩이였을 게 아니냐?

그래 그 2,700미터 높이에서
백두산 천지도
흘러와 괴어주고

국기게양대에서 흘러내린 물도
와서 괴어주고

베틀에서 내려와

엄마가 꾸리를 삶고 비운 물이나

옛 얘기에 말마따나

심청이네 집 향나무 샘도

그 줄기는 모두

바다에 잇고 있는 것이지.

—「바다는 한 숟갈씩」(4-24) 전문

빗물이 바다로 만들어지기까지의 과정을 그린 「바다는 한 숟갈씩」은 엄마가 흘리는 눈물에서 바다가 시작됨을 이야기한다. 위 작품이 발표된 시기는 사회적으로나 경제적으로 매우 어려웠던 1960년대 말이다. 시인은 엄마의 눈물을 개인적인 것으로 해석하지 않는다. 그는 엄마의 눈물을 시대적인 것과 관련시켜 민족적인 고난으로 연결한다. 민족의 부푼 눈물주머니는 기나긴 고행 길 끝에 바다에 닿고, 그 안에서 한민족만의 고유한 감성을 녹여내고 있다는 것이다.

제3시집 표제가 된 「바다는 한 숟갈씩」은 민족주의적 사상을 차원 높은 예술성으로 보여주며 모든 근원을 '한국적인 것'에서 찾으려는 의도적 형상화가 확실하게 드러난 작품이다. 이러한 의식은 '무궁화'라는 시어를 통해 표출되며, 이러한 개념에서 보면 무궁화 봉오리는 우리 민족의 '피어날 꿈'을 상징하게 된다. 또한 주체성을 찾기 위해 쉬지 않고 몰두하는 성실함만이 '바다'라는 이상향에 도달할 수 있음을 보여준다.

한편 의도적으로 '백두산 천지'와 '국기게양대'를 소재로 등장시키며, 모든 형상화 과정에 '한국적인 것'을 내세운다. 특히 마지막 연의 "베틀에서 내려와/엄마가 꾸리를 삶고 비운 물"이나 "심청이네 집 향나무 샘"은 우리의 옛것에 대한 따뜻한 애정에서 빚어진 시구다. 이에 대해 이재철은 신현득의 시가 조국의 어제와 오늘에 대한 애틋한 근심, 역사 속에서의 나의 발견 등을 형상화하며, 그 시 세계가 참으로 다채롭고 심오하다고 평하였다.[22] 무궁화 봉오리와 바다를 통해 피어날 민족의 주체성을 형상화한 것, 바다로 향하는 고난의 길을 이겨낸 한국의 힘을 보여준 것은 문학적 서정성을 확장하면서 동시에 그의 민족정신을 표출하는 주요한 요소인 것이다.

　이러한 민족 주체성은 「독도에 나무심기」를 통해 더욱 명확해진다. "독도에 나무를 심자./"바위섬에 어떻게?"//……//"바위섬을 무엇하러"/그렇게 생각하다가 우린/대마도를 잃었다."라는 시구는 독도가 우리 땅임을 명확히 하려는 데서 비롯된다. 그래서 어느 누구도 독도를 넘볼 수 없도록 "끈기의 꽃나무 무궁화를 심자"고 제안한다. 일제 치하를 겪은 그에게 독도마저 자기네 땅이라 우기는 일본의 오만함은 견딜 수가 없다. 시인은 독도마저 잃어서는 안 된다는 확고한 신념을 논해 왔다.

　'주체성'의 개념은 크게 세 가지로 나누어 볼 수 있다. 홀로 주체성, 시민적 주체성, 세계시민적 주체성이 바로 그것이다. 첫째, 홀로 주체성은 맹목적으로 자기 나라와 겨레를 위해 이익이 되는 것을 추구한다. 둘째, 시민적 주체성은 개별적인 민족국가를 통해 실현되며 셋째, 세계시민적 주체성은 모든 인류를 위해 바람직하고 좋은 것을 추구한다.[23] 이러한 관점에서 보면 「독도와 나무심기」는 우리나라에 이익이 되는 것을 추구한다는 명목 하에 홀로 주체성으로 비춰질 수 있으나, 신현득이 제

---

22 이재철, 「예술성과 교육성의 조화」, 『옥중아』, 256쪽.
23 김상봉, 「민족과 서로 주체성」, 『시민과 세계』 제5호, 이매진, 2004, 63~64쪽 참고.
　한편 김상봉은 세계시민적 주체성이 마지막 단계는 아니라고 주장한다. 끊임없이 인류를 향해 자기를 초월하고 민족을 지양하는 한에서만 참된 주체로서 존재할 수 있는 이유다. 자기민족에 대한 집착에서 벗어나 인류공동체의 '서로 주체성'을 지향하는 형태가 완성태에 도달한 것이라고 주장한다.

시한 '독도문제'는 한 국가의 문제가 아닌, 인류사에서 바람직한 것을 추구하는 방향으로 나아가고 있다는 점에서 '세계시민적 주체성'으로 해석될 수 있다.

지금까지 시인의 민족 주체성을 찾기 위한 노력의 일환으로 다양한 작품들을 살펴보았다. 이밖에도 그는 역사적 사건을 바탕으로 한 「아무도 말려주는 이가 없었다」, 「안중근의 손도장」 등 독자들에게 민족적 주체성을 심어주기 위한 작품들을 다수 생산해낸다. 자라나는 어린이들에게 애국심을 촉구하며, 국가 발전을 위하여 어린이들이 주체성을 갖고 '한국'의 역량을 키워나가길 제안하는 것이 된다. 또한 「독도에 나무심기」 등은 애국심과 평화를 노래하면서 인류공동체를 위해 바람직한 것을 동경하고 지향하는 시인의 의지를 형상화하고 있는 시이다.

한편, 우리나라의 통일문제 또한 민족주체성을 지켜나가기 위한 일환으로 꾸준히 제기되고 있는 문제 중 하나이다. 신현득은 "우리의 체취가 스며 있지 않는 시를 어찌 한국의 시라 할 수 있겠는가."라고 반문하며, 우리의 시가 역사와 전통을 기점으로 하여 미래를 지향하는 시가 되어야 한다고 주장한다. 신현득의 이러한 역사참여의식은 통일에 대한 노래에 이어진다. 통일은 민족주체성을 찾는 길임과 동시에 세계시민적 주체성의 이행이라는 점에서 의의를 지닌다.

앞서 언급된 바 있지만, 신현득의 통일의식에는 한민족이 나뉘어져서는 안 된다는 의지와 남북이 하나가 되어야 다른 나라 앞에 더욱 당당히 맞설 수 있다는 생각이 자리잡고 있다. 이는 통일의지와 더불어 더욱 강인한 민족이 되기 위한 지향점을 향해 나아간다.

신현득은 역사적 진실이 어린이들에게서 멀어져가고 있음을 매우 안타까워한다.[24] 그는 어린이 독자들이 역사적 진실에 대해 모르는 것은 민족주체성을 상실하는 것과 다를 바 없으며, 우리가 왜 하나가 되어야 하는가를 모르는 어린이들에게 밝은 미래를 기대할 수 없다고 생각한

다. 그리하여 통일의 과제를 짊어지고 갈 어린이들이 알아야 할 역사적
진실을 작품을 통해 이야기한다.

> 역사가 눈을 흘기며
> "20세기의 죄악이다!"하고
> 외치거나 말거나
> 여기까진 네 차지
> 여기부턴 내 차지.
> 곧게만 그으면 돼.
>
> (중략)
>
> 마당 끝으로 경계선이 지나고
> 장독대 복판으로도
> 외양간서 쉬던
> 송아지 등때기 위로도
> 경계선이 그어졌다.
>
> 전쟁이 되거나 말거나
> 몇 백만, 쓰러져 죽거나 말거나
> 피로 강물이 되거나 말거나
> 전쟁고아 수십만이 생기거나 말거나다.
>
> ─「삼팔선 긋기─45년 어느 날 이야기」(13-121) 일부

---

24 신현득, 「아동문학의 오래된 샘─신현득 선생님을 찾아서」, 『열린아동문학』 2010년 가을호, 세
손, 121~142쪽 참고. 그는 "남과 북을 갈라놓은 것은 미국과 소련인데, 요즘 어린이들은 대부
분 공산주의가 남과 북을 갈라놓았다고 생각한다"며 "분단에서 오는 민족적 고통을 모르는 것
은 죄악이다"라고 말한 바 있다.

제13동시집 『고향솔잎 사진』(미리내, 1997)

신현득은 "아프면 아프다고 소리치는 것이 내 문학의 방법이 되었다"[25]고 말한다. 아픈 것을 아프다 해야 정직한 시가 되기 때문이다. 특히 그는 1997년「삼팔선 긋기」라는 작품 발표를 통해 6·25전쟁의 원인이 된 조국 분단이 강대국이 범한 20세기 죄악임을 주장한다.

이처럼 신현득은 일차적으로 분단 책임 국가인 강대국에게 자각과 반성을 촉구하면서도, 어린이들이 진실을 통해서 '통일의 당위성'에 대해 가슴으로 느끼기를 염원한다. 위 시에서 '왜 어린이들이 통일에 대해 부정적일까?'라는 질문에 대한 시인의 답을 찾을 수 있는데, 그것은 조국 분단이 어마어마한 죄악이라는 진실을 어린이들이 깨닫고 있지 못하기 때문이다.

강대국들에게 무참히 짓밟힌 역사적 진실은 신현득의「삼팔선 긋기」에서 폭발적인 감정으로 드러나는데, 그는 무책임한 강자들의 태도를 비판하며, "힘센 놈은 그런 짓 해도 된다"라는 반어법으로 시적 효과를 거두고 있다.

이 시에 대해 노여심은 "피를 토하듯 시를 토하여 강한 의지가 한 점도 가려지지 않고 밖으로 드러나 있으며, 감정은 조금도 정화되지 않은 날 것으로 표현되었다."고 평한다.[26] 우리 민족을 동강낸 강대국들에 대

---

25 신현득, 「나의 문학과 그 철학―아픈 것은 아프다 해야」, 『아동문예』, 2013년 2월호, 아동문예사, 106쪽.
26 노여심, 같은 책, 232쪽.

한 적개심을 서슴없이 드러내고 있다는 것이다. 그러나 이것은 오히려 아픈 것을 소리쳐서라도 민족주체성을 찾아야 한다는 자각에서 비롯된 것이며, 민족적 사명감으로 통일문제를 인식하는 것만이 세계화 앞에 기죽지 않고 떳떳할 수 있는 길이라 믿었기 때문이다. 신현득은 강대국에 의해 민족주체성을 박탈당했던 역사적 진실과 그 민족적 주체성을 되찾아야 함을 작품을 통해 강하게 드러낸다.

신현득의 '통일참여' 시는 제1집에 실린 「여덟시 반」에서 시작되는데, 몇몇 작품들을 통해 그의 통일의식을 살펴보도록 한다.

아침 여덟시 반이면
교문이 열린다.
척- 척- 척- 척-
우리나라 어린이들이
이 시간만은 발을 맞추고 있다.
백두산 이쪽에서
제주도 끝까지
우리는 모두
교문을 들어가고 있다.

(중략)

나라야 두 동강이가 되어 있어도
우리끼리 발이 맞는
이 시간을 생각하고 안심하자.
보고 싶은 이들끼리 보지 못하고, 나누고 싶은 이야기들을 할 수는 없지만
우리끼리 한 맘이 되는

이 시간을 생각하고 안심하자.

척- 척- 척- 척-
백두산 이쪽에서
제주도의 끝까지, 우리나라 어린이들이
발을 맞추어 교문을 들어가고 있다.
지금은
여덟시 반.

— 「여덟시 반」(1-78) 일부

위의 작품은 남북 어린이들이 여덟 시 반, 같은 시간에 교문을 들어서고 있다는 사실을 시로 빚은 것이다. 이 작품에는 현실과 이상이 교묘하게 직조되어 있다. 비록 나라는 두 동강으로 분단되어 있더라도 학생들의 등교시간만은 서로 일치하고 있다는 점에 착안하여 '우리끼리 한 맘이 되는' 길을 찾아낸다. 이 시는 특히 분단 현실을 극복하고 통일 조국에 대한 미래를 그린 작품이라고 할 수 있지만, 실제 표현은 매우 섬세하고도 소박하게 이루어져 주제가 내면화되어 있다.

이밖에도 그는 통일이 되는 날의 교실을 상상해서 쓴 작품을 발표했다. "그 소식을 듣고부터/필통 안 컴퍼스가/그냥 있는 게 아니었다.//연필도/제가 필통을 열고/……//교

신현득 동시집
통일이 되는 날의 교실

도서
출판 교 음 사

제6동시집 『통일이 되는 날의 교실』(교음사, 1981)

실은/책상들까지/덜컥거리는 것이었다."에서 시인은 아이들에게 익숙한 사물을 빌려 통일의 기쁨을 드러냈다. 특히 "뒷벽 그림 속의 꼬마들도/떠들며 뛰어다니는 것이었다."는 마지막 연에서는 통일의 기쁨이 강하게 발산된다. 이러한 시구에서 그림 속 꼬마들처럼, 통일된 나라에서 우리 어린이들 모두가 떳떳하고 힘차게 맘껏 떠들며 뛰어다니길 바라는 시인의 마음을 읽을 수 있다.

앞서 신현득의 통일의식에는 한민족이 나뉘어져서는 안 된다는 의지와 남북이 하나가 되어야 다른 나라 앞에 더욱 당당히 맞설 수 있다는 신념이 자리함을 이야기했다. 「통일이 되는 날의 교실」[27]은 우리 민족의 주체성을 찾아가는 통일의 과정을 형상화했다는 점에서 통일참여시의 가치를 보여준다.

넘어 다니는 바람이 가끔
생채기가 나는 건
철조망 쇠가시 때문이다.

햇빛도 담을 비추다가
쇠가시에 찔린다.
담장 위 호박덩굴도자칫, 덩굴손을 다친다.

우리 꼬마들 힘으로
담을 헐면 어떨까?

(중략)

---

27 신현득, 『통일이 되는 날의 교실』, 교음사, 1981, 78쪽.

인정이 오고 가는

따뜻한 이웃.

―「담을 헐면」(19-70) 일부

　마을의 이웃 사이에도 철조망이 있으면 바람에 상처가 나고, 햇빛도 그 담을 비추다가 쇠가시에 찔린다. 호박의 덩굴손조차 담을 타고 오르다가 다치고 만다. 이러한 안타까운 상황은 어린이들에게 '철조망 허물기' 인식을 촉구하고 있다. 이웃끼리의 분열도 힘의 약화를 가져오는데, 하물며 한 민족의 분열이 주는 상처는 얼마나 큰가. 시인은 마을 담장에서 어린이들이 쇠가시로 가득한 철조망을 허물어주길 바란다. 이는 앞으로 어린이들이 통일의 주역이 되어야 한다는 것을 암시하고 있다.

　자신의 역사를 기억하지 못하는 민족은 그들이 겪은 비극을 반복하게 될 뿐이다. 시인은 앞으로 통일의 과제를 짊어지고 갈 어린이들이 올바른 역사를 알기 바라고 있다. 그는 통일의 당위성을 찾을 수 있도록 교육하는 것이 시급하다고 생각한다. 대한민국 현대사의 가장 큰 민족적 비극인 6·25전쟁을 잊어서는 안 될 뼈아픈 역사로 생각하고, 제대로 된 6·25전쟁의 진실을 후손들에게 가르쳐야 한다고 볼 때, 신현득 작품은 그것을 실천하고 있다.

　살펴본바, 시인의 주제의식은 동경에의 원심적인 의식과 현실의 구심적인 의식이 교묘하게 조화되어 있음이 밝혀졌다. 이것은 독도와 역사, 통일과 민족 등 현실 문제를 다루면서도 그를 넘어서는 초월적 시공간을 생성하는 작품들에서 드러나고 있다. 그는 원심적 동심, 즉 우주적 동심을 구축하면서도 구심적 동심을 견제하지 않는 주제의 유형화를 통해 과거, 현재, 미래를 아우르는 시 세계를 보여준다 하겠다.

3. 모성회귀와 부성의식

신현득에게 어머니는 영원한 시의 대상이다. 어머니 연작은 1980년부터 2년 동안 『소년』지에 「어머니 그리고 어머니」라는 제목으로 연재되었다. 신현득이 등단 후 쉴 새 없이 어머니를 소재로 한 작품들을 쏟아내는 것은, 어머니에 대한 그리움을 시를 통해 승화시키려는 작가 의지 때문이다. 또한 어린 시절에 겪은 고난을 '어머니 부재'의 결과로 탓하기보다는, 어머니의 마음이 되어 끊임없이 고난을 이해해 보려는 화해 의식체계의 산물이다. 시인의 무의식 속에 잠자고 있던 모성으로의 회귀 본능은 어머니를 여읜 지 30여 년이 흐른 뒤에 그가 생성한 공간에서 부활한다.

모성은 하나의 진실이다.[28] 그 진실을 상실한 신현득은 시라는 공간을 빌려 어머니에 대한 자리를 만들기에 이른다. 그것은 정신적으로나마 위안받을 수 있는 공간이 되었으며, 시인은 그를 통해 모성이 자리하는 근원으로 회귀할 수 있었다.

이렇듯 문학작품에는 어떤 사연이 내재되기 마련이고, 그 사연은 또한 어떤 공간을 무대로 펼쳐져 있기 마련이다.[29] 시인은 주로 어머니를 하늘과 대지 등 근원적인 것에서 찾는다. 이러한 그의 시도는 크게 '노을'과 '흙', 그리고 '나무'라는 공간을 통해 구체화된다. 다음 「흙과 나무」에서 흙은 어머니에, 그리고 나무는 자식에 비유되고 있다.

　─나는 엄마다.
　흙은 그런 생각으로
　하늘을 마주보고 누워 있어요.

---

28 새리얼 서러, 박미경 역, 『어머니의 신화』, 까치, 1995, 34~35쪽.
29 박덕규, 『문학공간과 글로컬리즘』, 서정시학, 2011, 13쪽.

(중략)

흙은 넘어지지 않게
뿌리를 잡고
그 줄기 끝에다 새집을 달고
새 집을 흔들어 새 새끼를 키우며
그 위로
구름이 흐르게 해요.

(중략)

흙과 나무는 서로
불러 주고 대답해요.

―엄마야.
내 씨가 떨어지면 어디로 가노?
―그야 엄마한테로 오지.

―엄마야.
내가 넘어지면 어디로 가노?
―그때도
엄마께로 와 묻힌다.

―「흙과 나무」(5-68) 일부

바슐라르는 집에 대해 다음과 같이 정의 내린다. "집은 행복의 공간이다. 집이 없다면, 인간의 존재는 산산이 흩어져버릴 것이다. 집은 하늘의 뇌우와 삶의 뇌우들을 견디면서도 인간을 붙잡아준다. 그것은 육체이자 영혼이며, 인간 존재의 최초의 세계이다."[30] 그의 논리를 자연에 빌리면, 「흙과 나무」에서 나무의 집은 흙이 될 수 있을 것이다. 이것은 나무 최초의 세계가 흙이기 때문이다. 흙은 나무가 산산이 흩어지지 않도록, 넘어지지 않도록 붙잡아준다. 이것은 흙의 상황이 여의치 않을 때도 마찬가지다. 뇌우가 동반할 때에도 흙은 나무가 쓰러지지 않도록 뿌리를 꼭 잡아준다. 그러므로 1연에서 하늘과 마주보고 누워 있는 흙은, 자식의 모든 것을 품고 붙잡아주는 엄마의 의미로 해석될 수 있다. 시인에게 엄마는 나를 돌봐주는 평온하고 아늑한 집과 같은 존재이다.

마지막 두 연에서 흙과 나무의 대화는 퍽 인상적이다. 특히 마지막 연에서 "내가 넘어지면 어디로 가노?"라는 나무의 질문에, "그때도 엄마에게로 와 묻힌다."는 흙의 대답은, 자식이 어떠한 고난에 닥쳐도 끌어안아 줄 준비가 되어있는 자애로운 어머니의 마음이 분명하게 드러나 있어 감동을 준다. 뿐만 아니라 나무의 경우 어린아이의 모습으로 어머니에게 무한정 의존하고 싶은 간절함이 느껴진다. 나무에게 눈을 떼지 못하는 어머니를 묘사함과 동시에, 어머니의 관심과 변함없는 사랑을 끊임없이 확인하고 갈구하는 아이의 모습이 동시에 그려져 있다.

위의 시에서 흙은 나무에게 먹을 것과 잠자리를 해결해 주는 절대적 공간이다. 평안과 안식을 주는 공간으로서의 흙은, 시인이 갈망하는 모성회귀의 근원지에 다름아니다. 힘겹고 고통스러운 상황에 처한 어린 화자를 지키기 위한 공간으로서 어머니의 자리는 다음 「고아원 하늘에 피는 놀」에서 더욱 분명하게 형상화된다.

---

[30] 가스통 바슐라르, 곽광수 역, 『공간의 시학』, 동문선, 2003, 80쪽.

엄마도
고아원에 아기를 두고
하늘에 오른 엄마는

아기 배고플 때쯤
작은 밥공기라도 돼서
아기 곁에 내리고 싶을 게다.

아기가 잠들 때쯤에
머리맡 베개라도 돼서
하늘에서 내리고 싶을 게다.

그러나
애를 태워도
내려오지 못하는 손길.

애를 태워도
땅에는 와 닿지 않는
목소리

마음이 타서
엄마 마음이 하늘에 타서

고아원 지붕 위에
피는 놀

—「고아원 하늘에 피는 놀」(4-82) 전문

인간의 모든 체험은 시간의 경과에 따라 어느 정도 퇴색되고 소멸되기 마련이지만 그것은 문자 그대로 완전히 소멸되는 것이 아니라 무의식의 공간으로 침전되는 것이다.[31] 신현득 또한 어린 나이에 어머니를 여의고 그리워할 여유도 없이 바로 먹고 살기 위한 노동에 시달렸으나, 어머니의 품으로 돌아가고픈 회귀본능은 무의식의 공간에 잠재되어 있었던 것이다.

「고아원 하늘에 피는 놀」은 어머니에 대한 그리움을 하늘과 땅의 접촉을 통해 승화한다. 하늘과 땅이 직접 맞닿을 수 없지만 '노을'은 이 둘을 연결해주는 매개체로서의 역할을 한다. 노을은 저승과 이승을 넘나드는 공간이며, 죽음과 삶의 공간을 채워 모성으로 회귀할 수 있도록 이룬 시적 공간이다. 이런 면에서 '노을'을 두고 시인이 생성한 어머니의 공간은 진실된 공간이자, 가상적 공간이라 할 수 있다.

위 작품에서 화자는 지극히 객관적인 시선으로 아기와 엄마의 심리를 묘사한다. 그가 유년시절 경험이기도 한 모성에 대한 그리움의 표상을 작품에 담아내면서도 객관적 화자를 택한 것은 아기는 엄마의 애타는 마음을 읽기에 너무 어리기 때문이다. 아기가 바라는 일들을 해줄 수가 없는 엄마, 고아원에 맡겨진 아기를 내려다보는 엄마의 마음은 아기가 크고 나서야 깨달을 수 있다. 그래서 화자는 죽음이 갈라놓은 엄마와 아기의 슬픔을 객관적인 관찰을 통해 전달한다. 이것은 '작은 밥공기' 내지는 '머리맡 베개'와 같은 사물들을 통해 드러난다.

이렇듯 시인이 생성한 공간은 어머니가 자식들을 위해 밥공기를 내려주고, 자식들을 위해 봉사하고 희생하는 공간이다. 고아원 지붕 위에 피는 놀을 보면서 어머니의 마음이라고 생각한 것은, 한편으로 어머니의 부재를 합리화하고 싶은 시인의 마음일 것이다. 가상공간으로나마 모성

---

31 김종호, 『물·바람·빛의 시학』, 북스힐, 2011, 145쪽.

으로 회귀함으로써, 어머니 부재의 상황에서도 어머니 마음을 이해하려는 것이다.

살펴본바 대지의 '흙'과 하늘의 '노을'에 어머니의 자리를 마련한 것은, 모성회귀로서 시인의 지향이 가장 근원적인 공간으로 향해 있음을 말해준다. 작품을 통해 제시된 어머니의 공간은 몽상이자 꿈이며, 그리움에서 벗어나 어머니를 만나고 싶은 꿈이 강화되어 시에 표출되었다. 그가 그리움을 해소시키기 위해 어머니의 공간을 생성하지만, 현실에서는 닿을 수 없는 공간이므로 오히려 그리움은 더해간다고 할 수 있다.

다음은 『엄마라는 나무』가 출간되기 전, 『바다는 한 숟갈씩』에 발표된 작품이다.

파편을 맞은
아픈 가지로도

아기에게 주고 싶어
감을 익혀 들고

휴전선에 선
감나무.

언제
이 감나무 아래서
풋감을 줍다
포소리에 놀라
달아난 아기

지금

어디서

어른이 됐을 게다.

—「휴전선에 선 감나무」(3-84) 전문

　1연에서 "파편을 맞은/아픈 가지"는 6·25전쟁에서 포탄 등 파편을 맞은 어머니를 상징한다. 아기를 안고 피난 가다가 폭탄을 맞은 어머니가 아기만은 살리려고 품에 꼭 아기를 안은 모습을 상상하게 된다.[32] 6·25를 몸소 겪은 시인은 전쟁 속의 어머니를 생각한다. "아기에게 주고 싶어/감을 익혀 들고"는 생사의 길에서도 아기가 배고픈 것을 안쓰러워하는 어머니의 마음을 읽을 수 있다.

　익은 홍시를 쪽쪽 빨아먹듯, 아기는 엄마 젖을 문다. 아기가 입을 오므리고 익은 감을 빨아먹는 모습을 생각했을 때, 이 둘은 유사한 성질의 것이 있으므로 적절한 비유인 것이다. 그나마도 전쟁 당시 잘 먹지 못한 탓에 젖이 잘 나오지 않는 어머니들이 많았다. 이렇듯 시인은 엄마 나무 그늘 아래서 젖을 물고 있는 아기를 "감나무 아래서/풋감을 줍"는 아기에 비유한다.

---

32 전쟁 당시 아버지들은 대부분 출전했으니, 시에서 '아픈 가지'는 어머니의 팔을 상징할 가능성이 있지만, 군대에서 싸우다 가족들만을 남겨두고 전사한 아버지일 가능성도 배제할 수 없다. 처자식 걱정에, 억울함에 죽어서도 눈을 감지 못하고 '휴전선에 선 나무'가 된 것으로 볼 수 있으며 그렇기 때문에 비단 어머니라고 단정 지을 수 없다. 최명표 역시 신현득의 휴전선의 감나무를 아버지의 한으로 보았다. 한 그루 감나무가 되어 식솔들을 먹여 살리는 데 한 가닥 도움을 주고자 하는 자, 가지가 찢어진 휴전선의 감나무가 홍시를 들고 서 있듯이, 아비는 망가진 권위를 안고 있는 자인 것이다. (최명표,「건강하고 힘센 아비 찾기」,『옥중아』, 182쪽.) 노여심 또한 아기를 위해 감을 익혀들고 서 있는 나무를 아버지로 보았다.「휴전선에 선 감나무」에서 나무는 현존하는 아버지요, 아기는 앞으로의 아버지라는 것이다. 뿐만 아니라, 아기와 아버지는 이 시가 지향하는 통일의지의 상징적 존재라고 말한다. 이처럼 신현득은 국토 분단이라는 슬픔을 좌절과 절망으로 허락하지 않고 희망으로 돌려놓는데, 여기서 희망은 바로 감을 받아먹을 아기로 존재한다. 노여심, 같은 책, 236쪽.

아무것도 모르는 아기는 피 흘리는 엄마의 품에서 젖을 먹다가 대포 소리에 놀라 달아난다. 아기라도 위험하지 않는 곳으로 가서 살아남기를 바라는 엄마의 마음은 애가 탄다. 엄마는 죽음에 이르더라도 아기만은 안전한 곳에서 목숨부지하기를 기도한다. 곁에서 지켜주지 못한 엄마의 가슴이 한 번 더 찢겨지는 아픔을 겪는다. 이렇게 엄마와 아기는 이산가족이 된다. 전쟁이 끝나고도 자리를 떠나지 못하고 아기를 기다리던 엄마는 '휴전선에 선 감나무'가 된다. 아기를 생각하며 주렁주렁 감을 달고 "지금/어디서/어른이 됐을" 아기를 생각한다. 그러나 이 감나무가 감을 주려는 대상은 하나의 아기가 아니라, 우리나라 전체의 아기일 수도 있다.

엄마가
집을 나설 때는
언제나 빈손이다.

엄마가 돌아올 때는
빈손이 아니다.
(중략)

시를 쓰는 엄마도 그렇다.
시 한 편으로 얻은 몇 푼을
구멍가게 앞에서 쪼갠다.
과일 몇 개를 산다.

세상 엄마는 다 그렇다.
조밭을 매던 엄마도

돌아올 땐
참외밭에 잠시 들른다.

있기야 있지.
정말 빈손으로 돌아올 수밖에 없는
엄마가 있지. 그러나,
이런 엄마일수록
더 무거운 걸 들고 온다.
"애들아 나는 빈손으로 왔다."
그러나 그 손에서 쏟아지는 훈기.

엄마가 돌아오면
방이 환하다.

—「엄마 손에는」(6-27) 일부

바슐라르는 '집은 인간 존재의 최초의 세계'라고 정의한 바 있다.[33] 엄마의 자궁이 인간 존재의 최초의 세계일 수 있으며, 역으로 말하면 신현득이 작품을 통해 어머니를 생성하는 일은 하나의 '집'을 만드는 일과 같을 것이다. 그리고 이것은 어머니의 공간을 마련하는 것으로 가능할 터이다. 이와 같은 면에서 신현득의 어머니 생성 공간은 모태귀소본능의 성격을 갖는다. 신현득에게 어머니는 '모성의 품으로 돌아가 회귀'하고픈 존재인 것이다. 이것은 화자를 어린 아이로 설정함으로써 더욱 잘 드러난다. 유년시절 그를 품어주었던 어머니, 그러나 이후 어머니의 자리는 의지와 상관없이 소멸되고 말았다.

---

33 바슐라르, 같은 책, 77쪽.

시인이 생성시킨 "엄마가/집을 나설 때는/언제나 빈손이다."로 시작되는 첫 연은 3행에 그치지만, 다양한 함축적 의미가 내포되어 있다. 또한 '엄마가 왜 빈손인가?'를 생각해 보면, 자식들에게 엄마가 가진 전부를 주었기 때문이다. 하지만 집으로 돌아올 때의 엄마는 빈손이 아니다. 구멍가게나 참외밭에 들러 자식들이 먹을 것을 손에 쥐고 온다. 시인은 자식들을 위해 희생하고 고생스러운 어머니의 손을 그의 공간에 생성시킨다.

「엄마 손에는」은 엄마가 집으로 돌아와야만 하는 이유를 명확히 제시함으로써, '집'은 엄마가 돌아와야 할 공간이 되고 그 공간에서 엄마가 생성된다. 위 시에서 엄마가 돌아와야 하는 이유로 드러낸 것은 배고픈 자식들을 먹이기 위함이다. 시인의 말처럼 "세상 엄마는 다 그렇다." 엄마야 어떻든 자식을 먼저 생각한다. 한편, "정말 빈손으로 돌아올 수밖에 없는 엄마"가 있다. "얘들아 나는 빈손으로 왔다."고 말하는 엄마의 마음은 어떨까. 자식들에게 아무것도 해줄 게 없다는 사실이 엄마의 마음을 무겁게 할 것이다.

바슐라르는 "어린 시절의 추억 자체의 아름다움과, 거기에 포함되어 있는 그때에 느꼈던 아름다움, 이 이중의 아름다움으로 하여 어린 시절은 그 자체가 정녕 인간의 이상향, 그 자체가 인간의 상상력이 지향하는 원형이 된다."고 하였다.[34] 가난하고 궁핍한 시절일지언정, 시인은 유년의 추억공간에 어머니를 생성시킴으로 마음의 치유와 모성의 향수를 얻고자 하는 것이다. 이것은 집이라는 공간이 모성 부재로 인한 육체적 고통의 공간에서 어머니 향수의 공간으로 전이되는 풍경을 보여주며, 현실세계에서 시인은 어머니라는 근원적 유토피아의 공간을 형상화한다.

한편으로 그는 모성에서 부성을 향해 시선을 이동시키는데, 이는 어

---

[34] 바슐라르, 같은 책, 116~117쪽.

린이가 가족 중심의 삶에서 벗어나 더 넓은 삶을 인식할 수 있도록 한다.[35] 어머니가 보여주던 삶의 범위가 가족적이고 혈연적인 관계를 바탕으로 하는 것이라면, 아버지를 통해 보이는 삶의 범위는 가족의 범위를 벗어난 사회적이고 공적인, 상대적으로 넓은 범위를 바탕으로 한 것이다. 다음 '아버지'를 소재로 한 대표작 「아버지 젖꼭지」를 통해 살펴보자.

아버지 가슴에 까만 젖꼭지
엄마가 될 수 있는 흔적이다.
그런데 아버지는
왜 젖을 주지 않는가?
더 많은 사람 젖 주기 위해
한 아이에게는 젖 주지 않는다.

아침에 나가서 아버지는
종일 흙과 같이 산다.
기계를 쓰다듬어 엔진을 건다.
땀에 젖은 까만 젖꼭지.

더러는 석탄 갱구에서
석탄을 보듬고
더러는 바다에서
바다를 달랜다.

---

35 전유경, 같은 글, 41쪽.

지친, 해질 무렵에
아버지 두 손 위에 놓이는 건
물고기 몇 마리일 수도 있다.
몇 푼 동전일 수도 있다.
흙이 놓아주는 몇 개 과일일 수도 있다.
우리 식구에게 고루 나누어질 것.

이것을 들고 아버지가
저녁에 돌아와
작업복을 벗으면
아버지 가슴에
두 개 젖꼭지

그때서야 안다,
어째서 아버지는
엄마가 될 수 없는가를.

—「아버지 젖꼭지」(8-20) 전문

　아버지는 가족들의 욕구가 지속적으로 만족될 수 있는 환경을 창조해
주어야 한다. 이러한 보살핌은 가족을 서로 결속하게 한다.[36] 그럼에도
불구하고 아이러니한 점은, 아버지가 가정에 잘 등장하지 않는다는 것
이다. 아버지는 가족의 결속을 위해 바깥에서 일을 한다.
　이 시에 등장하는 아버지는 하루 종일 흙과 살며, 기계를 쓰다듬어 엔
진을 걸고, 석탄 갱구에서 석탄을 보듬는, 더러는 바다에서 바다를 달래

---

36 줄리아 크리스테바, 김인환 역, 『사랑의 정신분석』, 민음사, 1999, 59쪽.

는 존재이다. 이리하여 아버지 두 손에는 물고기 몇 마리, 몇 푼 동전, 몇 개의 과일이 놓여진다. 이는 가족에게 고루 나누어질 것이다. 엄마의 젖꼭지는 한 아이가 물지만, 아버지의 온 몸에서 나오는 젖은 가족 모두를 먹인다는 뜻으로 해석할 수 있다. 이때의 젖은 아버지가 일터에서 흘린 땀이다. 가정에서 어머니의 손이 닿지 않는 곳이 없다면, 산이나

제8동시집 『아버지 젖꼭지』(대교문화, 1987)

들 또는 바다에서 아버지의 손이 닿지 않는 곳이 없다. 세상을 달래고 보듬었던 아버지가 해질 무렵에 지친 몸을 이끌고 집으로 돌아온다. 가장으로서 가족들의 생계를 책임져야 하는 아버지의 모습이다.

이와 같은 이유로 아버지는 가정에서 쉽게 대면할 수 없는 존재가 된다. 이렇듯 가족과 거리감이 있는 듯하지만, 생각해보면 가장 가까이 존재하는 것이 아버지의 손이다. 이는 어머니가 밥상 위에 올려주는 생선, 간식으로 먹는 과일에서 발견된다. 아버지가 일터에서 땀 흘려 수확한 것이 식구에게 고루 나누어지고 있다. 화자는 마지막 연의 작업복을 벗는 아버지의 모습에서 가족 전체를 안고 있는 아버지의 크고 무거운 사랑을 비로소 깨닫는다.

한편 "아버지 가슴에 까만 젖꼭지/엄마가 될 수 있는 흔적"임에도 불구하고, 아버지는 더 많은 식구를 먹여 살리기 위해 한 아이에게 젖 주지 않는다. 그의 노동은 가족 모두를 위한 것이다. 또한 이는 가족의 생계를 위한 어쩔 수 없는 노동에서 나아가, 국가를 위한 노동으로 확대된다. 즉 시에는 비단 가족만이 아닌, 국가의 힘겨운 상황을 헤쳐 나갈 수

있는 돌파구로서 아버지의 삶이 형상화된다는 것이다.

이렇듯 세상 어디에서고 아버지의 손은 움직이고 있다. 단지 가족들에게 그 커다랗고 무거운 손이 직접 보이지 않을 뿐이다. 부정(父情)을 소재로 한 신현득 작품 전반은, 눈앞에 보이지 않는 아버지의 깊은 사랑을 고스란히 전달한다. 앞서 살펴본 '아버지의 땀'은 다음 작품들에서 '아버지의 손'으로 전이된다. 그의 시집에는 아버지의 손을 주제로 한 작품이 다수 있다. 신현득을 "'아비'의 모습을 찾으려고 애쓰는 시인"이라고 평한 최명표는, '아버지의 손'을 주제로 다룬 그의 작품들이 「아버지 젖꼭지」에서 분절된 시라고 고찰한다.[37]

시인은 작품에서 어머니의 사랑보다 더 짙고 무거운 사랑이 아버지 사랑이라고 말한다. 아버지는 노동을 통해 가장의 역할을 하면서 가족 전체를 안고 있다. 그러나 아버지에게는 엄한 그늘이 있어서 자애로운 어머니보다 시의 대상이 되기 어렵다.[38] 신현득은 노동을 통해서 우리에게 비치는 아버지의 사랑을 1987년 『아동문예』에 특선시로 발표하였는데, 이들 시에서 주된 소재는 땔나무를 대어주는, 새벽길을 쓸어주는, 들을 가득 가꾸는, 바다에서 그물을 당기는, 돌을 새기는, 핸들을 잡는, 빌딩을 세우는, 기계를 달래는 아버지의 이미지들이었다. 그는 이를 그해에 상재한 시집 『아버지 젖꼭지』에 곁들였다.

갱도의 막장에서, 아버지는
무너지려는 바위를

---

37 "필자는 이미 그의 시집을 통시적으로 개괄하면서 아비 찾기의 도정에 나선 그의 내면 풍경을 밝혀낸 바 있다. (중략) 이 시는 아버지 연작의 총론부에 해당하는 작품이다. 시 속의 2, 3연에 해당하는 들판에 나가서 '종일 흙과 같이 사는 아버지'는 「들을 가득 채우는 아버지의 손」으로, '기계를 쓰다듬어 엔진을 거는 아버지'는 「땔나무를 대어주는 아버지의 손」으로, '바다를 달래는 아버지'는 「그물을 당기는 아버지의 손」으로 분절되어 시화되었다." 최명표, 「부성적인 상상력의 시적 표정」, 이재철 엮음, 『한국현대아동문학 작가작품론』, 1997. 386쪽.
38 신현득, 「나의 문학과 그 철학—아픈 것은 아프다 해야」, 같은 책, 117쪽.

달래야 한다.

땅속에서 길이 막히면
열흘이라도 버티면서
마음까지 숯이 된다.

목숨으로 캐 올린
연탄이란 땔나무엔
아버지의 검은 땀이 배어 있다.

이것이 우리, 겨울의
체온이 된다.

—『땔나무를 대어 주는 아버지의 손』(8-70) 일부

　아버지는 하나의 문화적인 구성원이라 할 수 있다. 아버지는 어머니
와 다르게 생존을 위한 일차적인 동물적인 삶을 인간적인 삶의 세계로
데려온 사람이다.[39] 가족을 먹이고, 무리를 먹이기 위해 싸우는 동물적
인 삶과 비교한 것은 바로 이러한 이유에서이다.

　위 시에서 아버지는 언제 무너질지 모르는 갱도의 막장에서 목숨을
걸고 광산 일을 한다. 시인은 광부아버지가 "무너지려는 바위를/달래야
한다."고 우회적으로 표현했지만, 이는 가족의 생계를 위해 생사를 뒤로
한 채 광산으로 뛰어드는 아버지를 그리고 있다. 땅속길이 막히면 열흘
이라도 버티는 아버지는, 그 참혹한 순간에도 가족들 걱정에 "마음까지
숯이 된다."

---

39 루이지 조야, 이은정 역, 『아버지란 무엇인가』, 르네상스, 2009, 31쪽.

아버지의 손은 크고 보드라운 이미지보다는 거친 이미지가 강하다. 소재로 등장한 땔나무는 아버지의 손과 동격으로 묘사되는데, 땔나무의 거친 표피가 갱도의 막장에서 일하는 아버지의 손을 연상케 하기 때문이다. 나무같이 커다란 손, 나무 표피처럼 거친 손이 바로 우리 아버지 손이다. 하지만 우리는 아버지의 손으로 "캐 올린 연탄"이 한겨울 우리들의 체온이 됨을 깨달아야 할 것이다.

> 길은 새벽잠에 누워 있다.
> 그 얼굴을 쓸어 주는 손.
>
> 바람 끝에 손끝이 시린 새벽 세시에
> 긴 빗자루 눕혀 들고
> 길바닥을 매만지는 아버지의 손.
>
> 남의 손이 던진 쓰레기,
> 가로수가 흩어 논 낙엽을 다독거려 안는다.
>
> 누가 곤한 잠 속에서, 그 수고를 알까?
> 잠든 아기 손을 조용히 놓고
> 새벽길에 나선 아버지.
>
> —「새벽길을 매만지는 아버지의 손」(8-61) 일부

자식과 가족들을 위해 쉴 틈 없이 일하는 아버지의 손을 형상화한 시이다. 가족들이 곤히 잠든 시간에도 아버지는 집을 나선다. 아버지가 나서는 길마저도 새벽잠에 누워 있다. 그 길바닥을 빗자루로 쓸어주는 아버지는, 누구 하나 수고를 알아주지 않아도 묵묵히 길바닥을 매만진다.

또한 역한 냄새를 달래며 쓰레기를 잠재운다.

세월이 갈수록 주름지고 못난이가 된 아버지의 손은, 그의 노고를 대변해준다. 자식들을 위해 무슨 일이든 찾아 떠나는 '아버지의 손' 형상화에서 가족을 향한 헌신의 마음이 드러난다.

한편, 아버지가 어루만지는 새벽길에 또 다른 시적 의미를 생각해 볼 수 있다. 어린이들이 힘차게 뛰며 열어갈 길에 걸림돌이 되지 않도록 "남의 손이 던진 쓰레기, 가로수가 흩어 놓은 낙엽을 다독거려 안는" 것이다. 이러한 아버지의 희생으로 우리는 마음놓고 길을 열어간다.

살펴본바 신현득 시에서 아버지의 '손'은 앞서 살펴본 「엄마 손에는」과는 차별화된 이미지를 제시하고 있음이 파악된다. 어머니의 손은 가정에서 자식들을 품어주고 돌봐주고 먹여주는 손이며, 아버지의 손은 바깥에서 세상을 달램으로써 가족들을 품고 나라를 돌보는 손으로 그 의미가 확장된다. 아버지는 가족과 나라를 위해 헌신하고 노동하는 존재인 것이다.

그의 시는 아버지의 고된 노동현장을 찾아나서는 일련의 작업을 거친다. 아버지가 겪어야 할, 혹은 겪고 있는 노동의 현주소를 낱낱이 살피면서, 그러한 아버지들에 연대의 태도를 가진다. 이는 아버지를 동정의 대상이 아니라, 서로 연결되어 함께 책임지고 세상을 헤쳐 나가야 할 존재로 보는 것이다.

우리 어린이들은 성장해서 대부분 노동자로 살아간다. 신현득 작품은 이것을 직시하는데, 아버지를 향해 화해의식에 기초한 연민의 감정을 전달하면서도, 현실 속에서 노동의 가치와 의미를 발견하고 있다.

4. 자연의 생명성과 생태적 상상

아동문학의 특성상 아동 텍스트에는 자연친화적인 요소가 많기 때문에 한국아동문학인 모두가 친환경 생태문학을 지향하고 있다 해도 과언이 아니다. 특히 생활 이야기가 많은 동화 쪽보다는 동시 쪽이 더 많은 친환경 작품을 생산하고 있다. 오늘의 한국 아동문학의 지향점은 바로 생태문학·환경문학이며, 생명사랑이다. 현대 아동문학이 친환경문학이며, 생태문학적인 요소가 강하다는 것도 오랜 전통에서 이어진 것이다.[40] 신현득은 환경과 생명사랑은 어린이 사랑의 연장이며, 아동문학의 지향점이라고 말한다.

생태학적 관점은 인간 중심의 기존 인식에 대한 근본적인 변화 요구를 담고 있고, 생태 위기의 대응이라는 목적지향성이 더 뚜렷하다.[41] 생태학은 자연이 아무렇게나 존재하는 것이 아니라 나름대로의 법칙과 체계에 의해 일정하게 관리되는 하나의 공동체를 이룬다는 생각을 기초로 한다. 즉 자연은 여러 구성원이 일정한 체계를 형성하고 있는 공동체이고, 그 여러 구성원들의 상호관계를 연구하는 학문이 생태학이라는 것이다.[42] 이러한 생태학적 관점을 근간으로 창작된 시를 생태시라 할 수 있을 것이다.

생태시는 내용 면에서 크게 세 가지 범주로 나눌 수 있다. 가장 큰 비중을 차지하는 것은 황폐하게 파괴된 자연현상을 고발하고 있는 경우이며, 그 다음 환경과 생태 파괴의 원인을 비판적으로 드러내고 있는 시, 그리고 마지막으로 인간과 자연의 공생, 혹은 친화를 지향하는 시 등이 그것이다.[43] 신현득 시에서 나타나는 생태학적 상상력은 비판의식을 근

---

40 신현득, 「자연환경과 아동문학」, 『월간문학』 통권 499호, 2010년 9월호, 317~319쪽.
41 강연호, 「생태학적 상상력과 현대시」, 『한국문학이론과 비평』 제39집, 2008, 115쪽.
42 김용민, 『생태문학』, 책세상, 2003, 25쪽.

간으로 하면서 동시에 생태에 대한 의식 전환으로서의 상상력, 미래 전망적 상상력을 모두 포함한다.

시인은 생태학적 상상력을 통해 자연과 인간의 조화로운 세계를 꿈꾸면서, 자연과 하나가 되는 아이의 모습을 그려 인간성 회복을 추구한다. 이와 같은 작품을 통해서 생명의 존엄성과 생태 순환의 원리를 발견할 수 있다. 이러한 시인의 의식이 바탕에 깔려 있는 작품을 중심으로 살펴보자.

> 몸이 꼬부라지지 않고는
> 길이, 산을 넘지 못해요.
> 산허리에 맞춘
> 꼬부랑길.
>
> 도토리나무 다치지 않게
> 도토리나무 옆에서 꼬부라졌다가
> 큰 바위가 다치지 않게
> 큰 바위 옆에서 꼬부라져요.
>
> —「꼬부랑길」(14-80) 일부

위 시는 산을 배려하는 '길'의 따뜻한 마음이 나타나 있다. 산을 오르다보면 산길 옆으로 나무가 늘어서 있고, 쉬엄쉬엄 앉았다 갈 수 있는 바위가 군데군데 자리를 차지하고 있다. 보통의 경우 산길을 비켜, 나무와 바위가 자리하고 있다고 생각할 것이다. 하지만 시인의 시선은 다르다. 나무가 다칠까 봐, 큰 바위가 다칠까 봐서 오히려 '길'이

---

43 엄경희, 「한국 생태시의 위상」, 『한국어문학연구소 정기학술대회』, 이화여자대학교 한국어문학연구소, 2003, 20쪽.

제14동시집 『대추나무 대추씨』(아동문예, 1999)

그들을 조심조심 비켜간다. 만약에 길이 나무와 바위를 배려하지 않고 꼬부라지지 않았다면, 그들은 부딪혀서 다쳤을 것이다. 또한 '길'도 온전히 산을 넘지 못했을 것이다. "길이 꼬부라지지 않으면 나무와 바위랑 부딪힌다.", "모두 다친다.", "몸을 꼬부리지 않고는 길이 산을 넘지 못한다."는 자연의 순리에 순응하는 태도를 강조하며 때로는 몸을 구부려 돌아가는 것이 다툼이나 위험 등의 요소를 넘어설 수 있다는 것을 보여준다. 이렇듯 자연생명을 보호하기 위해 '이리 비켜 가고, 저리 비켜가느라 산길은 꼬부랑길'이라는 상상력을 발휘한 것은 '거꾸로 시선'으로 자연현상을 바라본 기발한 발상이다. '거꾸로 시선'으로 시인이 하고 싶었던 말이 마지막 두 연에 드러나 있다.

산허리에 맞춘
꼬부랑길을
꼬불꼬불
따라가 보세요.

노을이 빨간
구름자락에까지
꼬불꼬불,

올라갈 수 있어요.

―「꼬부랑길」(14-80) 일부

　자신만을 생각하는 이기주의는 결코 높은 곳에 오를 수 없다. 목적지에 다다를 수 없다는 얘기다. 위에서 언급된 바와 같이 산 중턱에 오르기도 전에 나무나 바위에 부딪혀 크게 다치거나 포기할 가능성이 크다. 이제까지 자연을 배려하지 않은 인간 이기주의를 성찰하면서 앞으로 인간이 보다 자연을 위하고 어우러져 살아가기를 바라는 시인의 마음이 "올라갈 수 있어요."라는 위로와 격려의 언어로 드러나 있다.

　무얼 먹든, 무얼 쓰든, 사람이
　그 껍질을 버리는 버릇이 있다.
　너는 쓰레기일 뿐, 하고 던져버린다.

　(중략)

　껍질은 홍수에 밀려
　내로 흘러 들어가지.
　내에서 강으로 강에서 바다로
　바다에 둥둥 떠다니다가

　고기 입으로, 그 다음에 우리 입으로
　쏙―

―「함부로 버렸다간」(21-48) 일부

　인간의 욕심으로 인해 환경은 오염되고 생태계는 파괴되어 먹이사슬이 끊어지는 등 지구의 모든 생명체들이 생명 유지의 위기를 겪고 있다.[44] 시인은 「함부로 버렸다간」에서 인간의 욕망으로 인한 생태 파괴를 문제 삼으며, 앞으로 인간과 자연이 공존하고 위태롭지 않기 위해서는 인간의 오만함을 버려야 한다고 주장한다. 특히 "그 다음에 우리 입으로 /쏙—"이라는 시구는, 환경오염이 곧 인간의 문제가 될 것임을 경고한다.

일상에서 우리는 "무얼 먹든, 무얼 쓰든, ……/그 껍질"을 무심코 버리는 행위를 일삼는다. 이에 대해 시인은 생태 파괴에 대한 걱정과 우려의 목소리를 전달하는 것이다. 자연은 인간이 없이도 존재할 수 있지만 인간은 자연 없이는 잠시도 생명을 유지할 수 없다는 것은 자명하다. 인간은 자연의 수혜자로서만 존재할 수 있다.[45] 이는 다시 말하면 인간은 자연을 해쳐서는 안 되는 존재라는 결론을 얻는다.

인간과 자연은 분리되는 것이 아니라 서로 의존하면서 협력하고 공생을 지향하며 균형 있는 생태계를 이뤄나가야 하는 상호보완적인 존재들이다. 여기서 공존은 우주만물이 전체의 조화와 질서 속에서 존재의 의미와 가치를 가질 수 있는 기본적 조건이다.[46] 그럼에도 불구하고 얄팍한 사람이, 껍질은 "쓰레기일 뿐, 하고 던져버린다." 그 쓰레기로 물이 오염되고, 고기가 죽는다. 결국 병든 고기는 우리의 식탁에 오른다. 모든 존재가치들이 자연을 해쳐 죽어가는 것이다.

시인은 현재의 생태문제를 고발하면서, 인간에게 생태보존을 위한 도덕심을 촉구하기를 제안한다. 한낱 수혜자인 인간이 주체가 되고, 자연이 객체가 되는 모순성을 비판하는 것이다. 그가 지향하는 생태보존의 세계는 '그냥 두기'라는 방안을 제시하며, 이 둘은 뗄 수 없는 관계로

---

44 이재식, 「한국 생태환경시 연구」, 상명대 대학원 박사학위논문, 2008, 150쪽.
45 조기승, 『환경오염과 지구의 종말』, 한양대학교 출판부, 2000, 15쪽.
46 정인석, 『인간중심 자연관의 극복』, 나노미디어, 2005, 134~135쪽.

작품에 나타난다.

> 예쁘게 만들었네, 하고
> 풀숲 새집을 건드려선 안 되지.
> 아기새가 놀라거든.
>
> 멀리서 보기만 하라구.
> (중략)
>
> 귀엽다며 만졌다간 봐.
> "짹짹, 커다란 괴물 왔다!"
> 소리치던 아기새가 까무라칠 수도 있지.
>
> 그냥 두는 게 사랑이야.
>
> ─「그냥 두는 게 사랑」(20-104) 일부

　우리는 세상 어느 것도 그냥 두지 않는다. 꽃밭에 잡초가 돋아나면 뽑아버리고 벌레가 기어가면 멀리 던져버린다. 그런 마음으로 자연을 대하기에 자연을 인간의 조건에 맞게 변형시키는 일을 해왔다. 그러한 변화가 새로운 창조 같지만 사실은 자연의 원형을 파괴하는 일이다.[47] 위 시는 제목만으로 작가가 말하려는 주제가 그대로 전달된다. 바로 자연과의 공존을 지키기 위한 '그냥 – 두기'이다.
　풀숲에 새집이 있으면 건드리고 싶은 것이 어린이 심리이다. 한창 호기심이 많은 시기이므로 한번 만져보고 싶은 것이다. 그러나 시인은 이

---

47 이숭원, 「서정시의 본질과 생태학적 상상력」, 『태릉어문연구』 제12집, 서울여자대학교 국어국문학과, 2005, 24쪽.

제20동시집 『기관사 아저씨 딸기 드세요』(청개구리, 2007)

와 같이 자연을 해치는 태도를 "커다란 괴물"에 비유하기에 이르는데, 인위적인 조작은 어떠한 형태로든 좋지 못한 결과를 가져오기 때문이다.

인간은 자연을 착취와 정복의 대상으로 삼아 왔으며 다만 인간을 위하여 존재해야 한다는 자기중심적인 사고와 이기심으로 자연을 훼손, 오염시켰다. 그러나 인간은 자신의 힘으로 한 방울의 물이나 한 숨의 공기를 만들어내지 못한다.[48] 이것은 인간이 전적으로 자연에게 신세지고 있음을 의미하며, 그러므로 자연을 함부로 대할 자격이 없음을 시사한다.

위 작품은 아기 새가 인간을 바라보는 관점으로 진술되고 있다. 자연 생태를 파괴하는 손을 "커다란 괴물"에 비유함으로써, 생태순환을 파괴했을 경우의 미래에 대해 암울한 암시를 한 셈이다. 시를 통해 그는 자연을 자연대로 두는 것이 자연보호임을 제시한다.

M. 마페졸리는 현실을 단지 지속적으로 억제되어야 하는 규범의 공간으로만 간주하거나, 사건의 찰나적 공간 또는 총체적인 창조적 자유의 공간으로 간주해서는 안 된다고 했다.[49] 생태적 공간 또한 찰나적 공간 내지는 창조적 자유의 공간이 아님은 자명하다. 생태는 인간과 함께

---

48 이재식, 같은 글, 138쪽.
49 M. 마페졸리 & H. 르페브르 외, 박재환 역, 일상성·일상생활연구회 편, 『일상생활의 사회학』, 한울, 2008, 220쪽.

공존할 것이며, 그러므로 인간의 자유적 공간이 되어서도 안 된다.

다시 말해 오래도록 함께 공존하려면, 생태를 치유하고 회복시켜야 한다는 것이다. 그 방법 중 하나가 바로 인간의 본성의 일부인 모성애를 인식시키는 것이다. 모성의 마음으로 "아기 새가 놀라"지 않도록 조심하는 것이다. 대상을 부드럽고 포용력 있게 감싸 안는 모성은 치유의 기능을 지녔기 때문이다. 시인은 인간에게 자연을 향한 모성의 마음을 촉구한다. 이것은 자연과 인간이 화해의 길로 나아가는 지름길이 될 것이다.

제4장

주체적 사물의 역설적 구현

어디에서나 우리는 모든 존재자에 있어 '그것이 있다'고 하는 동일한 형태와 마주친다.[1] 또한 '있다'가 의미하는 바를 '존재'라는 명칭으로 명명하며, 존재의 본질 충만은 '있다'의 의미가 풍부하다는 데에서 증명된다.[2] "존재는 가장 널리 통용되고 어디에서나 동일한 형태를 띠고 있다"라는 하이데거의 말은 수많은 존재들이 필연적 관계를 맺고 있음을 증명한다.

우리는 도처에서 존재를 필요로 하기 때문에 존재를 사용한다.[3] 도구라는 것은 본질상 '~을 위해 있는 것'이다. 이렇게 '~하기 위해 있다'는 것은 유용성, 유효성, 사용 가능성, 편리성과 같은 다양한 상태가 개입된다는 말이다.[4]

앞서 하이데거가 규정지은 사물의 네 가지 특성은 "무엇을 하기 위한 어떤 것"으로서, 신현득 작품에 드러난 사물의 존재성 또한 유사한 성질의 것이다. 신현득은 사물이 누구를 위한 것이며, 무엇을 하기 위한 것인지에 집중한다. 이것은 하이데거의 말에서 그 답을 찾을 수 있는데,

---

1 마르틴 하이데거, 박찬국·설민 역, 『근본개념들』, 도서출판 길, 2012, 115~116쪽 참고.
2 같은 책, 79쪽.
3 같은 책, 101쪽.
4 마르틴 하이데거, 전양범 역, 『존재와 시간』, 동서문화사, 1992, 93쪽.

그는 "망치나 대패 바늘이 '무엇을 위해' 사용될 때마다, 이미 그것은 사용성의 '그것을 위해서(용도)'가 함께 주어진다"[5]고 언급한다. 결국 이들 사물들은 인간의 생활편의를 '위해서' 만들어진 가치 존재로 의미 부여되는 것이다.

일상적 배려와 관련 있는 도구적 존재자에게는 가까움이라는 성격이 있다.[6] 가장 가까이 손 닿을 수 있는 곳에 사람이 필요로 하는 사물이 존재한다는 것은 자명한 사실이다. 신현득은 이렇듯 인간의 둘레에서 인간을 돕기 '위해' 존재하는 사물들에 관심을 갖는다. 우리 가까이에서 우리를 돕기 위해 존재하는 사물들의 '착한 성질'을 말하면서 그들에게 '빚을 지고 있음'을 제시하는 것이다.

1. 착한 본성으로서의 동심

신현득의 시세계에서는 세계를 하나의 살아 있는 전체로 간주하고, 어떤 세계영혼을 인정한다. 뿐만 아니라, 삼라만상이 모두 영혼과 생명과 의식을 갖고 있다. 그의 작품에 나타난 범심론적 사유에 의하면 어떤 물질도 영혼이 없이 실재할 수 없다. 시인은 물질에 깃든 착한 영혼을 찾아 탐색하기에 이른다.

신현득은 몽당 빗자루·소금종지·발닦개 등 사물 50여 가지의 착한 성질을 찾아 시로 녹여서 쓰고, 이를 『아동문예』(1989)지에 「착한 것 찾기」라는 제목으로 연재한 일이 있다. 이 시편들에서는 사물을 인격화하여 대화를 시도한 시인의 노력이 엿보인다. 이들 작품이 1992년도에 『착한 것 찾기』라는 동일한 제호의 시집으로 출간되었다.

---

5 같은 책, 95쪽.
6 같은 책, 132쪽.

사물의 착한 성질을 찾아 노래하는 것은 그의 초기 시집에서부터 일관되게 나타나는 특성 중 하나이다. 이처럼 시인이 말하는 '착한 것'들은 인간의 둘레에 존재한다. 이 논리에 따르면 그의 작품 소재 대부분은 그 자체로 내재된 착한 성질이 있다는 것이다. 그것이 바로 시인이 말하는 사물의 존재가치이다.

특히 『착한 것 찾기』에 수록된 시편들이 우리 생활에서 유독 눈에 뜨이지 않거나 작은 소재들로 이루어졌음은 주목할 만하다.

연필이랑 지우개를
품 안에 넣고
흔들어 잠재우는 내 필통.

아침에 공부 시간에
품을 열고
연필과 지우개를
내보내는 필통.

연필이 글씨 쓰다가
지우개가 글씨 지우다가
다시 들어와 쉬는 필통.

필통 속 식구는
정다운 식구.

—「내 필통」(9-58) 일부

시인이 인간 둘레에 '착한 성질'의 것, 즉 '~을 위한' 존재에만 존재

신현득 제9동시집

착한 것 찾기

미리내

제9동시집 『착한 것 찾기』(미리내, 1992)

의미를 부여하는 것은 아니다. 그의 '있다'라는 말은 모든 만물이 그들만의 말을 하고 '있고', 소리를 내고 '있다'고 해석될 수 있기 때문이다. 예를 들면, 그의 의식으로는 '나무는 푸르다' 또한 시각적으로 푸름을 보여주기 때문에 존재성이 '있다.' 눈에 보이지 않는 바람은 시원함을 주기 때문에 존재하고 '있다.' 이것은 내가 기차를 타지 않더라도 기차소리를 들으면서 그의 존재성을 깨닫는 것과 같다. 「내 필통」에서도 "연필이랑 지우개를/품 안에 넣고" 달그락거리며 재우는 소리를 들음으로써 그들의 존재감을 느낄 수 있을 것이다. 그러므로 그의 의식에서 사물은 모두 '있다'의 소리를 내면서 존재 가치를 지니고 있다고 하겠다.

신현득은 '있다'의 소리를 내는 것들 중에 유독 작은 것에 주목한다. 인간이 꼭 필요로 하면서도 고마움을 모르고 지내는 작은 사물들에 관심을 갖는 것이다. 시인은 그것들을 하나하나 '찾기' 시작한다. 우선 위의 인용 시에서 주요 소재로 등장하는 '필통'은 엄마에 비유된다. 그리하여 필통의 품 안은 엄마의 품과도 같은 기능을 수행한다. 아기를 안거나 업고 토닥토닥 흔들어 잠재우는 엄마와 마찬가지로 필통은 "연필이랑 지우개를/품 안에 넣고/흔들어 잠재운다." 또한 학교를 오가며 연신 흔들거리는 책가방 속 필통에서 이리저리 흔들리며 잠을 청하는 연필과 지우개는 고단하고 힘겨운 부모의 희생을 보여준다.

뿐만 아니라 아침 등교시간이 되어 자식들을 학교로 보내는 엄마처럼, 필통은 아침 공부시간에 품을 열고 지우개를 내보낸다. 이와 같은

필통은 "연필이 글씨 쓰다가/지우개가 글씨 지우다가/다시 들어와" 쉴
수 있도록 자리를 비워둔다. 이것은 자식들이 언제든지 쉬어갈 수 있도
록 품을 열어두는 엄마의 품성과도 같은 것이다. 사물 간의 상호보완적
성격을 바탕에 두고 있는 위 시를 통해 시인이 말하고자 하는 바는 결국
모성과 서로를 배려하는 인간애이다. 시인은 이와 같은 작은 사물을 통
찰함으로써 가정과 사회가 나아갈 방향을 제시하고 있다.

빨래줄은
젖은 옷 걸치고도
"아이 축축해."
하지 않아요.
아기 기저귀 걸치고도
"아이, 지린내!"
하지 않아요.

빨래줄은
착한
한 가닥의 줄.

(중략)

그걸 잡고 있는
빨래십게들
착한
손가락 두 개.

―「빨랫줄 빨래집게」(9-83) 일부

하이데거는 "엄밀히 말해서 도구 자체를 위한 도구라는 것은 있을 수 없다. 도구는 언제나 '누구를 위해 있는 것'이며 다른 도구를 지시하는 것이기 때문이다."고 하였다.[7] 예를 들면 실은 바늘이 있어야 역할을 할 수 있고, 바늘 역시 실이 있어야 역할을 다할 수 있다. 즉 사물을 "무엇을 하기 위한 어떤 것"으로 정의할 수 있는 것이다. 이와 같은 사물은 어떤 목적성을 가지게 되고 서로 관련되어 존재한다.

앞서 「내 필통」에서 필통은 연필과 지우개가 있기 때문에 그 역할을 다할 수 있다. 위의 시에서도 젖은 옷 때문에 빨랫줄은 역할을 다할 수 있으며, 빨래집게 역시 빨랫줄이 있어서 역할을 수행한다. 이렇듯 사물 또한 서로에게 필요한 존재로서, 서로를 도울 준비를 하므로 그들의 존재 가치는 배가된다. 이런 의미에서 보면, 사물은 서로에게도 '빚'을 지고 있는 존재이다.

작품에서 소재로 등장한 빨랫줄은 젖은 옷을 말려줘서 착하다. 시인은 아기 기저귀를 걸치고도 불평하지 않는 빨랫줄의 착한 성질을 칭찬한다. 주변의 사물은 생활의 편리를 위해 만들어진 것이 대부분이므로 거의 착한 성질을 지니고 있다 해도 과언이 아니다. 신현득은 세상 작은 것들의 존재 의미를 평범하지 않게 그려낸 대표적 시인이다.

그는 사물의 착한 면을 찾아 칭찬하고 고마워하기를 멈추지 않는다. 살갗을 짓눌리며 구르는 '리어카 바퀴', 우리 집을 지키는 '문패', 역사를 업어온 '지게', 엄마 돕는 효자손 '고무장갑', 가슴을 달구어 참맛을 만드는 '냄비', 마지막 남은 동강이 몸까지를 불 속에 내던지는 '부지깽이', 신 신겨주는 '구둣주걱', 손톱을 깎아주는 '손톱깎이', 머리 빗어주는 '빗', 씻은 발을 닦아주는 '발닦개', 가려운 귀를 긁어주는 '귀이개', 흙을 모아주는 '호미', 고루 집어 먹여주는 '젓가락' 등이 『착한 것 찾

---

[7] 마르틴 하이데거. 전양범 역, 같은 책. 618쪽.

기』의 소재들이다. 그러나 시인은 착한 사물을 찾는 것에 그치지 않는다. 착한 성질은 분명 화해를 불러일으키는 요소이므로, "착한 것 찾기"를 통해 그가 지향하는 화해의 세계를 우의적으로 드러내고자 했다.

우주의 정체적 화해를 위해서는 모든 것을 포용하고 천차만별의 사물을 결합해야 한다. 서로 대립하고 배척하는 것들이 함께 결합되어야만 사물이 존재하고 세계가 존재하게 되는 것이다. 즉 화해는 최선의 생존 상태와 최선의 발전 상태를 뜻하며, 인류가 추구하는 이상이라 할 수 있다.[8] "착해지려는" 우주 만물의 성질, 그 성질을 근거로 화해하려는 의지야말로 인류의 발전을 쫓는 행위이다. 모든 사물은 이러한 화해를 통해 지속될 수 있을 것이다.

2. 사물의 고마움과 '빚'

신현득은 "나를 돕고 있는 내 둘레의 것에 관심을 가져보면 사물이 인간에게 무엇을 도우려 하고 있나를 알게 됩니다. 물건의 존재가치가 여기에 있지요."[9]라고 말한 바 있다. 사물은 크게 우주 안의 한 지점, 나라 안, 마을 안의 한 자리에 서거나 앉아서 나를 도울 준비를 하고 있다는 것이 그의 지론이다.

이러한 그의 '빚'으로서의 사물인식론은 전기 시에 비해 후기 시에서 발전된 양상을 띠며 드러난다. 전기 시가 사물 간의 상호보완적 성격에 주목한다면, 후기 시에 와서는 사물과 인간의 상호보완적 성격을 부각하기 때문이다. 물론 이와 같은 특성이 전기 시와 후기 시로 나뉘어 철저히 분리된 것은 아니나, 인간이 사물에 빚을 지고 있다는 의식으로 발

---

8 장파, 『동양과 서양, 그리고 미학』, 푸른숲, 1999, 129~130쪽.
9 신현득, 「제 7회 윤석중 문학상 수상자 인터뷰」, 같은 책, 15쪽.

전된 양상을 보인다는 데 의의가 있다.

특히 후기 시에 드러나는 '빚'으로서의 사물인식론은 인간과의 직접적인 대면에 가치를 둔다. 사물이 인간생활에서 어떠한 위치에 있는가를 고려한 존재성인 것이다. 다음은 『몽당연필도 주소가 있다』에 수록된 저자의 말이다.

> "여태까지 연필은 사람에게 딸려서 몸이 깎이고, 심이 부러지고, 몽당이가 되면서 봉사만 해왔습니다. 쓰레기로 버려지면 한 살이가 끝납니다. 그러했던 몽당연필이 권리를 찾아 나서게 되었습니다. 몽당연필은 주로 필통 속에 머무르지만 한 집안, 한 도시, 한 나라를 넘어서 세계의 일원이며 태양계, 은하계의 일원인 것입니다. 이것은 사실입니다."[10]

사물에게 빚을 졌다는 주제로 한 다양한 작품 중에서 '몽당연필' 소재는 보다 유심히 살펴볼 필요가 있다. 몽당연필을 제호로 삼은 시집만 유독 두 권이 출간된 사실만 보더라도 신현득의 시와 몽당연필은 서로 뗄 수 없는 관계인 것이다.

위의 글에서 시인은 "여태까지 연필은 사람에게 딸려서 몸이 깎이고, 심이 부러지고, 몽당이가 되면서 봉사만 해왔다"고 말한다. 연필이 사람에게 딸려 봉사했으니, 사람은 연필에게 빚을 진 셈이다. 사물에게 '빚을 졌다'는 시인의 사고가 특별한 이유는 사물을 인간보다 우위에 두기 때문이다. 그에게는 인간이 사물의 도움을 받지 않고서는 무엇 하나 할 수 없는 존재라는 인식이 기저에 깔려 있다. 작은 사물에도 존재가치를 인정하는 신현득의 신념은 모든 사물에도 '주소가 있다'라는 작가 의지로 발전한다.

---

10 신현득, 『몽당연필도 주소가 있다』, '저자의 말' 참고, 문학동네, 2010.

강아지 주소가 있듯이

내 책상도 주소가 있다

—민락동 754

동민이 집, 동민이 방

내 책상 주소가 있듯이

내 몽당연필도 주소가 있다

—민락동 754

동민이 집, 동민이 방

동민이 책상 위

동민이 필통 속

—「몽당연필도 주소가 있다」(23-30) 일부

  하이데거는 인간을 돕기 위해 존재하는 사물들이 "어디에서나 다양하게 사용되면서 일정한 방식으로 소모된다."고 말한다.[11] 이것은 인간과 매우 유사한 성질로서, 현대문명이 발달하면서 쇠퇴하는 사물이 생기며 현대문명과 상관없이 닳아 없어져버리는 사물이 존재한다는 것이다.

  그러나 신현득은 사물이 쇠퇴하거나 사라지더라도, 그들의 자리에서 그들의 역할을 다하고 있거나 다했으므로 사물들에게도 주소가 '있다'고 주장한다. 이와 같은 의미에서 보면, 인간과 사물을 비롯한 모든 만물이 자신의 주소를 갖고 있으므로 평등한 존재로 인식될 수 있으나, 신현득은 이들을 평등한 존재로 인식하지 않는다. 사물은 굳이 인간을 필요로 하지 않는 반면, 인간이 사물을 필요로 함은 부정할 수 없는 사실이기 때문이다. 그러므로 그의 인식에서 인간은 사물에게 '빚'을 지고

---

11 마르틴 하이데거, 박찬국 · 설민 역, 같은 책, 101쪽.

제23동시집 『몽당연필에도 주소가 있다』(문학동네, 2010)

있는 존재에 불과하다.

그러므로 "몸이 깎이고, 심이 부러지고, 몽당이가 되면서" 한살이가 끝나더라도, 그들에게 주소가 있다는 것이 시인의 주장이다. 이것은 결코 몽당연필에만 해당되는 사항이 아니며, 모든 주체성을 가진 존재들이 주소를 찾아가길 바라는 시인의 의지로 확장하여 해석할 수 있다. 이것은 또 다른 의미에서 우리 민족의 주체적 성장을 위해 개인이 앞으로 자리할 위치를 찾아 나서자는 것이 하나의 명제가 된다. 이와 같은 개념에서 주소는 '존재해야 할 곳'으로서 이차적 의미가 부여된다.

몽당연필이 쓴 글이나 그린 그림이 한 나라를 넘어서 세계의 일원으로 의무를 다하고 있으니, 그러한 몽당연필이 쓰레기로 버려져 한살이가 끝난다는 것은 안타까운 일이다. "사물은 주변에서 도울 준비를 하며, 그들의 의무를 다하고 있다"는 시인의 말은, 우리 생활에 고마움을 주는 모든 사물이 주소를 가질 권리가 있음을 뜻하는 바다.

오늘 밤에도
생각을 했다.

세종대왕이 내 손에 놓아 주신
우리 한글.

에디슨이 밝혀준 내 방…….

내가 받은 것이 많구나.

한글이 없다면

전등이 없다면

시계가 없다면

연필이 없다면?

정말 그것이 없다면

큰일일 텐데

있어 주어 고맙지.

받은 것이 참으로 많구나.

—「빚을 졌어」(23-112) 일부

일상생활에서 당연하게 쓰고 있는 한글과 전등마저도 시인은 고마움을 잊지 않는다. 한글이 없고, 전등이 없고, 연필이 없다면 시인이 마음 놓고 시를 쓸 수 없었을 것이다. 고마움의 대상은 가치에 따라 구분되지 않는다. 쓸모가 없어 버려지게 된 주변 사물조차 시인은 비존재로 분류하지 않는다.

한글은 의사소통의 수단으로 하루도 거르지 않고 쓰는 도구이다. 내 방을 밝혀주는 전등도 마찬가지다. 중요한 점은 하루도 빠뜨리지 않고 사용해왔던 이 도구들이, 사람이 필요로 했을 때 그 요구를 한 번도 거부하지 않았음을 알 수 있다. 정말 그들은 부탁을 거절한 적이 단 한 번도 없는 것이다. 하이데거는 이것을 사물의 "신뢰성"이라고 말한다.

존재는 어디에서나 신뢰할 만한 것으로 남아 있다. 이는 너무나도 무조건적이어서 존재자와 관계 맺는 전 영역에서 우리가 존재를 얼마나 신뢰하고 있는지에 대해서는 스스로 분명히 해본 적이 한 번도 없을 정도이다.[12] 다시 말해 사물은 무조건적으로 인간의 부름에 답하기 때문에, "도구의 존재는 눈에 띠지 않는 성격을 지니며, 더욱 근원적인 의미에서 눈에 띠지 않는 친숙함이라는 성격을 지닌다."[13] 이것은 도처에서 사물에게 빚을 지고 있는 인간이 그것을 깨닫지 못하는 것과 같다.

이러한 논의에 비춘다면 위의 시는 사물과 인간이 이제는 떨어져서는 존재할 수 없음, 즉 공존의 필연성을 제기한다. 앞으로도 인간은 사물에게 빚을 질 수밖에 없는 존재이며, 사물은 이러한 인간의 현실적 문제에 긍정적으로 반응함으로써 그 존재의 가치를 가질 수 있는 것이다. 하이데거의 이론에서 "단지는 그것이 제작되었기 때문에 그릇인 것이 아니라, 오히려 그것이 그러한 그릇이었기 때문에 제작되어야 했던"[14] 것임을 말하고 있다. 생산부터 인간은 도구에게 빚을 질 수밖에 없는 존재였음을 말하고 있는 것이다.

3. 씨앗과 나무의 역설적 관계

시에 있어서 세계관은 세계 구성 존재와 인간의 삶에 대한 일종의 해석적 견해와 가치 판단을 토대로 형성된다. 따라서 시의 세계관은 시를 통해 제시되는 시인의 세계 일반에 대한 통찰과 주관적 관점이라 할 수 있다. 시인이 시에서 세계관을 드러내는 것은 자신이 파악한 세계에 대한 견해와 일치하는 시적 세계를 재현하는 행위이다.[15] 또한 시의 세계관은 직접적인 현실 제시를 통해서가 아니라 현실을 토대로 두고 있으

---

12 같은 책, 103~104쪽 참고.
13 마르틴 하이데거, 전양범 역, 134쪽.
14 양갑현, 「하이데거 철학에서 사물 개념」, 『한국철학』, 한국철학회, 2012년 가을호, 137쪽.
15 김준오, 『시론』, 삼지원, 1997, 176쪽.

면서도 현실과는 또 다른, 나름의 관점으로 바라본 세계를 드러내거나 지향하는 세계를 제시함으로써 나타난다.[16] 그러므로 시에서의 세계관은 이상적인 것을 추구한다.

신현득은 작품에서 다양한 모티프를 통해 그의 세계관을 드러내고 있다. 권혁웅은 "이미지는 처음부터 감각의 소산"이라며, "이미지는 세계에서 온다. 세계가 나의 신체에 미친 영향이 이미지다."라고 말한다.[17] 게오르크 루카치 또한 이미지와 세계의 관계에 대해서 언급하며, "의미는 언제나 이미지 속에 감싸여 있고, 모든 이미지 하나하나는 우리의 세계 속에 속해 있다"[18]고 주장한 바 있다. 이것은 시인이 우리가 느끼는 세계에서 모티프를 얻을 수 있음과, 또한 독자는 시인이 제시한 모티프 안에서만 의미를 발견할 수 있음을 말한다. 그러므로 모티프는 보편적이거나 일반적인 성질의 것이 아니며, 지극히 개별적인 감각에 의한 것일 수 있다. 그러나 개별적인 감각에 의해 주어진 모티프를 독자들이 공감할 때에 좋은 시가 되는 것만은 분명하다.

알랭 바디우는 시인과 세계의 "근본적인 마주침"[19]에 대해 '마주침'의 순간이 바로 이미지가 생성되는 시점이라 말한다. 시인과 세계의 마주침, 그 접점에서 모티프는 발견되는 것이다.

그렇다면 신현득은 어떤 세계와 마주쳤는가? 그것은 바로 작은 씨앗이 나무가 되고, 작은 어린이가 어른이 되는 세계이다. 시인은 작은 것이 커가는 세계를 마주한 것이다. 이 지점에서 시인의 감각은 작용을 하게 되는데, 바로 "작아야 클 수 있다"는 모티프를 생성한 것이다. 여기에서 그가 씨앗 또는 어린이와 같은 작은 것에 애정을 갖고 있음을 알

---

16 윤의섭, 「시의 현대 과학적 세계관 연구」, 『현대문학이론연구』 제38호, 현대문학이론학회, 2009, 87~112쪽 참고.
17 권혁웅, 『시학』, 문학동네, 2010, 528쪽.
18 게오르크 루카치, 반성완 역, 『영혼과 형식』, 심설당, 1988, 13쪽.
19 알랭 바디우, 장태순 역, 『비미학』, 이학사, 2010, 40쪽.

수 있다.

> 땅에 묻는다 해서
> 모두 싹트는 건 아냐.
> 스스로 제 껍질을
> 벗을 줄 알아야 해.
>
> 돌멩이도 싹은 트고 싶지만
> 안 된다구.
> "이건 잎이 될 거다. 이쪽은 줄기다."하고
> 제 모습을 알아야 하거든.
>
> "누가 나를 보듬어주네.
> 따스운 입김까지 오고 있네"하고
> 손길의 고마움을 알아야 해.
>
> 이럴 때 이슬비가 속삭여 주는 거지.
> "너는 싹틀 수 있다.
> 내가 목마르지 않게 해 주마."
>
> 이 말을 알아듣는 귀가 있어야 해.
>
> 그래서,/ 작은 알맹이지만
> 씨앗이란 이름이 따로 있는 거야.

—「씨앗이라는 것」(18-78) 전문

문학에서 주로 씨앗은 아기, 새싹은 어린이에 곧잘 비유하여 성장을 다루곤 한다. 어린이는 씨앗에서 '싹트는' 새싹과 유사한 성질을 갖기 때문이다. "이건 잎이 될 거다./ 이쪽은 줄기다." 하고 생각하는 씨앗처럼, 어린이들도 제 모습을 알고 제 모습을 찾기 위해 노력해야 한다는 것이 시인이 전달하고자 하는 메시지이다.

이때 씨앗을 도와주는 고마운 것들이 있다. 앞서 제시된 바와 같이 따스운 햇빛과 빗물 등이다. '작아

제18동시집 『빈대떡과 피자는 어디가 다른가』(청개구리, 2004)

야' 보듬어주는 많은 손길이 오고간다. 이미 큰 것보다는 앞으로 클 것에 관심을 갖고 지켜보게 되는 것이 일반적인 심리이기 때문이다. 이러한 형태는 인간에게도 같은 방식이 성립되는데, 유아→어린이→청소년→성인에 이르기까지 작을수록 부모의 손길이 많이 가는 것에서 확인된다.

아동문학 전반에서 성장에 관한 기존 논의는 '씨앗'과 '새싹' 또는 '나무'를 형상화한 작품 위주로 평가된 바 있다. 실제 신현득 문학에서도 나무를 주제로 한 시편이 다수 있다. 현재까지 발간된 스물여덟 권의 시집 대부분이 '나무' 소재를 포함하고 있다. 그러나 신현득의 문학에서 성장의식을 바탕으로 한 작품들은 다른 시인들의 작품들에 비해 다소 차별화된 방식을 취하는데, 바로 "작아야 클 수 있다"는 논리를 들고 나온 것이 특징이다. 이제껏 아동문학에서 '나무' 소재를 두고 '성장하는' 것에만 초점을 맞췄다면, 신현득은 '작은' 것에 관심을 갖고 애정을 쏟는 태도가 다르다. 이와 같은 의식은 작은 것에 무한한 발전 가능성을

열어둔 것이 된다.

또한 위 시는 단순 자연생리를 이미지화하는 것에서 그치지 않고, 씨앗이 싹틀 수 있도록 도와주는 존재를 어린이의 관점에서 생각해 볼 필요성을 요구한다. 그들 성장을 위한 여러 손길의 고마움을 알고 싹트기를 제안하는 것이다. 그렇다면 성장을 주제로 한 그의 작품에서 씨앗이 어떤 의미로 적용되는지 분석할 필요가 있다. 시인의 성장의식 논리이자 시집 제호이기도 한 다음 작품을 통해 살펴보자.

> 작기 때문에 햇빛이 얼러준다
> "요 쬐그만 것." 하며.
> 작기 때문에 흙이 안아준다
> "쬐그매서 귀엽지." 하며.
>
> 물이, 물 먹여주며 하는 말
> "작아야 클 수 있다."
>
> 꿈틀, 싹이 나고
> 꿈틀꿈틀, 잎이 나고
> 꿈틀꿈틀꿈틀, 뿌리가 땅을 짚고 줄기를 세운다.
>
> 작지 않았다면 못 자랐을 걸.
> 아, 우람한 나무!
>
> ─「작아야 클 수 있다」(22-102) 일부

위 시는 작은 씨앗이 우람한 나무로 성장하는 과정을 형상화한다. "작기 때문에 햇빛이 얼러주는" 씨앗, "작기 때문에 흙이 안아주는" 씨앗은 미래를 이끌어갈 어린이들의 씨앗이다. 이는 어린이들이 씨앗의 소중함, 그리고 주변 손길의 고마움을 깨달아 우람한 나무로 성장하기 위해 무엇을 해야 할지 고민하도록 만들어준다. 특히 '꿈틀→꿈틀꿈틀→꿈틀꿈틀꿈틀'은 어린이들이 점차 자라나는 모습을 형상화한 적절한 의태어다.

「작아야 클 수 있다」는 '역설과 모순적 세계인식'을 기반으로 한다. 이것은 거꾸로 생각하기에서 발생된 시인의식이며, 이러한 시들의 진정한 의미는 모든 양자택일적인 결정으로

제22동시집 『작아야 클 수 있다』(아동문학세상, 2008)

부터 자유로워지는 데 있다. 서로 상반된 대립상태에 서 있으면서도 서로 구분되고 동시에 서로 잇닿아 있는 양가적 모습의 제시는 단지 세계인식이나 논리로 그치는 것이 아니라 인간과 세계 구성의 본래 모습에 다가가는 일종의 시도이다.[20] 작은 것과 큰 것은 서로 대립된 의미로 비춰지지만, '작아야 클 수 있다'는 논리에서는 작은 것은 큰 것이 되기 위한 가치존재로서 '작은 것＝큰 것'이라는 관계가 성립된다. 모순인 듯하지만, 작은 것이 큰 것이 됨은 자명하므로 결론적으로 이 둘은 동일한 의미를 갖는다. 작은 것과 큰 것은 서로 대립이 아니며, 서로 상보적인 성격의 것을 띤다. 이는 작은 것이 클 수 있고, 큰 것은 본디 작았기 때문에 가능하다.

또한 작은 나무가 빨리 커야 한다는 생각이 일반인 데 반해, '작아야

---

20 임동확, 「생성의 사유와 무의 시학」, 서강대 대학원 박사학위논문, 2004, 113쪽

클 수 있다'는 논리는 보다 희망적인 메시지를 담는다. 이 논리는 비단 씨앗이나 어린이에게만 해당되는 사항이 아니며, 시인의 민족의식 측면에서 보면 우리나라의 성장을 제시하는 것이기도 하다. 실제 우리나라는 일제 해방 이후 꾸준한 발전을 이룩해 왔다. 그러므로 '작아야 클 수 있다'는 앞으로의 가능성을 염두에 둔 의식적 표현이다.

신현득은 "씨앗은 작기 때문에 햇볕과 빗방울이 귀엽게 여겨 싹틔우고, 꽃을 피워준다. 어린이들 작은 힘은 마침내 마을과 나라를 일으킬 것이며, 지구촌을 지키는 힘으로 자랄 것이다."[21]라고 말한다. 이렇듯 그는 긍정적이면서 동시에 과학적인 세계관을 바탕으로 어린이들이 아무쪼록 나라를 위하는 힘 있는 일꾼으로 성장하길 고대한다.

다음 작품에서 시인은 '할아버지가 된 나무'에서 역사를 찾아가는 형식을 취하기도 한다.

마을 들머리
동구나무는
할아버지 나무.

오백 살이 넘었대
조선 시대 때 싹이 터
임진왜란을 겪은 나무.

전쟁 때 기총사격으로
탄알이 박혔지만
아프다 않고

그늘을 준다.

—「할아버지 나무」(17-76) 일부

작품에서 오백 살이 넘은 나무는 조선 시대부터 우리나라의 역사를 이뤄온 '할아버지 나무'다. 조상들과 함께 임진왜란을 겪고, 전쟁으로 총을 맞아 "탄알이 박혔지만/아프다 않고/그늘을 준" 나무다. 이와 같은 '할아버지 나무'가 있었기 때문에 후손으로 태어난 나무들도 별 탈 없이 성장할 수 있다는 결론이 도출된다. 할아버지 나무는 오백 년 역사에서 대면할 수 없는 선조들을 대신해 모습을 드러내고 있는 것이다. 특히 할아버지 나무가 주는 '그늘'은 나무의 완전한 성장을 보여준다. '역사의 고난을 견뎌온' 할아버지 나무는 역사적 성장의 상징물이며, 곧 타인을 위해 내어주는 희생적인 존재가 됨으로써 그 역할을 다하기 때문이다. 신현득은 이 시를 통해 조상들이 이뤄놓은 것이 밑바탕이 되어 현재가 있음을 귀납의 원리로 표출하였다.

한 가지 생각해볼 점은 할아버지 나무도 그 출발은 '씨앗'이었다는 사실이다. 여기에서 우리는 씨앗의 유구하고도 강인한 생명력을 발견할 수 있다. 오랜 세월이 흘러도 씨앗 속에 있는 생명력은 결코 사라지지 않으며, 언제든지 발아하기에 적당한 조건만 되면 새로운 싹을 틔운다. 이런 이유에서 시인이 '씨앗'에 가치를 두는 것은 타당성을 획득한다.[22]

4. '그릇' 속의 우주

신현득은 『독도에 나무심기』에서 그릇을 소재로 한 연작시를 다수 발

---

22 '씨앗'을 표제 삼아 출간한 『살구 씨 몇 만 년』에서 이러한 시인의식이 더욱 명확히 드러난다.

제10동시집 『독도에 나무 심기』(미리내, 1994)

표한다. 그리고 시인은 담을 수 있는 건 무엇이나 '그릇'이라고 한다. 이 논리에 따르면, 시에는 시인이 바라본 세계가 담겨 있으므로 시 또한 그릇이 된다. 시가 그릇이라면, 그릇에는 세계가 담겨 있는 것이므로 '그릇=세계'라는 관계가 성립한다. '그릇'과 '세계'의 단어를 따로 놓고 보면 전혀 관련이 없는 것 같지만, 이렇듯 두 단어는 유기적으로 연관되어 있음을 확인할 수 있다.

시인은 현실의 물리적 시간을 초월하는 영원한 시간의식을 갖고 억압을 벗어나려는 세계관을 보여 준다.[23] 자아와 세계가 동일성을 형성하면서 하나의 세계로 통합될 때, 이미지는 자아와 대화하며 세계의 근원과 의미, 가치를 드러내는 존재가 된다.[24] 이렇듯 시에 있어서 이미지의 역할은 가장 중요한 요소 중에 하나다. 시적 이미지란 최대한의 인식을 창조하는 방식 가운데 하나이기도 하다.

신현득은 『독도에 나무심기』에서 20여 가지로 다양화된 그릇의 이미지 표출을 시도한다. 이를 근거로 필자는 그릇 소재의 작품에서 시인의 성장의식을 다루고자 한다. 시인의 성장의식체계를 '그릇'을 통한 연작시로 살펴보는 것이 최초라는 점에 의의를 둔다. 한편 『독도에 나무심기』 이외 시집에서도 '그릇'을 소재로 다룬 시편을 다수 찾아볼 수 있는

---

23 김수복, 『상징의 숲』, 청동거울, 1999, 181쪽.
24 금동철, 「현대시에 나타난 수사학적 세계관 연구」, 『국제언어문학』 제10호, 국제언어문학회, 2004, 342쪽.

데, 다음 작품을 먼저 살펴보도록 한다.

이야기를
담을 수 있는 그릇이 있어요.

생각을
담을 수 있는 그릇이 있어요.

거기에다
이순신의 그림자를
담을 수 있을까요?

에디슨의 숨소리까지
담을 수 있지요.

별나라를
담을 수 있는
책이라는 그릇.

책보다 더 큰 그릇이
없어요.

—「책이라는 그릇」(13-98) 전문

동화책은 물론 그림책과 시집 등의 책읽기는 어린이가 자라는 내내
가장 오래 어린이를 바르게 이끌 삶의 선생님이다. 어린이에게 건네는
좋은 책 한 권은 어린이가 인생의 무게를 충분히 짊어질 수 있는 튼튼한

심리적 근육을 만드는 열쇠이자 자양분이 될 수 있다. 시인은 책을 '이야기를 담을 수 있는 그릇'에 비유하기에 이른다. 그릇에 담긴 이야기를 섭취하는 행위는, 매일 먹는 밥처럼 어린이들을 성장시킨다.

이미지는 인과관계나 어떤 필연성에 의해서 환기되는 것이 아니라, 주체의 내면 속에 존재하는 인접성의 원리에 의해 환유적으로 환기되는 것이다.[25] 물론 주체와 연관성이 없는 대상이 모티프가 될 수는 없다. 위의 작품에서 책과 그릇은 전혀 무관한 듯 보이지만, 세계를 담을 수 있는 그릇이 책이라는 관점에서 볼 때, '책=세계=그릇'이라는 관계가 설득력을 갖는 것이다.

이것은 '책과 세계와 그릇에는 거리감이 있다. 그러나 없다.'로 달리 해석이 가능하며, 주체와 대상 사이에 거리가 있으면서도 없는, 역설의 한 형태로 볼 수 있다. 권혁웅은 "대상과의 거리가 이중화된 시를 모두 역설적이라 말할 수 있다."며, 시에서 반어와 역설을 찾아낸다는 것은 주체와 대상의 관계가 이중삼중으로 얽힌 지점을 찾아낸다는 것과 같은 뜻이 된다고 주장한다. "이렇게 연결된 지점이 역설이 성립하는 지점이다."이라는 것이다.[26] 이 논리에 따르면, 신현득의 작품에서 세계가 책이 되고, 책이 그릇이 되는 지점은 바로 역설이 성립되는 지점일 것이다.

「책이라는 그릇」에서 그림자, 숨소리, 별나라까지도 담을 수 있는 것이 바로 책이다. 이순신의 그림자나 별나라보다 작은 책이 그것들을 담을 수 있다는 것은 모순이지만, 그러나 그렇지 않다. 실제 어린이들은 책을 통해서 많은 것들을 간접경험하고 배운다. 책은 어린이들이 바르게 자라기 위한 기본적인 상식은 물론, 실제로 모든 것을 경험해 볼 수 없는 어린이들에게 갖가지 지식을 전달하기 때문이다. 그러니 위인의 그림자, 숨소리마저 담을 수 있는 책이야말로 가장 큰 그릇이라는 시인

---

25 금동철, 『한국 현대시의 수사학』, 국학자료원, 2001, 76쪽.
26 권혁웅, 같은 책, 224쪽 참고.

의 주장은 일면 타당성을 갖는다.

　가장 큰 그릇에 담긴 이야기를 배불리 먹는 행위인 '독서'는, 어린이의 마음을 살찌우는 근원으로서의 역할을 수행한다. 이 시는 이런 점에서 어린이들이 자라나 큰 그릇이 되기 위해서는 책을 많이 읽어야 한다는 것을 작품을 통해 은연중 드러내고 있는 것이다. 시에서 '책이라는 그릇'은 신현득의 성장의식과 맞물려 작품 속에서 자리매김하고 있다. 한편 시인은 알차게 채운 그릇으로 「사람이라는 그릇」을 제시한다.

　　사람을 그릇이라 하지요.
　　사람이 그릇 모습인가요?
　　그렇지 않아요.

　　그런데도 어째서?
　　가슴이 있기 때문이죠.

　　하루의 일을 가슴에 담고
　　나쁜 것은, 좋게 녹여서 담고
　　느끼고, 그 느낌을 담고
　　세계를 담아도 넘치지 않아요.

　　우주를 담고 나면
　　"나는 우주다."
　　깨닫게 되죠.

　　　　　　　　　　　　　　　　　　　　　　　　—「사람이라는 그릇」(10-98) 일부

　문학적 세계관은 언어의 한계를 초월하여 본질적인 세계를 드러내고

자 하는 태도를 견지해야 한다.[27] 언어의 한계를 극복한 시인은 순간 모티프와 마주하게 되는데 시인과 시를 쓰지 않으면 안 되는 어떤 접점이 바로 모티프가 생겨난 시점이며, 이것이 본질적인 세계를 드러내는 출발점이라 하겠다.

그릇의 영적인 의미는 '자신은 어떠한 그릇이 되어야 하는가를 깨닫는 것'이다. 앞서 시인은 그릇에 '무엇을 담는 도구'로서의 역할을 부여했다. 이런 의미에서 어린이는 물론 성인까지도 하나의 그릇으로 간주될 수 있다. 인간은 자기 계발과 욕구 충족을 위해 정신적으로나 육체적으로 계속 무언가를 채워나가는 존재이기 때문이다.

「사람이라는 그릇」은 1연에 "사람을 그릇"으로 치환함으로써, 그릇의 의미가 점점 더 확장되는 효과를 갖는다. 이렇듯 확장적인 표현 방법은 시인의 세계관을 더욱 뚜렷이 해주며, 본질적인 세계에 보다 근접하게 다가가는 계기가 되기도 한다.

또한 위 시는 '근원적인 세계'를 제시하면서, '사람=그릇, 세계=그릇, 우주=그릇, 나=그릇'의 관계를 성립시킨다. 시인은 담을 수 있는 무엇을 그릇으로 표현함으로써 서로 연관성 없을 것 같은 낱말들을 통일된 것으로 변화시킨다.

사람은 저마다의 그릇이 있다. 시인은 이를 "하루의 일을 가슴에 담고"라는 시구를 통해 말해준다. "그 느낌을 담고"는 우리가 느끼는 모든 것이, 우리가 성장하는 데 부분적 요소로 작용함을 제시한다. 또한 '사람이라는 그릇'은 "세계를 담아도 넘치지 않는" 그릇이다. 이것은 지식이나 정보는 물론 매일 받게 되는 다양한 느낌 등을 아무리 머릿속이나 가슴속에 담아도 넘치는 법이 없는 인간의 특성에 근거한다. 개인마다 하루 동안 무엇을 가슴에 담느냐에 따라 일기의 내용이 달라지고 겪은

---

27 윤의섭, 같은 글, 101쪽.

바와 느낀 무게가 다르듯, 영혼의 질과 무게 또한 얼마든지 달라질 수 있는 것이다.

우리의 영혼은 전체성과 동일성으로 온 우주를 품고 있는 거대한 의식이 '씨앗'을 낳은 것이다. 모든 영혼은 곧 우주의 마음으로부터 나온다. 우주가 자신의 전 면모를 담아내기 위해 육(肉)의 형상으로 출현시킨 것이 사람인 것이다. 그러므로 마지막 연에서 "우주를 담는"다는 시구는 일면 타당성이 있다. 사람은 전체성을 향한 오랜 여정을 통해 그 씨앗이 발아하고 성장하여, 태양계와 은하계의 일꾼이 되고 나아가 대우주의 경영에까지 참여하게 된다. 이것이야말로 시인이 말하고자 하는 큰 그릇, 좋은 그릇, 사람이라는 그릇이다.

형식논리상으로 보면 모순되지만 실제로는 옳은 논리라고 할 수 있는 역설은 어떤 전체가 그 자신을 전체의 부분으로 포함시킬 때 발생하며, 종국엔 부분과 전체의 구분이 무의미해진다. 예를 들어 그릇은 부분, 세계가 전체였다면 '그릇＝세계'가 됨과 동시에, 이 둘 간의 구분이 무의미해지는 것을 의미한다. 다음 「크레용곽」에서 드러나는 시인의 세계관은 희생을 통한 성장의식의 추구다.

크레용곽이라는 그릇이 그래요.
—빨·주·노·초·파·남·보……
무지개빛 꼬마손님을 품에 안고

"빨강아,
나가서 해를 그려라."
"초록아,
나가서 숲을 그려라."

(중략)

기다리고 있으면

부러진 크레용이

뛰어들어요.

"몸이 부러졌어요."

"아니!" 하고 놀라죠.

(중략)

그런데 "아니 아니!"

돌아오지 못한 꼬마도 있어요.

초록 동강이가

마지막 그림에서 없어진 거예요.

"초록은 죽었어요."

"아니다. 숲이 된 거다."

크레용곽이

흐느낀 건 이때여요.

—「크레용곽」(10-69) 일부

시에서 역설이란 근본적으로 모순어법을 기반으로 삼고 있다. 그러나 모순이 모순으로 끝나지 않고 초월적 진리로 승화하는 것, 이것이 바로 역설의 본질이다.[28] 「크레용곽」은 크레파스와 크레용곽의 대화를 통해 진리에 다다르는 변증법적 역설의 형태로 시인의 세계관을 드러내준다.

위 작품에서 숲을 그리던 초록색 크레파스가 크레용 곽으로 돌아오지 못한다. 아이가 그림을 그리다가 다 써버린 것이다. "초록은 죽었어요."

---

28 김종태, 「한용운 시의 역설적 세계관 연구」, 『한국문예비평연구』 제14집, 창조문학사, 2004, 160쪽.

라는 말에, 크레용 곽은 숲이 된 거라며 애써 슬픔을 참는다. 자신이 담아내고 있는 것을 지키고 싶지만, 그러지 못할 경우도 있다. 크레용 곽은 몸이 부러진 크레파스를 볼 때, 그리고 닳고 닳아 키가 절반으로 줄어버린 크레파스를 볼 때, 자식이 다치기라도 한 것처럼 마음이 아프다.

'크려고 아프다'라는 말이 있다. 그것을 성장통이라 하기도 한다. 그러나 그림을 위해 희생하는 크레파스의 성장통은 일반 성장통과는 차별화된 성질을 가지는데, 자신이 크기 위한 통증이 아닌 타인을 살리기 위한 몸부림인 것이다. 국가적 측면에서 봤을 땐 누군가 필요로 하는 그릇, 국가와 세계에 일조하는 그릇이 되길 "무지개 빛 꼬마손님"들에게 간청하는 작가의 바람이 읽혀진다.

앞서 연구된 바와 같이, '담는다' 또는 '성장한다'는 의미 안에서 세상의 많은 사물을 비롯한 생물은 그릇의 역할을 수행하고 있다. 그릇을 소재로 한 편의 작품을 더 살펴보자.

신이란 한 쌍의,
신이란 고마운 그릇이어요.
제 크기에 딱 맞는 발을 담고
견딜만한 몸무게를 그 위에 얹고
아침이면 섬돌을 나서는군요.

사람이 걷는다지만
그렇지 않아요.
그 몸이 닳는 것은 신이어요.
사람은 발을 옮길 뿐
걷는 것은 신이어요.
천리길을 한 걸음에 시작하는 건

신이라는 그릇이어요.

몸 안에 담긴 발을

사랑으로 감싸 안고

진창길을 대신 밟아주지요.

따숩게 발 등을 감싸 안고

눈길, 얼음판을 밟아 주지요.

걸어 주고 밟아 주는 그 사이에

찔리고 해지는 건 신이어요.

종일 다니다가

섬돌 위에 돌아와

묻혀 온 흙을 터는

고마운 그릇.

―「신이란 그릇」(10-88) 전문

「신이란 그릇」에서 '신'은 '그릇'에 비유된다. 크기에 맞는 발을 담고, 견딜 만한 몸무게를 위에 얹은 신발은 고마운 그릇이다. 이 시에서는 '신＝그릇'으로 동격화되면서, 은유법의 형태가 나타난다. 사람이 걷는 다지만 사람은 발을 옮길 뿐, 그 몸이 닿는 것은 신이다. 천리길을 한걸음에 시작하는 것도 신이라는 그릇이다.

앞서 「사람이라는 그릇」에서 "나는 우주"임을 확인하였다. 이것은 "나＝세계"라는 관계도 성립 가능케 하며, 나를 세계로 봤을 때 나를 지탱해주는 신은 세계를 지탱하고 있는 그릇과 같다는 결론이 도출된다.

신은 몸 안에 담긴 발 대신에 진창길을 밟아주고, 발등을 따숩게 감싸 안고 눈길도 밟아준다. 더불어 3연 마지막 행에서는 다른 이를 위해 희생하는 신발의 따뜻한 마음이 심화되어 나타난다. 걸어 주고 밟아주는 사이, 찔리고 해지는 신의 이미지가 구체적으로 드러나기 때문이다. 마지막 연에서 신이 묻혀 온 흙은 주인을 위해 희생한 신발의 노고를 상징한다. 묻혀온 흙을 털면서도 신은 투덜거리거나 불평하지 않는다. 이렇듯 한없이 넓고 따뜻한 마음을 가진 신발의 고마움을 깨달아, 어린이들 또한 사회에 도움을 주고 국가가 필요로 하는 개인으로 성장하길 바라는 시인의 마음을 읽을 수 있다.

신현득의 세계관은 다양한 모티프를 통해 이상적인 세계를 추구하는 방향으로 흐르고 있다. 그 모티프는 "작아야 클 수 있다" 또는 "세계를 담는 그릇"으로 형상화되었으며, 이것은 다분히 역설적인 성격의 것임을 파악하였다. 그가 제시하는 세계관이 '작은 것=큰 것' 내지는 '그릇=세계'라는 역설을 취하지만, 불가능이 아닌 '가능'을 내포하고 있다는 점에서 타당성을 획득하고 있다.

'신발이 세계를 담는 것'과 같이 시인이 작품에서 존재론적 역설을 자주 사용하는 것은 현실적인 삶 속에 숨겨진 참된 이치를 시적 인식을 통하여 발견해내려는 의도에서 역설을 구사하기 때문이다.[29] 살펴본바 신현득의 역설적 세계관은 본질을 추구함으로써 결국 초월적인 세계까지 넘나듦을 확인할 수 있다. 이것은 거리가 먼듯하지만 가까운 것, 또는 주체와 대상의 거리가 없어지는 다른 것을 말하는 듯하지만 동일해지는 원리이다. 정리해보면 시인의 역설적 세계 인식 속에서 그가 지향하는 이상적 세계를 발견할 수 있는데, '큰 것에 가치를 두는 세계가 아닌 클 수 있는 작은 것에 가치를 두는 세계'이며, 그것이 바로 시인이 발견한 진리의 세계라 하겠다.

---

29 김준오, 『시론』, 삼지원, 1991, 225~230쪽 참고.

제5장

형태적 다양성의 세계

1. 동화적 변용과 수수께끼 시

아동문학에서 재미와 교육성에 관한 논의는 꾸준히 전개되어 왔다. 현대아동문학은 작품에 교시적인 요소를 숨기는 추세이며, 교훈주의 반대론자까지 가세하여 아동문학의 교시성은 위기를 맞고 있다. 그러나 표면적 교시성은 자리를 잃어가더라도 교시적인 효과까지 소멸하는 것은 아동문학의 위기를 초래할 수 있어 위험하다. 이는 난해한 문제로 교시성이 작품에 드러나진 않되, 교시적인 효용성은 발휘해야 하는 것이다.

이런 면에서 그의 시는 교시적인 성격을 띠면서, 그것을 예술로 승화시키는 이중의 효과를 낳는다. 신현득의 문학성은 다양한 작품을 통해서 드러나는데, 「자장면 대통령」 또한 한 아이가 장성하여 대통령이 되기까지의 이야기를 담았다. 작품을 통해 살펴보자.

> 자장면 배달원이면 어때?
> 오늘은 철가방 들고 뛰지만.

꿈은 크다구.

조금씩 모이는 게 있어서 그래.
적지만 주머니 안에 야물게 쌓인다구.

"예 예!"
한 사람에게라도 더 친절히 해주면
그 아이 쓸 만하다는 소문이 돌지.

난 야간부 학생. 늦은 밤에
조는 친구에 끼여, 앞날을 보지.
박사가 될 수도 있다. 교수도. 그러나

조그만 공장.
몇 사람 직공을 두고
땀내 나는 노동복,
그래도 나는 사장이 될 거다.

나는 힘으로 이웃을 보듬고
깜짝 놀랄 제품을 내고 보면
"자장면 배달 아이였다지, 그 사장이."
하는 칭찬이 돌겠지.

"그 사람 쓸만하군."
그땐 온 시민이 권해서
시장이 되는 거다.

자장면 배달하듯
시민을 살피고 보면
"그 시장 쓸만하군."

국민이 밀어주어
대통령을 왜 못 돼?
그땐 이름까지
자장면 대통령이야.
짠~!

― 「자장면 대통령」(17-112) 전문

「자장면 대통령」은 자장면 배달원에서 대통령이 되기까지의 과정을 담고 있다. 낮에는 학비를 벌기 위해 자장면 배달을 하고, 밤에는 학업에 열중하는 화자의 모습이 서술자의 이야기를 통해 그려진다. 작품 속 화자는 가난하지만, 힘든 내색이 전혀 없다. 어려운 상황에도 그가 밝게 헤쳐 나갈 수 있는 것은 '꿈'이 있기 때문이다. 지금은 자장면 배달원이지만, 주머니 안에 조금씩 모이는 게 있다. 청년에게 야물게 쌓이는 것이 돈일 수도 있고, 꿈을 의미할 수도 있다. 그가 열심히 사는 만큼 꿈도 차곡차곡 쌓인다. 아무리 힘든 상황이 닥쳐도 어린이들이 꿈을 잃지 않기를

제17동시집 『자장면 대통령』(아동문예, 2000)

바라는 시인의 바람이 우회적으로 드러나 있다.

힘겹게 살아가는 어린이들에게 화자는 좋은 본보기가 된다. 그는 박사가 될 수도 있고 교수가 될 수도 있지만, 화자는 땀내 나는 노동복을 입고 깜짝 놀랄 만한 제품을 만드는 길을 택한다. 흘리는 '땀'과 '노동'을 중시하는 시인의 마음이 화자에게 이입되어, 작품에서 그는 다분히 교시적인 역할을 감행한다. 또한 소년의 근면성실함에 온 시민이 권해서 시장이 되고, 국민이 밀어주어 대통령이 되는 스토리 전개는 힘겨운 어린이들에게 꿈을 안겨줌으로써 일종의 '정화' 기능을 한다.

이렇듯 교시적인 성격의 시가 예술적으로 승화하는 것은, 전개되는 이야기가 어린이들의 사고와 근접해 있기 때문이다. 그의 시는 이야기 구조를 파악하면 보다 쉽게 이해할 수 있다. '자장면 대통령'이라는 제목만 봐도 알 수 있듯이 시인은 교시적인 요소에 흥미의 요소를 배제하지 않는다. 많은 어린이들이 선호하는 음식 중 하나인 자장면과 대통령과의 결합은 매우 낯설면서도 흥미롭기 때문이다. 어린이들이 읽기에 교육적이면서도 재미있는 시를 생산하자는 것이 그의 생각이다.

이재철은 "아동문학은 예술성을 상실하지 않는 테두리 안에서 교육성 곧 아동의 단계적 심신 계발에 이바지하는 것이어야 한다."[1]라고 했다. 여기서 '단계적'이라는 말은 독자의 지식과 경험에 따라 교시적인 요소가 각각 다르게 적용됨을 의미한다. 이것은 발단단계에 따라 주체적으로 시를 감상하는 과정을 통해 얻어진다.

신현득 작품에서 교시성의 우회적인 측면은 이야기성의 도입과 수수께끼 시를 통해 드러난다. 먼저 신현득의 시에는 이야기에 대한 강조와 이야기성의 도입이 나타난다. 아리스토텔레스는 "스토리는 비극의 근간이자 어떤 의미에서 영혼이다."라고 말했으며, 모방의 대상 속에 인간의

---

1 이재철, 『아동문학개론』, 서문당, 1983, 13쪽.

행동들 그리고 그 사건들의 결합으로 만들어지는 스토리(이야기)가 반드시 포함되어야 한다고 언급했다.[2] 이것은 시도 다른 장르와 마찬가지로 줄거리가 있음을 의미하며, 이와 같은 줄거리, 즉 이야기의 도입은 독자의 흥미를 유발할 수 있는 시적 장치가 될 수 있다.

"동시의 동화성이라는 아동문학용어가 있는데, 시를 떠나서는 동화가 이루어지지 않고, 동화를 떠나서는 동시가 이루어지지 않는다는 논리입니다. 아무리 짧은 동시라 해도 동화의 테마가 들어 있습니다. 리듬을 가진 이야기일 뿐이지요."[3]

상대적으로 동화에는 동시성이라는 성격이 있다. 명작동화가 되려면 서사동시가 되어야 한다는 것이다. 또한 신현득은 아무리 짧은 동시라도 이야기가 들어 있다고 말한다. 이를 '동시의 동화성'이라 이름 지어 놓고 있다.[4] 동시에는 다양한 이야기가 내재되어 있으며, 동화보다도 동시에 '동화적인 상상력'이 돋보인다는 것이 그의 생각이다. 동시는 다른 장르에 비해 비유적 기법을 다양하게 수용하고 있기 때문이다.

동화적 상상력을 통한 이야기를 기반으로 한 '동시의 동화성'은 시의 길이가 단 한 줄일지라도 이야기의 테마가 들어 있으면 성립되는 특성이 있다. 동시에는 이야기가 들어 있어야 하며, 그 줄거리를 통해 독자들이 흥미를 느껴야 좋은 동시라는 것이다. 시인의 논리에 따르면 이야기가 없는 시는 좋은 시가 아니며, 좋은 시는 모두 이야기시가 될 수 있다고 한다.

단징거(M.K. Danzinger)는 이야기 시 중에서도 담시를 서사시가 아니라

---

2 김태환, 「미메시스에서 스토리로: 형식주의적 이론으로서의 아리스토텔레스 시학」, 『뷔히너와 현대문학』 제36호, 한국뷔히너학회, 2011, 15~25쪽 참고.
3 신현득, 「제7회 윤석중 문학상 수상자 인터뷰」, 같은 책, 16쪽.
4 같은 책, 16쪽.

서정시의 하위 장르로 규정한다.[5] 담시는 중세 유럽에서 형성된 정형시의 하나로 서정적, 서사적, 드라마적 요소를 모두 포함하고 있는 특수한 형식이다. 그의 생각은 신현득과 일치하는데, "서사시와 담시는 다 같이 이야기 시이긴 하지만, 서사와 서정의 상이한 속성을 갖고 있다. 이야기 시는 서사체 양식이라는 점에서 일반적으로 서사시의 범주에 넣지만 사실 서정시도 이야기 시에 포함될 수 있다"[6]는 것이다. 신현득 시의 바탕에는 서정성이 내재되어 있으며, 이야기적 요소가 포함되므로 그의 '서정시는 이야기시'라는 관계가 성립됨을 확인할 수 있다.

이렇듯 신현득의 동시 창작에서 이야기성은 중요시되는 문제 중 하나이다. 신현득의 시에서는 그 자체가 이야기를 만나게 하는 요소로 작용되며, 그러므로 이 둘은 뗄 수 없는 관계가 성립된다. 「세계에서 제일 큰 학교」에서도 상상력을 기반으로 한 이야기에서 진실성 내지는 창의성이 발휘된다.

그 열아홉 아이의 운동장을 위해
나무들이 멀찍이 비켜 주고
바위도 멀찍이 비켜주고.

그리고
운동장 가 푸나무는
일 년 꽃 피울 당번을 정했지.
도라지는 유월에
들국화는 구월…….

---

5 M.K. Danzinger, An Introduction to Literary Criticism, Boston, 1968, 71쪽.
6 김영철, 「산문시와 이야기시의 장르적 성격 연구」, 『통일인문학논총』, 건국대학교 인문학연구원, 1994, 45쪽.

새들도 차례를 정했지.
풀매미와 여치도 노래당번이란다.

(중략)

그러면서
아이들과 같이
나무는 몸을 흔들었지.
그것은 무용이었어.

그러면서
새들은 지저귀었지.
이건 노래야.

……

구름도 산마루를 지나다가
내려왔단다.
공부가 하고 싶어서였지.

……

여기에 더 큰 학교는 없다.

—「세계에서 제일 큰 학교」(6-119) 일부

위 작품은 강원도 오대산에 있는 두메분교를 배경에 두고 쓴 시다. 시인은 외딴 곳에 자리잡은 단칸집 교실이지만, '세계에서 가장 큰 학교'라는 이야기를 하고 있다. 그의 이야기는 자연을 소재로 매우 서정적인 분위기로 전개된다.

나무 기둥 두 개가 교문이 되어 서 있는 학교는 전교생 수가 열아홉 명에 불과하다. 그럼에도 불구하고 '세계에서 제일 큰 학교'가 될 수 있는 것은 아이들과 같이 몸을 흔들며 무용 수업에 열중하던 나무, 지저귀면서 노래수업에 심취해 있는 새들이 모두 생도가 되기 때문이다. 공부가 하고 싶어 내려온 구름도 시인의 눈에는 학생과 다를 바 없다. '세상에서 제일 큰 학교'는 동·식물을 포함한 생물이 함께 다니는 학교이며, 이런 점에서 판타지 동화에 적용되는 동화적 발상이 나타난다.

작품을 통해서 시인이 전하고자 하는 주제는 '자연이야말로 세계에서 제일 큰 학교'라는 사실이다. 진정한 배움의 터전으로도 전혀 손색이 없는 자연은, 시인의 말대로 세계에서 제일 큰 학교라는 깨달음을 준다. 어린이들이 자연을 통해서 배우고 자연 속에서 자라나길 바라는 시인의 마음이 작품에 투영되어 있으며, 이것은 다분히 교시적인 성격의 것이다.

아이들 손톱에는
까만 때가 낀다.
어째서?

그걸 알기 위해
선생님은
손톱을 검사한다.

한 아이는 딱지를 쳤다고 한다.

딱지를 치는 데서도
까만 때가 끼이나?

한 아이는 구슬치기를 했다고 한다.
구슬을 치는 데서도 까만 때가 끼이나?

"나는 종일 감자를 캤어요."
"나는 가재를 잡았어요."
그런데 까만 때가 끼어 있다.

선생님은 안다.
아이들 손이 가는 곳마다 그 빛깔이
손이 닿는 곳마다 그 빛깔이
손가락을 타고 와
손톱 끝에 모인다는 걸.

그래서 까만
손톱의 때.

"그렇지만 손톱은 깎아야 한다."
이렇게 말하고 선생님은 웃는다.

—「손톱」(6-70) 전문

시에서의 이야기하는 방식은 "이야기를 하되 전적으로 시적인 방식으로 이야기할 뿐"이다. "교육적인 문학작품을 두고 거부감을 갖는 어린이들이 있다면, 동화적 상상력에 기초한 '시의 동화성'은 어린이들과의 거리를 좁히는데 일단락 성공한 장치"인 것이다.[7] 김용희는 이런 이야기 기법을 누구보다 능란히 구사하는 시인이 바로 신현득이라 평한다. 시인의 이야기 기법이 발상과 표현 면에서 언제나 자연스럽고 새로운 데다, 이야기를 끌어오는 시인의 시적 상상력의 폭과 깊이가 광활하다는 것이다.

「손톱」은 초등학교 시절, 일주일에 한 번씩 선생님으로부터 손톱검사를 받던 추억을 떠올리게 한다. 그런데 이 시에서는 아이들의 손톱에 '왜' 까만 때가 끼었는지 알기 위해 손톱검사를 한다. 손톱을 검사하기 위해서가 아니라 그 이유를 알기 위해서라는 것이다. 아이들은 딱지치기, 구슬치기, 감자 캐기, 그리고 가재를 잡아서 손톱에 까만 때가 꼈다고 돌아가며 대답한다. 이렇듯 손톱의 까만 때는 아이들이 무슨 일을 했는지 말해 준다. 친구와의 놀이든 부모님 일손을 돕는 일이든 아이들은 여러 가지 경험을 통해 손톱만큼 조금씩 커가는 것이다.

이때 손톱의 때는 커가기 위한 아이들의 '노력'을 상징한다. 하루 동안 많은 일을 겪으면서 끼는 손톱의 때는, 아이들이 크기 위해 또는 꿈을 이루기 위해 얼마나 열심히 노력했는가를 보여주는 증거물이다. 작품 속 선생님도 안다. 아이들 "손이 닿는 곳마다 그 빛깔이/손가락을 타고 와/손톱 끝에 모인다는 걸."에서 시인은 아이들이 관심을 갖고 손이 가는 곳마다 '빛깔'이 생김을 이야기한다.

여기서 시인이 전하고자 하는 바가 더욱 분명해지는데, '빛깔'과 '손톱의 때'는 앞서 말했듯 아이들의 노력과 열정에 기인한 것이다. 그러므로 시인에게 손톱의 때는 비단 까만 때에 불과한 것이 아니라, 빛깔이라는 새로운 존재로 변용되고 있다.

매일같이 뛰어 놀고 자연에서 배우며, 아이들의 손을 거친 모든 일들

---

7 김용희, 「옥중아 너는 커서 뭐할래」, 『옥중아』, 126~127쪽.

은 빛깔이 된다. 그 빛깔이 모여 손톱 끝에 까만 때가 되었으니, 누구도 아이들 손톱의 까만 때를 더럽다고 탓할 순 없을 것이다. 독자들은 손톱의 까만 때를 빛깔로 새롭게 인식함으로써, 마음의 정화를 느낄 수 있다. 이 시는 이와 같이 다소 교시적일 수 있는 주제를 무겁게 다루기보다는 '이야기' 요소를 통해 예술로 승화시키려는 문학성이 돋보인다.

얼마나 시다운가 하는 문제는 이야기 처리를 암시적으로 처리하느냐, 간결한 표현으로 압축된 시를 빚느냐에 달려 있다. 그런 점에서 시가 이야기에서 완전히 벗어나려는 시도는 가상이나 이론에 불과하다. 아무리 이미지화하고 추상적인 표현을 하고 암시만을 남긴 시라고 해도 독자에게 전달하고자 하는 메시지가 있다면 그것은 이야기인 것이다.

신현득의 시에서 이야기적 요소는 교시적인 형태를 날 것으로 표현하지 않고 감추는 장치로서의 역할을 담당한다. 동화적 상상력에 기인한 이야기시의 특성으로 말미암아 교시적인 효용성은 안으로 숨어지는 것이다. 그는 교시성의 예술적 승화를 위한 또 다른 방법으로 이야기로서의 동시 외에, 최근 들어서는 수수께끼 시를 제안한 바 있다.

이야기성의 추구가 수수께끼 시로 발전하는 양상은 '기법의 확장'이라 논의될 수 있다. 수수께끼 시 또한 이야기를 구축하고 있기 때문이다. 그러므로 시인에게 수수께끼 시는 이야기를 보다 흥미롭게 전달하는 기법인 것이다.

수수께끼는 다양한 수사적 변주를 통해 대상을 보여준다. 이때 대상을 의인화하여 무생물을 생물로 대체시켜 설명하거나 직접적인 제시를 피하기 위해 완곡어법을 사용한다. 대상의 부분이 전체를 제시하거나 전체가 한 부분을 나타내는 제유의 방식도 쓰이며 반복법, 열거법 등도 수수께끼에 자주 사용되는 수사법이다. 수수께끼가 기지와 지혜의 경합이 되는 것은 이와 같은 수사법을 동원한 '은폐구조'를 갖기 때문이며, 시적 효과를 획득하는 것은 이러한 은폐구조를 풍부하게 구성할 수 있는가의 여부와 그 안에서 소재의 속성을 새롭게 인식할 수 있는가에 있다. 이 과정에서 은유의 방식은 확장되어 대상의 본질에 대한 풍부하고 깊이 있는 의미영역에 도달하기도 한다.[8] 환언하면 수수께끼는 은유로 써 대상을 정의하는 일종의 언어유희이며, 독자들은 이러한 언어유희를 통해 감흥을 느낀다. 또한 짧은 은유의 언술인 점에서 속담과 유사하지만, 우주와 자연과 인간에 대한 원초적인 물음을 포함하고 있어서 속담에 비해 더 근원적인 언술 형태이다. 이와 같은 특성으로 말미암아 독자는 교시적인 효과까지 두루 얻게 된다.

신현득의 수수께끼 시[9]에서도 마찬가지로 수사법과 은폐구조가 드러나는데, 이러한 구조상의 기법은 '교시성의 예술적 승화'를 구축하는 한 방법으로 제시될 수 있다. 누구인지 답을 찾아가는 과정에 집중력이 생기고, 어린이들의 호기심을 자극하기 때문이다.

수수께끼는 생각하는 힘을 길러주는 재미있는 말놀이라고 정의할 수 있는데, 이것은 수수께끼 시에 교시적인 효용성을 두는 것이다. 그러나 수수께끼 시에서의 효용성은 어디까지나 답을 맞추어가는 과정에서 드러나는 것이기 때문에, 내용면에서는 은폐되는 특성을 지닌다. 이것이 바로 수수께끼라는 언어 전략이 주는 '가리는 효과'이다. 그러므로 어린이들은 답을 찾으면서 흥미를 느낄 것이고, 그 과정에서 교시적인 효과는 자연스러운 것이다. 다음 작품을 통해 살펴보자.

나는 어부.
엉덩이로 실을 뽑는
재주가 있지.

---

8 정수연, 「수수께끼와 백석의 시」, 『고려대학교어문논집』 제53집, 민족어문학회, 2006, 269쪽.
9 우리나라 수수께끼 시는 윤석중이 계획했던 것을 신현득이 그 뜻을 이어받아 어린이들에게 선보인 것이다. 그의 수수께끼 시편은 동물, 식물, 광물, 자연현상, 민속, 학용품, 신화, 인물, 동화의 주인공이 글감이다.

엉덩이로 뽑은 실로
그물을 엮지.
그물을 발로 엮는 재주가 또 하나.

그물을 나뭇가지에 걸어 두지.
허공에서 물고기를 잡을 거냐구?

하늘을 헤엄치는 벌레 중에는
남을 헤치는 것이 있지.
그놈들을 모조리 잡는 거다.

어? 모기다.
어? 파리다.
어? 풍뎅이.
어? 독나방 이놈!

나쁜 놈만 잡아들여라!
이제부터 나는
어부 아닌 경찰관.

그물을 발로 엮는 내가 누구~게?

—「그물을 발로 엮는 어부」(25-16) 전문

작품에서 거미는 어부와 경찰관으로 비유되고 있다. 또한 "엉덩이로 뽑은 실로/그물을 엮"고 "그물을 나뭇가지에 걸어 두"는 시구에서, 그물

제25동시집 『내가 누구게?』(사계절, 2011)

은 거미줄이라는 것이 쉽게 도출된다. 이러한 거미줄에 잡히는 건 모기·파리·풍뎅이·독나방과 같은 남을 해치는 것들이다. 어부에서 경찰관으로 이미지 변신한 거미는 나쁜 놈들을 모조리 잡아들인다.

이와 같은 수수께끼적인 기법은 일상적이고 가까이 있는 것을 낯설게 하기를 통하여 이질적으로 느끼게 하는 것이다.[10] 이것은 답에 이르게 되는 추리과정이 익숙한 것을 낯설게 만들면서 오히려 대상의 특징을 선명하게 부각시킨다.[11] 위의 작품에서도 확인된 바와 같이 수수께끼 질문은, 사람들의 사고력을 발동시킬 수 있도록 환상적이면서도 세련된 비유로 표현된다. 또한 수수께끼는 고유한 표현 방식을 통하여 사물의 현상이나 인간의 생활에 대하여 정확한 인식과 이해를 가지게 하는 교시적인 효과를 준다.

수수께끼 시는 바로 화자인 '나'를 찾아가는 과정이며, 해답은 숙고나 논리적 추론에 의해 발견되지 않는다. 그것은 글자 그대로 급작스러운 해결로 나타난다.[12] 이것은 그의 수수께끼 시집에 실린 모든 시가 '내가 누구~게?'라는 질문으로 끝나지만, 답을 맞히는 일이 그다지 중요하지 않음을 말해준다. 시인은 "제목만 봐도 답을 알 수 있는 것, 몇 행만 읽어도 답이 생각나는 것이 대부분이지만 마지막 한 행까지 읽어 시가 주

---

10 마이클 페인, 장경렬 역, 『읽기이론/이론읽기—라깡, 데리다, 크리스떼바』, 한신문화사, 1999, 12~17쪽 참고.
11 정수연, 같은 글, 271쪽.
12 요한 호이징하, 김윤수 역, 『호모 루덴스』, 까치, 2007, 170쪽.

는 재미를 맛봐야 비로소 수수께끼 동시 읽기가 완성된다."[13]고 한다. 굳이 "내가 누구~게?"라는 질문이 동반된 수수께끼 시가 아니더라도, 일반 시에서 은유적 표현 자체 또는 함축적 의미를 캐내는 작업은 수수께끼를 풀어내는 일과 별반 다르지 않다.

수수께끼 기법에 의해 숨겨진 또 하나의 의미는 존재 본질에 대한 탐색이다.[14] 『내가 누구게?』 수수께끼 동시집의 많은 주인공들은 우리에게 고마운 존재들로 구성되어 있다.

얼굴에
눈알처럼 또렷한 바늘구멍.
두 개 아니면 네 개.

다른 쪽 바깥 섶에
얼굴 내밀만한
구멍이 있지.

그 구멍으로/ 얼굴을 쏙~.
그게 우리 할 일이야.
옷맵시가 단정해졌네.

우리 아님 동호도 서연이도
옷섶을 여밀 수 없지.
"아이 추위!"
찬바람이 들어오지.

---

13 신현득, 『내가 누구게?』, 사계절, 2011, 5쪽.
14 김성리, 「김춘수 무의미시의 지향적 체험 연구」, 인제대 대학원 박사학위논문, 2009, 29쪽.

작지만 우리도
고마운 일을 한다구.

옷섶을 여며 주는 우린 누구~게?

―「옷섶을 여며 주는」(25-80) 일부

위 시의 주인공인 단추를 비롯해 빨래를 짚어주는 빨래집게, 세상을 깨워주는 수탉, 옷감·그릇·약품이 되어주는 석탄, 책상을 못 박아주는 망치 등이 그 주인공이다. 이처럼 신현득의 수수께끼 시는 단지 지식 전달에 그치는 것이 아니라, 온갖 비유와 물음들로 주변 사물에 대한 고마운 마음을 갖게 한다. 이는 시인이 추구한 교시적인 효과를 수수께끼 시집에도 적용한 결과다.

이렇듯 시인의 수수께끼 시집은 시상이 신선하며 독창적인 것을 엿볼 수 있는데 늘 새로운 것을 시도하는 시인의 모습도 발견된다. 뿐만 아니라 다정하면서도 익살스러운 구어체의 문장을 쓴 것이 또 하나의 특징인데, 이와 같은 특성에서 그의 문학성을 엿볼 수 있다.

시인은 동시창작기법 중 하나로 '사물에게 물어보는 방법'을 제시한다. 하나의 소재를 얻었을 때 그 특징에 대한 관찰도 아주 중요하지만 소재에게 대화를 걸어 그의 언어를 들어보는 것은 좋은 창작법이다.[15] 다음 수수께끼 시에서 악어와 악어새가 우리의 언어로 대화를 하는 것도 시인이 끊임없이 그들에게 대화를 시도한 결과다.

"악어 아저씨. 아, 해봐요.

---

15 신현득, 「동시창작법 6」, 『아동문학평론』, 2008년 가을호, 165쪽.

이빨 좀 보게요. 쩍쩍."
"내 이빨은 성기단 말야.
뭘 먹든 이빨에 남거든."
악어가 입을 쫙 벌렸지.

(중략)

욕심꾸러기 악어 아저씬
물새, 물고기, 들짐승까지
닥치는 대로 먹어 치우지.
그래서 이빨에는 찌꺼기.
이빨을 다치기도 해.

"악어아저씨.
이빨 치료해줄 테니 욕심 좀 줄여요. 쩍쩍."
"그래그래."

쫙 벌린 악어 입속에서 우린
다친 이를 치료하지, 이빨청소까지.
우리보다 친절한 치과의사는 없을걸.

악어 아저씨네 가까이에 아주
치과병원을 차릴까 봐.

악어네 치과의사, 우린 누구~게?

—「악어네 치과의사」(25-36) 일부

위의 수수께끼 시는 악어와 악어새 이야기로 한 편의 짧은 동화를 읽는 듯하다. 대화로 시작되는 「악어네 치과의사」는 독자의 궁금증을 유발함으로써, 흥미를 증폭시키는 효과를 낳는다.

위 시는 악어새를 의인화하여 치과의사에 비유한 은유적 표현이 주를 이루는데 은유의 대상을 숨기는 가운데 보다 많은 것을 말하는 역설적인 구조다. 이것이 바로 일반 수수께끼와 수수께끼 시의 차이점이다. 전자는 수수께끼 답에 대한 지식을 얻는 것에 목적이 있는 데 반해, 후자는 은유와 의인화를 활용한 문학적 특성을 갖고 있다. 이러한 특성이 바로 교시성과 예술성을 접목시킨 미학적 변용의 형태이다.

또한 보다 많은 공유소를 내포하고 있는 것일수록 효과적인 은유가 된다. 수수께끼는 역설적 구조 속에서 표현되는데 소위 시의 특성으로 지적되는 애매성(ambiguity)을 형성하는 중요한 요인의 하나가 바로 이 은유라고 할 수 있다. 은유는 시적 장치인 불림(과장)과 숨김(은폐)의 두 가지 속성을 아울러 지니고 있는 표현 양식이다.[16] 위 작품에서는 악어새가 악어의 다친 이빨을 치료해주는 시상의 전개를 통해, 욕심을 줄여야 한다는 메시지를 전달하고 있다. 여기서도 보이듯 수수께끼 시야말로 과장과 은폐, 그리고 애매성을 모두 적절히 아우른 문학작품인 것이다.

어린이 독자들은 시에 나타난 과장과 은폐의 속성을 토대로 '거꾸로 유추하기' 방식의 작품 감상을 접한다. 이와 같은 역설적 구조는 애매성을 바탕에 두면서도 시인이 자기의 뜻을 힘주어 말하기 위한 장치로 활용될 수 있으며, 인간 삶에 대한 통찰 등 그가 말하고자 하는 바를 은연중 전달함으로써 교시적인 효용성을 드러낼 수 있다. 독자들은 은유에서 '거꾸로 유추하기'를 통하여 대상의 본질적인 유사성이나 공통점 또

---

16 강홍기, 『엄살의 시학』, 태학사, 2000, 27~30쪽 참고.

는 차이점을 찾아낸다. 이것은 독자의 상상력으로 가능한 일이며, 답을 알아가는 일련의 작업을 통해 흥미를 느낄 수 있을 것이다.

앞서 신현득의 동시에서 이야기적 요소와 수수께끼 형태의 시가 문학성에 기여하는 효과를 중심으로 살펴보았다. 그는 동시에서 교시성을 중시하지만, 이것을 겉으로 드러내기보다는 은연중 깨닫게 하는 방식을 취한다. 이렇듯 교시적인 것과 예술적인 모순된 성격의 것을 융합하려는 그의 시도는 어린이 독자의 귀감이 되며, 기법 면에서 다채로울 뿐만 아니라 심오하다고 하겠다.

2. 의인화 기법의 확장

신현득의 작품에 나타나는 문학성 중 하나로 '소재의 다양성'을 꼽을 수 있는데, 총 28권에 달하는 동시집을 내면서 활용한 주요 소재만 해도 일천여 가지가 넘는다. 그가 소재의 다양성을 획득할 수 있는 것은 어린이의 마음으로 삼라만상을 대하기 때문이다. 그 중 가장 많은 면을 차지하는 것이 바로 물활론에 근거한 의인화일 것이다. 어린이는 자아중심적인 특성으로 인해 모든 생물을 비롯한 무생물이 자신과 똑같은 감정을 가질 것이라는 생각이 무의식중에 잠재해 있다.

물활론적 사고란 동심의 사유법에서 기초되는 것으로 무생물을 합친 만물이 모두 살아서 숨쉬며, 자기의 모국어로 말을 하고, 사유하며, 걸어 다니고 활동을 한다고 믿는 것이다. 어린이는 어릴수록 그 사유가 물활론적이라 할 수 있다. 아이들은 인형이 살아 있다고 생각하기 때문에 인형과의 대화가 가능하다. 방에서 넘어졌을 때 어머니가 방바닥을 때려 주며, "너 왜 우리 아기를 넘어뜨렸지?"하고 야단을 치면 아기는 울음을 빨리 그친다. 방바닥이 살아 있다고 믿기 때문이다. 성인 또한 내

면에 동심을 지니고 있으므로 이런 사유에서 재미를 느끼게 된다. 이것
이 수많은 서정시의 기법이 되어 왔다.[17] 즉 서정시의 바탕은 유아적 사
고에서 비롯되며, 신현득이 '철저히 의인을 하라'고 강조하는 것도 이런
사유에 근거한 말이다.

　신현득은 대개의 사물이 사람과 같은 성격을 몇 가지는 지니고 있
으므로 그 방향으로 의인화되어야 한다고 말한다. 모양이야 어떻게
생겼든, 또는 형체가 없는 추상물일지라도 그 소재가 사람을 닮은 성
질이 강하면 그 성질의 방향으로 의인화된다는 것이다.[18] 그의 동시에
서 의인화는 가장 보편적인 은유 형태이다. 의인화 기법을 활용한 그
의 시는 평소 주변에서 흔히 접할 수 있는 언어를 사용함으로써, 친밀
감을 준다.

　　생각하는 힘으로도 견줄 수 없는 나무.

　　그러던 그 나무가
　　팔 하나를 굽히며
　　"친구야 내가 익힌 열매다."
　　"아니?"
　　"맛 좀 보라구."

　　내 손에
　　놓아주는
　　과일 하나!

—「나무와 나」(12-112) 일부

---

17 신현득, 「신현득의 동시창작법」, 『아동문학평론』, 1979년 여름호. 44~49쪽.
18 신현득, 「신현득의 동시창작법」, 『아동문학평론』, 1982년 여름호. 70~73쪽.

그의 말에 따르면, 일체의 사물은 사유를 하며, 일체의 사물은 언어로써 말을 한다.[19] 이것은 "친구야 내가 익힌 열매다.", "맛 좀 보라구."라는 나무의 말이 증명해준다. 또한 사물이 문장 안에서 주어 노릇을 하면서 사람에게나 어울릴 법한 언어를 얼마든지 거느린다. 위의 시에서도 나무는 스스로 "팔 하나를 굽히며" 내 손에 과일 하나를 놓아 준다. 사물이 능동성을 갖는 작품 특성은 비단 나무나 식물에 한정된 것이 아니다. 생명 없는 물건이 버젓이 살아서 온갖 행동을 다 한다.

신현득은 "연필이 말을 한다든가, 이슬비가 속삭인다든가, 나무가 생각한다든가, 이런 생각의 눈으로 세상을 보면 그렇게 느껴지는 것이다"[20]라며 그의 창작법을 언급한 바 있다. 이처럼 시인은 자연은 물론, 주변의 사물들에게까지 '말을 걸기'를 서슴지 않는다.

> 나는 이 나무를 쓰다듬어 보기도 하고 만져 보기도 하고 안아 보기도 하며 생각했습니다. 나무에게도 세상을 보는 눈이 있을까? 나무에게도 소리를 듣는 귀가, 냄새를 맡는 코가, 말하는 입이 있을까? '나무의 눈, 코, 귀, 입.' 나는 속으로 되풀이 생각했습니다. '있다, 있다, 있다……' 내 귀에 들리는 것은 무한히 계속되는 '있다'의 소리였습니다.[21]

이와 같은 대화의 시도는 제시된 '있다, 있다, 있다' 논리와 더불어 만물에도 들을 수 있는 귀가 있음을 전제하고 있다. 또한 계속되는 시인의 질문에 삼라만상은 끊임없이 답을 주고 있는 것이다.

사람이 밭을 매면

---

19 신현득, 「동시창작법 6—모든 것을 하나로만 본다」, 『아동문학평론』, 1980년 봄호, 159쪽.
20 신현득, 「동시창작법 3—철저히 의인을 하라」, 『아동문학평론』, 1979년 봄호, 44~49쪽 참고.
21 신현득, 『참새네 말 참새내 글』, 창비, 1991, 12쪽.

지구는
등허리 긁어준다 생각하지요.

큰길에 차가
왔다 갔다 하면
이놈 사람들 땜에
가려워 못 살겠다 하지요.

비행기는 파리라고 생각하지요.
파리가 무슨 파리가
요렇게도 작을까 생각하지요.

(중략)
이층집 지으면
혹이 하나 났다고 생각할까요?
아니 아니 그런 건 하도 작아서
땀띠가 하나 났다 생각하지요.

—「지구는」(1-70) 일부

    신현득은 그의 첫 동시집 『아기 눈』에서 지구를 의인화한 작품을 실은
바 있다. 지구를 의인화한다는 것은 한편으로 지구 안의 모든 생물, 무
생물이 의인화된다는 포괄적 의미를 갖는다.
    1연에서 "사람이 밭을 매면/지구는/등허리를 긁어준다 생각하지요."
는 사람의 등 긁개 용도로 쓰이는 효자손과 밭을 매는 용도로 쓰이는 호
미를 동격화한 것이라 볼 수 있다. 효자손이 사람의 등을 시원하게 해주
는 것처럼 호미가 쓱쓱 밭을 매며 지구의 등허리 시원하게 해준다. 밭은

지구 몸의 일부이므로, 이때 밭은 지구의 등허리가 되는 것이다. 여기에서 지구가 사람의 어떤 행동을 취하는 형태가 아닌, '지구＝사람 몸'이라는 의인화 기법이 적용된다.

또 다른 의미에서 이 시는 자연이 훼손되지 않은 농경사회의 이미지를 제시한다. 산업사회 이전에는 우리나라 인구의 80% 이상이 논이나 밭에서 농사를 지으며 살았다. 산업화로 산과 들, 바다 그리고 공기와 물이 오염되기 전까지 지구는 평화로웠다는 시인의 생각이 작품에 내재되어 나타난다.

이러한 의미에서 2연은 1연과 대비된다. "큰길에 차가/왔다 갔다 하면/이놈 사람들 땜에/가려워 못 살겠다 하지요."라는 짧은 시구에서 함축적 의미를 발견할 수 있다. 사람들이 너나 할 것 없이 자동차를 몰고 다니는 현실로 인해 공기가 탁해지고 하늘은 매연으로 가득 찬다. 때문에 지구의 몸이 자꾸만 가려운 것이다. 환경 탓으로 아토피 등 피부질환을 앓는 사람과 같은 성질의 것으로 본다면, 2연에서도 '지구＝사람 몸'이라는 1연과 동일한 의인화 형태가 적용된다.

또한 1연에서 등허리를 긁어줌으로써 가려움이 해소되는 것은 2연의 가려움과 대비되면서 대조적 효과가 나타난다. 또한 마지막 연에서 "이층집 지으면/혹이 하나 났다"고 생각하다가, "하도 작아서/땀띠가 하나 났다"고 생각한다는 표현은 '낯설게 하기'의 문학적 장치이다. '낯설게 하기'는 축자적으로는 '이상하게 만들기(make strange)'를 의미한다.[22] 인구 증가로 인한 고층화를 땀띠에 비유함으로서 일상 언어를 탈피하고, 시적 효과를 거두는 것이다.

위의 시는 인간 세상을 바라보는 지구의 눈이 곧 시인의 시선임을 말해준다. 또한 그는 지구를 사람에 비유함으로써, 지구에 존재하는 모든

---

22 Shklovsky. Victor. 『러시아 형식주의 문학이론』, 청하, 1989.

것에 강한 생명력과 존재 의미를 전이시킨다. 이와 같은 면에서 「지구
는」은 의인화된 세계를 제대로 표현한 작품이라 할 수 있다. 다음 작품
을 통해 구체적으로 살펴보자.

거울 속에
우리 한 식구
정답게 정답게 살고 있어요.

새벽이면
거울 속에 불이 켜지고
엄마가 아침 쌀을 갖고 나가고
밥상에 온 식구가 둘러앉아요.

거울 속에서
문이 열리고
아빠가 장난감 사가지고
들어오셔요.

거울 속을 들여다보면
거울에서 내다보는
내가 보여요.

거울 속에서 내다보며
이쪽을 거울 속이라 생각하겠지요.

우리를

그림자라 생각겠지요.

—「거울 속」(4-61) 전문

전술한 바와 같이 아이들은 특히 나이가 어릴수록 철저히 의인화된 세계에서 살고 있다. 아이들은 미분화된 사고를 가지고 있어서 무엇이나 자기와 같다는 생각을 한다. 즉 그들의 사고에 의하면 세상의 모든 사물이 생각하고, 말하고, 웃고, 동작을 하는 것이다.[23]

시인의 존재론적 인식에는 물활론을 기본으로 한 '범심론'이 자리하고 있다. 범심론은 만물에 인간의 마음과 유사한 심적인 성질이 깃들어 있다는 이론이다. 그의 시세계에서는 세계를 하나의 살아 있는 전체로 간주하고, 어떤 세계영혼을 인정한다. 뿐만 아니라, 삼라만상이 모두 영혼과 생명과 의식을 갖고 있다. 그의 작품에 나타난 범심론에 의하면 어떤 물질도 영혼이 없이 실재할 수 없으며, 어떤 영혼도 물질이 없이 실재하거나 작용할 수 없다.

위의 「거울 속」은 수사학적으로 거울 속에 비친 나에게도 감정이 있다고 믿는 의인화 기법이 적용된 작품이다. 또한 철학적으로 보면 만물에 생명이 있다고 보는 물활론이며, 여기서 좀 더 나아가면 모든 사물이 마음을 지니고 있다고 여기는 범심론으로 발전한다. 활기 없는 사물에 불과했던 거울은 시인의 입을 통해 살아 움직이는 생명체가 된다. 여기서 시인의 입이라는 것은 시인의 창작행위를 말하며, 이것은 그가 사물에 영혼을 생성시키는 자격을 부여받음으로서 가능하다. 신현득은 이를 두고 '인격화'라는 단어를 사용하기도 한다.

앞서 살펴본 시편들은 단순 사물의 의인화나, 식물체의 의인화가 아니다. 그는 지구를 통째로 의인화함으로써 만물의 존재를 사람처럼

---

23 신현득, 「신현득의 동시창작법—의인에도 난이도가 있다. 그러나 그렇지 않다」, 『아동문학평론』, 1980년 여름호, 66~71쪽 참고.

인식하거나, 거울 속 세상을 실제로 생각하고 인간의 세상을 그림자로 생각한다. 이것은 보다 확장된 의인화 기법이라 할 수 있다. 이어 다음 작품은 형체가 없는 추상적인 '시간'을 의인화하는 기법을 취한다.

째깍째깍,
시간 너를 먹는 과자로 생각는 애는 없지.
그러나 너는 과자 먹는 1, 2분을 세어준다.
시간, 너를 노래라 생각는 애는 없겠지.
그렇지만 너는 노래하는 3, 4분을 세어주는 걸.
그렇게 한 시간이 간다.

째깍째깍,
너는 절대로 종소리가 아니야.
그래도 시작 종, 마침 종 때를 알려주는 걸.
너는 걷어차는 공이 아니야.
그러나 골목 축구 한 판에도 끼어들지.
그렇게 하루가 간다.

째깍째깍,
시간 너는 소풍이 아니지만
소풍 날 즐거움을 우리 반과 같이하지.
너는 생일잔치가 될 수 없지만
생일 하루를 나와 같이 즐기지.
그렇게 한 주일이, 한 달이 간다.
(중략)
그렇게 한해, 그렇게 잇해, 그렇게 삼 년……

나는 내 키를 재어보고 문득 알아차렸지.

안 그런 것 같던 네가, 내 키가 되어있구나.

키뿐인가, 나의 자람 모두는

네가 나에게 준 것.

고맙다. 알고 보니

째깍째깍, 너는 내 친구!

— 「째깍째깍, 너는 내 친구」(27-124) 일부

위의 시에서 '째깍째깍'은 의성어이므로 형체가 존재하지 않는다. 시 창작의 많은 부분이 사물을 의인화하는 데서 비롯되지만, '추상물의 의인화'를 기반으로 한 작품은 흔치 않다. 추상물을 의인화함으로써, 앞서 언급했던 수수께끼 시와 마찬가지로 숨기는 가운데 보다 많은 것을 말하는 역설적인 구조를 취한다. 그러나 동시에 '째깍째깍' 의성어만으로 시인이 은유하고 있는 것의 답이 시간이라는 것을 알아차릴 수 있다.

제27동시집 『째깍째깍, 너는 내 친구』(대양미디어, 2012)

위 시에서 시간은 '내 친구'로 등장한다. 내가 어디 있든 항상 내 곁에 있기 때문이다. 시인은 어린이들에게 친근감을 주기 위해 과자, 축구, 소풍, 생일 등의 소재를 활용한다. 시간은 과자 먹는 1, 2분을 세어주고, 골목 축구 한 판에도 끼어들며 '그렇게 하루가 간다.' 또 소풍날 즐거움을 같이하고, 생일 하루를 나와 같이 즐기며 '그렇게 한 주일이, 한 달이 간다.', '그렇게 봄, 여름, 가을, 겨울이, 한 해가 간다.'

이렇게 볼 때, 시간은 성장과 깊은 연관성을 갖는다. 시간이 지남에 따라 식물, 동물, 사람 등의 생물들은 자라기 마련이다. 앞서 시인은 "형체가 없는 추상물일지라도 그 소재가 사람을 닮은 성질이 강하면 그 성질의 방향으로 의인이 쉽게 된다."고 했다.「째깍째깍, 너는 내 친구」에서는 시간이 지날수록 성장하는 어린이의 이미지가 소재로 적합했던 것이다.

그냥 지나치면 모를 일이지만, 생각해보면 시간은 항상 나를 쫓아 다니며 모든 걸 함께 해준다. 그렇게 여러 해가 흘러 시간의 키도 내 키만큼 자랐다는 표현은, 시간 본연의 성질인 부지런함 속에서 나 또한 부지런히 성숙했음을 의미한다. 나를 위해 1초도 허투루 쓰지 않는 "시간"은, 진정 "내 친구"임에 틀림없다.

사람만이 생각을 하고, 사람만이 말을 할 수 있다는 것은 사람과 사물을 구별함과 동시에 나와 남을 차별하는 것이다. 시인은 모든 것을 하나로 본다. 그에게 있어 모든 것은 평등한 존재인 것이다.[24] 그가 시를 쓰는 데 있어서 비인격물을 인격화한다는 것은 다시 말해서 세상을 하나로 보는 작업인 것이다.

3. 동요 운율의 적극적 수용

운율이란 운[25]과 율[26]을 결합하는 말로, 운문을 이루는 소리의 반복에

---

24 신현득,「동시창작법3—철저히 의인을 하라」, 같은 책, 44~49쪽 참고.
25 압운, 곧 일정한 위치에 일정한 소리가 위치하는 규칙성
26 율격, 곧 이정한 소리의 시간적 반복에서 나타나는 규칙성

서 나타나는 규칙성을 뜻하는 말이다.[27] 또한 운율은 율격만이 아닌 기표의 '반복성'으로 소리의 반복을 비롯하여 음절수, 음절의 지속, 성조, 강세 등 여러 상이한 토대에서 실현된다.[28] 신현득 시의 운율 형성 요소 중에 동요의 운율체계를 따르는 특성으로 크게 다섯 가지를 들 수 있다.

첫째, 신현득의 동시에서 동일한 어구를 반복해 운율을 드러내는 방식을 취한다.

양호실 문을 열면
하얀 가운의 양호선생님

"어디가 아프냐?"
인사도 받기 전에
"어디가 아프냐?"

약병과
크레졸과
같이 앉아서

문을 여는 아이마다 "어디가 아프냐?"

"배가 아파요."
"여기 다쳤어요."

알약을 세어 먹이고

---

27 권혁웅, 같은 책, 425쪽.
28 김준오, 『시론』, 삼지원, 2002, 135쪽.

약을 발라주면서도 "어디 또 아프냐?"

묻는 게 습관인
양호선생님 그 손은
우리 엄마 손이다
약손이다.

—「양호선생님」(6-62) 전문

위에서 "어디 아프냐?"를 빼고 시를 읊으면, 시적 리듬이 현저히 줄어든다. 이는 1연과 3연만 읽어봐도 쉽게 알 수 있다. "양호실[29] 문을 열면/하얀 가운의 양호선생님//(중략)//약병과 크레졸과/같이 앉아서"라는 시구는 양호선생님의 모습을 설명한 것에 그치지 않는다. 하지만 행의 적절한 곳에 "어디가 아프냐?"를 반복 삽입함으로써, 학생들을 향한 선생님의 따뜻한 마음이 강조되는 것은 물론 시적 리듬감을 주는 효과를 낳는다. 또한 반복의 문학적 효과로 리듬의 생성과 의미 강조뿐만 아니라, 변증법적 상승을 들 수 있다. 한 편의 작품을 더 살펴보자.

"어머니 허리 아파요?"물으면
"괜찮다." 하신다.

"주름살 위로
고단한 빛이 보이네요."
"괜찮다."
"밤에는 헛소리도 하시던데요?"

---

[29] 현재 '양호실'은 '보건실'로 '양호선생님'은 '보건선생님'으로 명칭이 바뀌었다.

"괜찮다."

(중략)

그래서 나도
"괜찮아요." 한다.

"얘야, 괴로우냐?"
"괜찮아요."
"시장하지 않니?"
"괜찮아요, 어머니."

—「괜찮다, 괜찮아요」(5-27) 일부

위 시에서는 "괜찮다", "괜찮아요" 등의 어구가 반복적으로 나타난다. 반복적 요소를 빼고 시를 읽으면, '어머니 허리 아파요? 주름살 위로 고단한 빛이 보이네요. 밤에는 헛소리도 하시던데요? 괜찮다……'라는 시구가 이어지면서 시적 리듬이 현저히 줄어든다.

위 시는 반복법과 문답법으로 리듬을 생성하고 있음을 알 수 있다. 행의 적절한 곳에 음악성이 돋보이는 시구를 반복 삽입함으로써, 운율을 주는 효과를 낳는다.

둘째, 일정한 음수율의 반복이다. 7·5조, 3·4조, 4·4조처럼 일정한 글자 수의 반복으로 운율이 발생된다. 신현득이 아래와 같은 운율적 요소가 짙은 작품을 발표한 것은, 동요시에 대한 특별한 관심과 애정이 있기 때문이다. 이와 같은 시인의 의지가 동요시를 발표한 계기가 되었으며, 실제 그의 시가 동요로 작곡된 것이 약 3백 곡이 된다.[30] 동요시는 동요의 노랫말로 쉽게 쓰일 수 있도록 율격에서 외형적 규칙성을 갖춘 정형적 동시를 가리키는 문학용어이다. 다음 작품이 바로 그러하다.

> 나무가 크는 것도
> 조금씩 조금씩
> 가지가 뻗는 것도
> 조금씩 조금씩.
>
> (중략)
> 아기가 크는 것도
> 조금씩 조금씩
> 재롱이 느는 것도
> 조금씩 조금씩

—「조금씩 조금씩」(8-54) 일부

위 작품을 보면 매 연의 형태가 각각 동일한 구조로 반복되었다는 것을 알 수 있다. 한 연에서도 3, 4행은 1, 2행의 반복된 형태를 취한다. 또한 각 연에서 1, 3행은 '~는 것도'를, 2, 4행은 '조금씩'의 동일한 시구를 사용할 뿐만 아니라, 각 행은 동요에 적합한 2음보의 연속으로 정형성을 보이고 있는 것이 특징이다. 또, 일정한 수의 음절이 반복되는 음수(音數) 반복으로 운율감을 형성하고 있다. 다음 자유시도 일부 동요의 운율체계를 따랐다.

---

30 동요시집 『아가 손에 아가 발에』(1981), 『아가 것은 예뻐요』(1985) 등의 출간과 더불어 신현득은 1995년부터 12년 간 전래동요를 개작하는 작업을 해왔다. 2007년에 출간된 『어린이가 정말 알아야 할 우리전래동요』(현암사)가 바로 그 결실이다. 그에게는 '전래동요는 겨레의 큰 자산이며, 이를 어린이들에게 전승하려면 오늘날에 맞게 다듬어서 아이들이 부르기에 좋은 노래로 만들어야 한다.'는 신념이 있다.

우유를 잘 먹여야
좋은 아빠지,

……

기저귀 잘 갈아야
좋은 아빠지,

……

자장가도 불러 줘야
좋은 아빠지,

엄마 노릇 잘해야
좋은 아빠지.

—「좋은 아빠」(17-66) 전문

위의 시는 자유시지만, 대체로 7 · 5조의 율격을 갖추고 있어 리듬감을
준다. 이것은 '반복되는' 3음보의 율격과 더불어 민요의 음악적 요소를
갖추고 있어 독자의 주의를 기울이는데 유용하다. 뿐만 아니라 점층법
을 사용함으로써, 강조의 효과가 나타남을 확인할 수 있다. 음수가 비교
적 규칙적인 것 또한 음악성을 극대화시키고 있음이 파악된다. 시인이
이처럼 동요적 율격을 적극적으로 활용하는 것은 무엇보다 어린이들에
게 쉽게 읽히고 노래처럼 불리기 위해서다.

셋째, 행과 연의 구조적 반복 등을 통해 운율을 나타낸다.

바람은 바람은
몸이 가벼워

호박잎에 달랑!
올라가지요
호박잎이 한들한들
흔들려요.

바람은 바람은
몸이 가벼워
거미줄에 달랑!
매달리지요
거미줄이 한들한들
흔들려요.

—「바람」(8-45) 전문

위 시 「바람」은, 어조가 비슷한 문구를 나란히 둔 작품이다. 전체적으로 안정감을 주면서 '호박잎'과 '거미줄'의 소재변화만 나타난다. 위와 같은 연과 행의 반복은 1연과 2연에 비슷한 어조를 반복함으로서 운율을 만들어낸다.

이렇듯 음수가 비슷한 시구들이 짝을 지음으로써 동요적인 호흡을 가능하게 하며, '바람'이 가지는 의미의 폭이 넓어지고 시적 언어의 표현성이 강해지는 효과를 낳는다. 이와 같은 특징은 같은 제목으로 창작된 다음 작품에서도 나타난다.

바람이, 바람이
흔들 것이
없을 땐
나뭇잎

하나라도

물고 다녀요.

바람이, 바람이

몰고 갈 게

없을 땐

아가 머리칼

하나 둘….

세다가지요.

— 「바람」(7-12) 전문

위 시에서도 1, 2연과 3, 4연은 매우 흡사한 구조를 띤다. 각각 "나뭇잎"과 "아가 머리칼"을 시어로 사용하며, 주체에 의한 동사가 "물고 다녀요"와 "세다가지요"로 달리 나타날 뿐이다. 그밖에 나머지 시구는 모두 동일어구를 반복한다. 반복적인 측면으로 보아 동시 두 편 「바람」은 앞의 연에서 약간의 수정이 가해진 '변화적 반복'에 속한다. 동일반복에 이어 이것은 매우 흡사한 구조로, 리듬감은 물론 강조의 효과도 나타난다.

넷째, 감각적 반응을 유발하는 의성어의 사용과 문답법이다. 음성과 의미 간의 본질적인 필연성의 가장 좋은 예가 의성어이다. 이는 의성어가 동물이나 자연계의 소리를 그대로 흉내 낸 말이기 때문이다. 즉, 의성어에 있어 내용(의미)은 곧 소리이고, 그 소리를 최대한 원형에 가깝게 언어음화한 것이 곧 의성어이기 때문이다.[31] 의성어는 어근이 두 번 반복되어 합성되는 방식으로 이루어지는 특성이 있다. 글을 쓸 때 의성어와 의태어를 적절히 사용하면 더 재미있고 실감나게 표현할 수 있다.

---

31 고혜란, 「타이포그래피의 시각표현에 있어서 언어표현력에 관한 연구」, 이화여대 대학원 석사 학위 논문, 2008, 28쪽.

또한 의성어는 반복되는 리듬을 가지고 있어서 말의 재미를 살려 쓸 수
있다.

> 참새네 말이란 게
> '쨱 쨱'뿐이야
> 참새네 글자는
> '쨱' 한 자뿐일 거야.
>
> 참새네 아기는
> 말 배우기 쉽겠다.
> (중략)
>
> 참새네 학교는
> 글 배우기 쉽겠다.
> 국어책도 "쨱 쨱 쨱…"
> 수학책도 "쨱 쨱 쨱…"

—「참새네 말 참새네 글」(1-16) 일부

의성어에는 하나의 기본적인 뜻 외에 모음조화나 음상의 차이에 의해
여러 다른 맛, 즉 미묘한 뉘앙스를 가진다. 양성모음이나 음성모음이 연
결됨으로써 가벼운 느낌이나 무거운 느낌을 주게 된다.[32] 위 작품에서
활용된 의성어는 단음절의 단순구조이다. "쨱!"은 양성모음으로 비교적
가볍고 경쾌한 느낌을 주며, 이와 같은 의성어의 적절한 반복은 시적 리
듬감을 자연스레 끌어준다.

---

32 『국어국문학자료사전』, 한국사전연구사, 1998

또한 「참새네 말 참새네 글」은 동시 특유의 단순명쾌성[33]을 갖는데, 노래로 불리기 위해서는 작품의 주제와 구조가 어린이들이 쉽게 접할 수 있어야 할 뿐 아니라 오래 기억하고 읊조리기 쉬어야 한다. 다음 시에서 제시된 의성어 또한 유사한 음운이 계속적으로 반복됨으로써, 언어유희의 효과를 낳는다.

콩다콩,
볶은 콩을 빻는다.
고소한 냄새.

콩다콩,
볶은 깨도 빻는다.
고소한 냄새.

마늘도 으깨고
고추도 빻지
콩다콩….

(중략)

콩다콩
콩다콩….

—「절구방아, 콩다콩」(28-16) 일부

---

33 심후섭, 「동요문학에서의 단순명쾌성」, 『향토문학연구』 제3호, 향토문학연구회, 2000, 210쪽.

위의 시에서처럼 의성어는 자연 또는 인공적인 모든 소리를 묘사하기 위해 되도록 그 소리를 비슷하게 표현하고, 해당 언어의 구조에 맞도록 만들어진 말이다. 청각적 요소를 대표하는 의성어는 의미를 가진 말이면서 동시에 박자와 리듬을 끌고 가는 소리이기도 하다.[34] 자연과 사물의 소리를 복수적으로 활용함으로써, 이는 시에 집중하는 효과와 기능을 수행한다. 또한 "콩다콩"은 앞의 시와 마찬가지로 'ㅗ'와 'ㅏ'의 양성모음만으로 이루어져 있어, 밝은 이미지를 연출한다.

위의 시는 특히 마지막 연에 주목할 필요가 있다. 의성어는 감탄사와 같이 독립어로 쓰이는 경우가 많은데, 이는 주어와 목적어는 물론 서술어 모두를 생략함으로써 그 자체로 운율형성의 기능을 수행하기도 한다. 즉 '절구가 콩다콩 방아를 찧는다'는 문장에서 "콩다콩"만 사용하더라도 주어, 서술어, 목적어의 예측이 가능하며 이해하는 데 어려움이 없고 오히려 리듬감 있게 읽히는 효과가 있다는 것이다. 이것은 의미 재현보다는 소리 자체에 치중한 의성어의 특성에 기인한다.

다음은 의성어가 들어가면서, 문답법의 반복구조를 취한다.

  "아가 아가"

---

34 한수영, 「시의 청각적 요소와 리듬의 상관성」, 『비평문학』 제44호, 한국비평문학회, 2012, 361~362쪽 참고.

"딸꾹!"

"왜 그러니?"

"딸꾹!"

"뭐 먹었니?"

"딸꾹!"

대답하다

"딸꾹!"

웃다가도

"딸꾹!"

"……."

"딱국!"

—「딸꾹질」(7-17) 전문

　위 시에서 "딸꾹!"은 2음절로 양성모음 'ㅏ'와 음성모음 'ㅜ'가 혼효(混肴)된 구조이다. 마찬가지로 의성어를 연마다 반복함으로써, 운율감을 형성한다. 낯선 음절은 시를 소리 내어 읊을 때, 운율적 기능을 담당할 수 있다. 또한 어린이들의 호흡은 짧게 끊어 읽는 것을 지향하기 때문에, 매 연이 독립의 기능을 갖는 의성어로 마무리되면 더욱 리듬감을 줄 수 있다.

　동요적 율격을 취하지는 않지만, 「옥중이」에서 '쾅당'이라든지, 「째깍 째깍, 너는 내 친구」에서 의성어는 모두 그의 시를 돋보이게 해주는 시어들이다. 의성어는 주로 자연, 동작, 감각에 의존하여 사물의 서정적인 표현으로 음악성과 감각적 분위기를 불어 넣어주는 역할을 한다.

　문답법으로 반복적인 형태를 보여 주는 동시 한 편을 더 살펴보자.

"아가 아가

몇 살이니?"

"체 샬!"

손가락 세 개

펴 보여요.

"몇 살에

학교 가니?"

"체 샬!"

손가락 세 개

펴 보여요.

"그 말은 틀리는데?"

"체 샬!"

손가락 세 개

펴 보여요.

—「아가 나이」(7-13) 전문

시에 문답법을 도입함으로써 리듬감을 형성한 작품이다. 위 시는 화
자와 아기가 대화하는 형태를 취하는데, 신현득은 동시 창작 기법에서
대화법을 즐겨 사용함으로써, 그 반복적 운율로 음악성을 지니게 된다.

이러한 문답법은 자연스럽게 작위성에서 멀어지는 기능을 취한다. 또
한 독자들로 하여금 쉽게 화자의 감정에 이입되도록 만드는 장점이 있
다. 작품이 한층 자연스럽게 읽히는 것도 평소 생활에서 자주 사용하는
문답법을 활용한 결과라 할 수 있다. 이러한 것들은 바로 작품에 친근감
을 갖게 하는 요소로 적용된다.

문답법에 의한 운율은 인간을 주어로 해서 형성되는 것만이 아니라,

자연 음성의 번역을 통해서도 실현된다.

"단단히 익었니?"
"예!"
"예!"
"예"
대답 소리 들려요.

"뛰어내릴 자신 있니?"
"예!"
"예!"
"예!"
대답 소리 들려요.

―톡!
―톡!
―톡!
……
열매들이 뛰어내려요.

―「가을 숲」(21-70) 일부

문답법을 통한 운율은 예로부터 전해 내려오는 동요의 형식에도 있는
것이다. 물론 시의 구조가 정형성을 강조하는 동요와 같을 수는 없지만,
시인은 위의 시에서 나무와 열매의 반복되는 문답법을 통해 운율을 형
성하고 있다.

"단단히 익었니?"라는 나무의 질문에 열매들은 저마다 "예!" 하고 대

신현득 동시조집

칠백년 만에 핀 꽃

대양미디어

제24동시조집 『칠백년 만에 핀 꽃』(대양미디어, 2010)

답하기 바쁘다. 이어 "뛰어내릴 자신 있니?"라는 질문에도 앞 다투어 "예!" 하고 답한다. 가지에 매달린 열매들이 여기저기서 떨어지는 소리를 비유한 "톡"의 반복은 더욱 설득력을 갖는다.

이렇듯 같은 구조로 반복되는 문답법, 그리고 의성어의 반복법은 동요의 운율체계를 따르고 있으며 리듬감 형성에 기여한다. 뿐만 아니라 자연의 움직임은 문답법과 의성어, 즉 소리로 번역되는 과정을 통해 더욱 활기 있는 생명력을 부여받는다고 하겠다.

마지막은 정형성이 강조되는 동시조의 창작이다. 시인은 민족의 가락을 살리기 위해 전통시에 관심을 갖고, 동시조집 『칠백년 만에 핀 꽃』(2010)을 출간한다. 정형시로서의 참된 시조시는 "매끄럽고 자연스러운 시적 리듬"[35]을 요구한다. 그러므로 그의 동시조에서도 동요적 운율체계를 모색할 필요성이 있다.

아무도 못 이기지, 기저귀 찬 내 동생을
무엇이나 잡아보고 아무거나 둘러엎고
할머니 할아버지도 쩔쩔 매며 따르셔.

―「우리 집 대장」(24-16) 전문

모든 동요는 그 첫 연이 기준이 된다. 그 다음의 연이 여기에 맞추어

---

35 엄기원, 『아동문학 이론과 창작』, 아동문학세상, 2012, 224쪽.

져 대칭을 유지함으로써 정형시의 성격을 지니게 되는 것이다.[36] 시조는 동요와 같이 정형성을 필요로 하며, 서정적인 선율이 돋보이는 장르다. 시조형식인 위의 시는, 장마다 4음보씩 총 12음보로 음보마다 비슷한 음절의 수가 반복됨으로써 운율을 형성한다. 실제 소리 내어 읊어보면 동요와 흡사한 리듬감을 느낄 수 있다. 또한 'ㄹ'과 'ㅇ' 받침으로 된 시어를 자주 활용함으로써, 밝은 느낌과 시의 율격을 높인다. 한 편을 더 살펴보자.

> 캥거루 엄마에겐 배주머니 하나면 돼.
> 주머니에 젖이 있고, 주머니에 침대까지—.
> 뒹굴고, 먹고 자면서 무럭무럭 크는 아기.
>
> —「캥거루 엄마, 배주머니」(24-37) 전문

인용된 두 편의 동시조는 모두 시조의 선율로 동요율격의 깊이를 더해준다. 위의 시도 마찬가지로 음절수를 비교해보면, 대부분의 마디가 4음절로 이뤄진 것을 확인할 수 있다. 음수율을 보면 초장은 3·4·4·4, 중장은 4·4·4·4, 종장은 3·5·4·4이다. 또한 3음절의 마디가 동요의 리듬에 크게 문제가 되지 않는 것은 시조가 본디 노랫말이기 때문일 것이다.

동요의 율격체계를 갖는 그의 시편들이 동요시를 의식한 시인의 창작기법일 가능성이 있지만, 군이 의식하지 않더라도 작가의 습관화된 '동요 지향'이 낳은 결과로 해석해 볼 수 있다. 동요의 율격에 따라 행을 구분하고, 어린이들에게 노래로 불릴 수 있는 시를 창작하는 것 또한 신현득의 동시 창작기법 중 하나이다.

---

36 신현득, 「동요운동에 붙여」, 『아동문학평론』 1982년 여름호, 70~73쪽.

4. 판타지 기법의 활용

판타지라는 말은 그리스어에서 나온 것으로 '눈에 보이도록 하는 것'
이라는 뜻이다. 이는 옥스퍼드 사전에 의하면 '상상력으로서 현실로 나
타나지 않은 것을 모양으로 바꿔놓는 활동이나 힘'이라고 풀이되어 있
다.[37] 이제까지는 아동문학 중에서도 동화 장르에 국한된 판타지의 연구
가 주를 이루었다. 그러나 동시에서도 판타지는 주요한 기법이 될 수 있
다.

신현득은 동시에서 환상과 판타지의 용어를 구분한다. 그것은 환상의
사전적인 의미가 '현실적인 기초나 가능성이 없는 헛된 생각'을 뜻하기
때문에, 동시에서 환상의 부정적인 요소를 거부하는 것이다. 반면 판타
지는 "합리적이고 상식적인 그 나름의 질서와 법칙이 적용"[38]되도록 변
용된다는 점에서 일반의 환상과는 거리가 있다고 할 수 있다.

즉 동시에서의 판타지는 '있을 수 없는 생각'이긴 하나, 시인의 면밀한
계산에 의해 변용된 형태이므로 일반의 환상과는 구분되어야 한다는 게
그의 주장이다. 신현득은 판타지에 대해 "정확하고, 흔들림이 없는 아름
답고, 깨끗하고 정돈된 꿈의 세계"[39]라고 정의하기에 이른다.

신현득은 최근 출간한 『분홍 눈 오는 나라』[40]에서 동시에 나타나는 판
타지 속성을 3가지로 분류하고 있다. 즉, 그리움이나 경험을 통한 상상
의 세계를 '제1의 판타지'라 이름하고, 사물이나 자연물을 인격화한 상
상세계를 '제2의 판타지'라 하고, 경험에서는 도저히 상상할 수 없는 세
계를 '제3의 판타지'라 이름 짓는다. 예를 들어, 나뭇잎의 흔들림을 나무

---

37 박상재, 『한국 창작동화의 환상성 연구』, 집문당, 1998, 15쪽.
38 김요섭, 「환상공학」, 『아동문학사상 I』, 보진제, 1970, 52쪽.
39 신현득, 『분홍 눈 오는 나라』, '저자의 말' 참고, 아동문예, 2014.
40 신현득, 위의 책.

의 부채질로 본 것은 제1의 판타지, 나무를 인격화해서 사고력과 언어를 준 것은 제2의 판타지, 나무에게 장난감이나 과자 등의 열매가 열린다면 제3의 판타지라고 말한다. 정리해보면 제1의 판타지는 동심에 의한 환상, 제2의 판타지는 물활론에 근거한 환상이라고 할 수 있다. 또한 제3의 판타지는 일반적인 경험을 넘어섰다는 점에서 헛된 생각으로 비춰질 수 있으나, 어린이 마음을 근저에 둔 동시의 장르

제29동시집 『분홍 눈 오는 나라』(아동문예, 2014)

적 특성과 상징성으로 말미암아 타당성을 획득하고 있다.

신현득의 작품들에서는 제1의 판타지와 제2의 판타지는 물론, 경험을 넘어선 '제3의 판타지'까지 다양하게 나타난다. 다만 동심과 의인에 근거한 판타지 기법에 관한 논의는 광범위하므로, 스케일이 큰 시들이 많이 창작되는 것이 신현득 작품의 특징으로 확인된바, 이 장에서는 신현득이 자주 사용하는 제3의 판타지 기법을 다뤄보고자 한다. 이를 '시간 낯설게 하기'에 의한 판타지, '공간 낯설게 하기'에 의한 판타지, 옛이야기의 '변신'기법을 활용한 판타지 등 세 가지로 나누어 살펴본다.

첫째, '시간 낯설게 하기'에 따른 변용된 판타지의 유형은 공룡시대로까지 거슬러 올라간다.

공룡을 기르기로 했지.
우리 목장에서.

(중략)

저녁엔 우리 안에 가두고
아침엔 목장 풀밭에 놓아주는 거지.

그래도 간식이 있어야 하잖어?

몸길이 15미터.
이놈들 스무 마리가 모두 대식가라구.
엄청나게 큰 구유가 있어야 해.

아침이면 커다란 칫솔로
공룡 이빨을 닦아 주고
펌프 호오스로 세수를 시키는데
여간 큰 일 아니야.

목장 문을 열고
꼬부랑 피리 불며
공룡을 몰고 풀밭으로 나갈 때면

스무 개 언덕이
걸어가는 것 같지.
아기 공룡은 작은 언덕.

　　　　　　　　　　　　—「공룡목장」(20-16) 일부

　약 45억 년 전쯤부터 시작된 지구의 역사와 더불어 공룡화석은 아이들의 환상을 자극하며 그 시간 속에 어린이들을 초대한다. 시인의 환상적 공간 또한 한참을 거슬러 공룡시대로까지 이어진다. 그는 미래에 대한 환상만을 소재로 다루지 않는다.

과거로 가는 판타지는 미래로 가는 판타지에 비해 독자들을 낯설게 한다. 미래적 판타지는 아직 일어나지 않은 시간을 예측하기 때문에 작품에서 전개되는 형상화 단계가 비교적 자연스럽게 다가오지만, 과거로 가는 판타지는 이미 지나간 시간에 판타지 요소를 추가하는 과정에서 어색해질 가능성이 있다. 그럼에도 불구하고 설득력을 갖는 것은 어린이들의 꾸준한 관심인 공룡을 소재로 했기 때문이다.

위의 시는 공룡이 나타난 현대를 그려서 시대를 낯설게 한다. 공룡과 인간 사이에는 6500만 년이라는 건널 수 없는 공백이 존재하지만, 시인은 작품을 통해서 그 공백을 뛰어넘는다. 현대와는 다른 낯선 시대를 제시함으로써, 독자의 호기심을 불러일으킨다. 이것은 순행구조를 따르기보다는 역행구조를 취함으로써 얻어지는 효과라 할 수 있다.

공룡을 소재로 발표된 한편의 작품을 더 살펴보자. 다음 작품에서 어린이들은 공룡 등허리에 올라타기에 이른다.

골목 동무 모여서 공룡을 탔다
공룡 등허리에 안장을 얹고
골목 동무 모두모두 올라탔다.
"이러 이러!"
길들인 소를 몰 듯 공룡을 몬다.
목사리에 고삐를 맨 우리 공룡.

공룡의 걸음은 성큼성큼.
후딱후딱, 산을 넘고 강을 건넌다.

코끼리도 사자도 저리 비켜라.

호랑이, 치타는 도망을 친다.

공룡을 타고 지구 한 바퀴.

온 세상 어린이가 부러워하네.

"공룡이다, 공룡이다. 야아."

—「공룡을 타고 지구 한 바퀴」(21-20) 일부

쉬클로브스키는 "예술의 테크닉은 사물을 '낯설게'하고 형식을 복잡하게 만들며, 지각의 어려움을 증대하는 것"이라고 말한다. 이어 그는 "예술이란 한 대상이 예술적임을 의식적으로 경험하기 위한 한 방법이며, 이런 의미에서 대상 자체는 별로 중요하지 않다."라고 언급한 바 있다.[41] 인간과 공룡의 공백기를 뛰어넘고 소나 말을 태우듯 어린이들을 공룡 등허리에 앉히는 것은 모순이지만, 그 모순되고 낯선 대상은 별로 중요하지 않다는 것이다.

다시 말해 '시간 낯설게 하기'는 판타지 기법의 하나로 적용될 뿐이며, 중요한 것은 '낯설게 하기'를 통해 시인이 전하고자 하는 바다. 신현득의 시간의식에서 과거는 독립된 과거가 아니고 그 가운데 현재와 미래가 포용되며, 현재 역시 과거와 미래가 포용되고 미래 가운데에도 과거와 현재가 포용된다. 이러한 의식을 바탕으로 한 「공룡목장」과 「공룡을 타고 지구 한 바퀴」는 예술적 시간으로 그 모습을 드러낸다. 시인은 공룡에 흥미 있어 하는 어린이들을 위해서 공룡을 초대하고 어린이들을 태운다. 이렇듯 과거와 현재가 융합된 시적 공간은 독자에게 신선한 충격을 준다.

---

41 Shklovsky. Victor, 『러시아 형식주의 문학이론』, 청하, 1989, 12쪽.

다음은 '공간 낯설게 하기'에 따른 변용된 판타지의 유형이다. 앞서 3장에서 초월과 동경의 세계로 우주공간을 제시한 바 있다. 우주공간은 우리가 완전히 경험하지 못한 세계로 공간 자체가 판타지의 요소를 지닌다. 예를 들어 「달이 정말 풍선이 됐지 뭐야」에서 지구로 내려온 달이 놀이터의 정글짐에 매달린 모습은, 우주공간과 지구공간의 구분점이 없어지면서 판타지의 효과가 나타난다. 이처럼 그의 시는 다루는 주제 면에서 스케일이 크다고 할 수

제21동시집 『공룡을 타고 지구 한 바퀴』(섬아이, 2008)

있다. 신현득의 시에서 우주 이외에도 다양한 공간이 나타남을 확인할 수 있다. 다음 작품에서는 사람도 탈 수 있는 '비눗방울'이 소재로 활용됨으로써, 경이로운 세계를 좋아하는 어린이들의 호기심을 만족시킨다.

비눗방울 연구가 방울 아저씨가
집 한 채 들어갈 만한 비눗방울을 연구했지
엄청난 크기, 꺼지지 않는 여기에다
열고 닫는 문을 두었지.

비눗방울 안에 꽃밭을 두고
꽃씨도 심고,
꽃이 핀 봄날

살림을 옮기고
식구가 모두 탔지
엄마 닭과 병아리와 강아지도 태웠지.

"우린 떠나요, 먼 여행이죠. 안녕!"
마을 사람 우리도 손을 흔들었지.

지붕 높이
산 높이
구름높이로 비눗방울이 떴지

—「비눗방울 타고 태평양 건너기」(23-72) 전문

위의 시가 비현실적인 소재임에도 불구하고 어린이들의 관심을 끄는 것은, 아동심리가 보통보다 별난 세계를 좋아하기 때문이다. 시인이 만든 비눗방울은 상상을 초월할 정도로 커서 집 한 채는 거뜬히 들어가고, 꺼지지도 않는 공간이다. 비눗방울 안으로 살림을 옮기고, 식구를 태우고, 닭과 병아리와 강아지도 잊지 않고 태운다. 어린이들은 문학작품으로나마 산 높이, 구름 높이로 날아다니며 먼 훗날 일어날지도 모르는 별난 세계를 경험한다.

그렇다고 해서 비눗방울이 현실과 별개의 공간에 존재하는 것은 아니다. 화자와 식구들이 비눗방울을 타고 인사할 때, 손을 흔들어주는 마을 사람들의 모습을 통해 이들이 동일한 공간에 있음을 파악할 수 있다. 또한 현실적 공간과 환상적 공간을 융합시킴으로써, 공간으로 인한 낯설게 하기가 실현되었음이 확인된다.

하지만 공룡을 소재로 한 시편에서 현대와 공룡시대와의 융합 내지는 바로 위의 작품에서 현실적 공간과 환상적 공간의 융합이 '시간 낯설게 하기'와 '공간 낯설게 하기'의 판타지로 확연히 구분되어지는 것은 아니다. 이것은 환상이 현실을 초월한 경우라 생각할 때, 초월이라는 개념은 공간과 시간의 문제이면서 현실 세계 그밖에 또 다른 세계를 형성함을 의미하기 때문이다. 그래서 그 특성이 다를지라도 이들을 상호 유기적인 차원에서 통합하여 논의할 필요성이 있다.[42] 이와 같이 신현득은 '낯설게 하기' 기법으로 시공간을 확장시킴으로써, 스케일이 큰 판타지의 세계를 창출함을 발견할 수 있었다.

마지막 옛이야기의 변신 기법을 수용한 판타지이다. 우리의 옛이야기에는 다양한 판타지가 있었다. 거인 또는 난쟁이 이야기나 동물의 몸으로 변신하는 사람 이야기 등이 바로 그것이다. 어린이들은 그들의 욕구를 현실 세계에서는 다 채울 수 없다는 사실을 어느 순간 깨닫게 된다. 그때부터 어린이들은 자신의 욕구를 스스로 채우기 위하여 적극적인 수단을 찾게 되는데, 그것이 변신이다. 변신은 어떤 문제를 해결할 수 있는 대상에 자기를 투영하여 그 힘과 능력을 갖는 것이다. 즉 변신은 어린이들이 현실 세계와 대결에서 가장 빈번하게 사용하는 대응 수단이자 적극적인 해결 방안이기도 하다.[43] 다음 작품을 통해 살펴보자.

키가 작아지는 건 내 자유
개미만 해지는 것도, 그건 내 자유

개미에게 가서 속삭일 수 있지
"개미야, 얘기하자."
......

---

42 한용환, 『소설의 이해』, 문학아카데미, 1998, 104~105쪽.
43 박행신, 「동시의 환상성」, 『과학과 교육』 제8집, 순천향대학교 과학교육연구소, 2000, 12쪽.

연못에 가면
물방개 등딱지에 올라탈 수도 있지
……

물방개 타고
연못을 건너,
잠자리 잡아타고
연못 몇 바퀴

—「작아질 수 있는 내 자유」(23-36) 일부

키가 클 수 있는 것, 그것도 내 자유다
언덕 높이로 됐다가
앞산 높이가 되는 것도 내 자유다

그 땐
딱, 소리 나게 앞산과 이마받이를 하고
키를 대어 보는 거지
"앞산아, 네 키랑 내 키가 같아졌다, 얘."

그 말만 하고 내 키를
불쑥 구름 위로
솟구치게 하는 거다

(중략)
야트막한 산맥을 타 넘고 넘어
많은 시간 아닌, 반시간에

성큼성큼 지구 반 바퀴

―「클 수 있는 것도 내 자유」(23-38) 일부

　변신은 하나의 개체에게 주어진 몸의 한계를 초월하는 일이기 때문에, 본격적 의미에서 본다면 시공간적 제약에서 벗어나 있는 신적 존재들의 고유한 권능이었다고 할 수 있다. 하지만 현실에 대한 불만족을 해소하고 변화에 가담하고자 하는 인간의 호기심이 작용하게 되면서 신적 권능이라 여겨졌던 변신도 문학 속에서만큼은 일반화할 수 있는 사건으로 전환되었다.[44] 위의 시편들도 앞서 예시한 옛이야기 기법과 마찬가지로 평범한 인간이 거인 또는 난장이로 변신하는 형태를 수용한다.

　화자는 개미 크기가 되어 개미와 대화하거나 물방개 등딱지에 올라탄다. 잠자리를 잡아타고 연못을 몇 바퀴 돌 수도 있다. 또한 거인이 된 화자는 앞산과 키대기를 할 수 있고, 앞산보다 높이 구름까지도 키가 솟구칠 수 있다. 뿐만 아니라, 반시간 만에 지구 반 바퀴를 돌 수 있는 기이한 능력도 갖게 된다.

　이처럼 어린이들의 꿈을 실현시키기 위한 변신 구도는 개미와 거인을 등장시키기에 이른다. 또한 변신은 인간이 아닌 다른 생물과 대화하고 싶은 욕구 내지는 산에 올라 구름을 만져보고 싶은 욕구를 발현시키기 위한 수단으로 작용된다. 그들은 현실과 환상을 명확히 구분해 생활하지 않는다. 꿈을 꾸면서 생활하고 생활하면서 꿈꾸는 것이 어린이들만의 특성이다.

　다음은 인간이 동물로 변신하거나, 나무가 변신하는 형태를 취한다.

　더운 날은

---

44 김나영, 「고전소설에 나타난 변신모티프 구현양상과 의미」, 성신여대 대학원 박사학위 논문, 2005, 54쪽.

물고기가 젤 시원해 보였지.
그래서 이번 여름방학에
난 아주 물고기가 되기로 했지.

나를 작게 작게 해서
피라미, 미꾸라지 동무될 만치/ 작게 해서

엄마 빨래터 앞
냇물 속으로 쏙 들어갔지 뭐니.

"어머머머머······.
사람 닮은 물고기가 왔네."
아기 붕어랑 송사리랑 모여들었지.
같이 헤엄치고,
헤엄치기 내기도 했지.

"우리 철수 어디 갔니?"
엄마가 찾을 때
"나 여기 있어, 엄마!"
뽀그르르······.
물방울 신호를 올려 보냈지.

"엄마, 여름 방학 동안만
여기 있다 갈게."
"방학 동안만? 그래라."
개구쟁이 나한테

시달리지 않게 됐다며, 엄마도

좋아했지.

—「내 여름방학」(19-28) 일부

어린이들은 재미를 따르기 때문에 재미없는 것에는 관심이 없다. 경이적인 것이면 더욱 관심을 갖게 된다. 예를 들어, 보통의 뱀보다 머리가 세 개 달린 뱀에 관심을 더 갖는 것은 동심의 성격 때문이다. 앞서 산 같은 거인이나 손가락 크기의 난쟁이, 반쪽 사람, 눈이 하나뿐인 사람 같은 특수인간이 어린이의 관심이 되는 것도 이 때문이다. 신체적 특수성과 함께 신분적으로나 성격적, 도덕적으로 특수한 인간이 경이성을 더 많이 지녔기 때문에 아동문학의 소재가 된다.[45] 위의 시에 등장하는 화자 또한 동물로 변신할 수 있는 기이한 능력을 지녔으므로, 어린이들의 놀라운 것을 좋아하는 특성과 맞물려 흥미진진하게 시상이 전개된다.

작품 속 화자는 냇물 속에서 헤엄치는 물고기가 되어보고 싶다. 이것은 어린이다운 단순 명쾌한 이유를 가지는데, 바로 더운 날 물고기가 제일 시원해 보였기 때문이다. 화자는 여름 방학 동안 물고기가 되어 지내기로 한다. 이렇듯 인간이 동물로 둔갑하는 것은 옛이야기의 변신기법 중 가장 기본적인 형태이다. 더불어 물고기가 된 철수와 엄마의 대화는 동물과 인간의 대화가 가능한 판타지적 면모를 보여준다. 이 또한 전래동화에서 사용해오던 기법 중 하나로, 어린이들의 물활론적인 특성과 경이적인 것을 선호하는 특성을 동시에 만족시킨다.

작품 전문은 화자의 상상력에서 시작해서, 화자의 상상력으로 끝을 맺는다. 실제 일어날 수 없는 판타지성이 강한 불구하고 그럴 듯하게 읽히는 것은, 시인의 동심적 원형에 근거한 시적 장치 때문이다.

---

45 신현득, 「나의 시법 나의 시」, 『옥중아』, 240쪽.

연필나무를 교실 앞에 심어 놨지
문방구에 갈 거 없다구
연필나무에 손 내밀면 주거든

운동장 둘레엔 공나무가 자라지
야구공, 축구공이
주렁주렁 열리지

악기나무는 음악실 옆에 있지
피리가 주렁주렁
하모니카도

책나무는
도서실 곁에 심었지
동화책도 시집도 열리는 나무

장난감이 조롱조롱 장난감나무,
과자가 조롱조롱 과자나무는
부설 유치원 옆에 심어 뒀지.

공나무, 연필나무, 악기나무 모두
장난감, 과자나무 모두
한국 원산이야
별난 나무

—「한국 원산 별난 나무」(23-83) 전문

경이적인 사유를 지향하는 판타지 구도는 인간에게만 적용되는 특성이 아니며, 그의 판타지 세계에서는 인간의 변신 기법이 생물이나 사물에게도 똑같이 수용된다.

위의 시에서 나무마다 조롱조롱 열리는 사물들은 아동 심리가 추구하는 꿈을 상징한다. 구체적 사물들은 판타지적인 요소와 상징성을 동시에 갖추고 있어 신선함을 준다. 주체로서의 나무들은 필요에 따라 다양한 모습으로 변신을 거듭한다. 현실에서의 어려움을 변신으로 해결하는 구도는 단순하면서도 명쾌하다. 화자는 동화책과 시집이 열리는 책 나무, 장난감이 조롱조롱 열리는 장난감 나무, 과자가 열리는 과자 나무까지 심기에 이른다.

나무에 열린 사물들은 대부분 어린이들이 좋아하는 소재의 것들이다. 그들이 나무에 '주렁주렁' '조롱조롱' 열린다면, 어린이들은 실컷 장난감을 갖고 놀거나 과자를 먹을 수 있을 것이다. 또한 시인은 이미 제14 동시집에서 앞선 작품과 비슷한 「강아지나무」를 발표한 바 있다. 강아지나무에서는 삽살이, 바둑이, 진돗개는 물론 셰퍼드, 스피츠, 그리고 털이 긴 치와도 열린다. 망망 짖는 예쁜 강아지를 한 마리 따서 기르면, 엄마께 강아지를 사 달라 조르지 않아도 된다는 발상에서 비롯된 시다. 이것은 시인이 장치해놓은 판타지 구도에서만 경험 가능한 일이다.

이처럼 판타지 기법은 어린이들에게, 그들의 꿈도 씨앗을 뿌리고 가꾸면 마침내 열매가 열릴 것이라는 믿음을 상징적으로 보여준다. 마지막 연에서 "한국원산"이라는 시구는, 특히 한국 어린이들의 꿈이 모두 이루어지길 바라는 시인의 마음이 비유적으로 드러나 있다.

시인은 순수한 어린이의 마음에서 출발한 판타지가 "과학세계를 개척하게 될 것이며, 세계적 발명품이 여기에서 이루어질 것"이라고 주장한다. 이러한 그의 언급은 미래적 관점에서 판타지의 과학성을 암시하는 발언이기도 하다.

제6장

마무리

신현득은 1959부터 현재에 이르기까지 스물아홉 권의 시집을 상재한 시인으로, 다양한 소재의 개발과 형태적 실험을 통해 아동문학계의 거장으로 평가되고 있다. 반세기가 넘도록 꾸준한 창작활동을 해온 그가 아동문학사에 자리매김하는 바는 크다. 이러한 신현득에 관한 기존 논의의 성과는 크게 세 가지로 나눠 생각해 볼 수 있다. 첫째 현실적 삶의 문제를 다룬 작품 연구로 '역사 참여' 시인임을 명백히 한 것, 둘째 신현득의 문학에서 '아버지 상실' 문제를 제기한 것, 셋째 자연과 하나 되는 '화해적이고 희망적인 세계관'을 언급한 것이다.

그러나 위의 연구는 신현득의 시를 총체적으로 다루기보다 단편적인 연구에 머물렀다는 점에서 한계를 보인다. 연구 주제 면에서 그 범위가 협소할 뿐만 아니라, 형식적인 부분에서도 전반적 작품세계를 다룬 창작기법에 대해서는 논의되지 않았다. 따라서 본 연구는 신현득 시 전반을 대상으로 그의 시세계를 재탐색하고, 다양한 측면에서 총체적 접근을 시도하고자 하였다. 이러한 논의는 신현득의 시에 관한 통시적 연구, 주제의식의 유형과 이미지 분석, 그리고 형태적 다양성의 연구로 나누어 볼 수 있다.

먼저 신현득의 작품을 크게 초기, 중기, 후기 세부분으로 나누어 시기별 특성에 대해 살펴보았다. 신현득은 창작 초기인 1960년대부터 1980년대 중반까지 농촌과 농민·민속, 자연보호, 역사, 분단조국, 통일문제, 독도문제 등을 제재로 한 작품을 많이 창작했다. 그 대표 시집으로는 제2동시집 『고구려의 아이』와 제6동시집 『통일이 되는 날의 교실』 등이 있다. 그는 작품을 통해 억울하게 당한 일제강점기의 상황을 폭로하고, 아이들의 뼈에까지 스민 민족적 열등감을 씻어주면서 이어 조국통일의 염원을 말하고자 하였다.

1980년대 중반부터 2000년에 걸쳐 신현득은 '성장과 주체성'의 확보를 위한 시를 창작하기에 이른다. 그 대표시집은 제8동시집 『아버지 젖꼭지』, 제9동시집 『착한 것 찾기』 등을 들 수 있다. 이 시기 신현득은 「아버지의 손」 연작시, 「그릇과 그릇」의 연작시를 통해 세계인이 되기에 앞서 훌륭한 한국인이 되라는 작가의식을 표출한다. 그는 현실을 외면하지 않고 직시하는데, 동심을 관념적 형상화가 아닌 현실을 개선하는 하나의 방안으로 논의하고 있는 것이 특징이다. 이 시기의 시들은 주로 사물을 통해서 먼저 그 의미를 탐구한 다음, 인간 존재나 삶으로 확장해 간다. 말하자면 세계와 인간의 동일성을 제시함으로써 시적 공감대를 넓히려 한다. 또한 이것은 개인주의를 넘어 각각 다른 개인들과의 화합과 조화를 암시하기도 한다.

2000년대 이후 시인은 전업 작가의 길을 걸으며 많은 작품을 생산해 낸다. 이 시기 그는 '세계화 시대와 우주적 상상력'을 주제로 다룬 시편들을 다수 발표한다. 특히 제16동시집 『내 별 찾기』, 제26동시집 『화성에 배추 심으러 간다』 등은 제호를 우주 참여에 맞추어서 정했다. 과학의 발달로 인해 우주공간이 우리에게 바짝 다가온 것은 맞지만, 아직까지는 판타지의 요소가 강하다. 이것은 보통보다 별나고 경이로운 세계를 좋아하는 어린이들의 특성을 만족시키며, 이러한 상상의 세계는 어린이들의 호기심을 불러일으킨다. 신현득의 문학은 어린이들의 꿈을 실현시키기 위한 문학으로서, 시대변화에 따라 우주에 대한 관심을 주제로 많은 작품들을 생산한다.

3장에서는 그의 주제의식을 크게 네 가지로 나누었는데, 그 첫 번째가 초월과 동경의 세계이다. 신현득은 '우주'라는 초월적 공간을 제시함으로써 지구와 우주의 완전한 화합을 지향한다. 특히 「해님의 그림자놀이」는 해님이 지구에 그림자를 띄움으로써 우주가 먼저 지구를 향해 손을 내미는 적극적인 존재가 된다. 신현득이 제시한 화합된 세계는 가족과 민족이라는 구심적 공간에서 세계와 우주에 이르는 원심적 공간으로의 이행을 의미한다. 그러나 원심적 공간을 동경하면서도 구심적 공간을 배제하지 않고 견지하는 태도를 취하는 것이 그의 작품 특성이다.

「문구멍」과 「옥중이」에서 시작되는 그의 공간의식은 가정과 국가에 한하지 않고, 세계와 우주로 확장되는 특성을 지닌다. 그러나 그는 원심적인 공간을 구축해주는 외향화된 의식이 어디까지나 가족 또는 민족에서 출발함을 강조한다. 이와 같은 이유로 우주참여 시에도 발상의 전복이 나타나는데, 그것은 바로 시선의 전환이다. 이것은 '지구에서 우주'로 향했던 작가의 시선이 '우주에서 지구'로 그 방향을 달리함을 뜻한다. 「달이 정말 풍선이 됐지 뭐야」는 우주공간에 존재하는 달이 지구인에게 말을 걸어올 뿐만 아니라 서로 융합하려는 형태를 취함으로써, 그가 동경하는 세계 화합이 보다 가까워지고 절실해졌음을 상징하기도 한다.

둘째, 신현득이 세계화를 노래하면서 민족성을 강조하는 것은 신현득 작품에서 주목할 만한 특성 중 하나이다. 세계화 시대에도 민족국가의 역할이 유지되어야 하며, 민족주의는 여전히 유효하다는 것이 그의 작품을 통해 일관되게 나타난다. 이러한 의식은 한국인의 주체성을 지키면서 세계화에 이바지해야 한다는 것으로 요약된다. 또한 민족 고유의 정서가 현대의 사회 질서 안에서 부정되거나 파괴되어가는 현실에 대해 비판의식을 가지고 있으며, 작품에서 우리 것을 지키기 위한 노력을 게을리 하지 않는다. 이러한 주체성은 한국적인 것에 대한 강조로 나타난다. 그는 어린이들에게 겨레사랑을 촉구하며, 국가발전을 위해 어린이들이 주체성을 갖고 한국의 역량을 키워나가기를 제안한다.

신현득 작품에서 다루어진 우리나라의 통일문제 또한 민족주체성을 지켜나가기 위한 일환으로 꾸준히 제기되고 있는 문제 중 하나이다. 그는 1차적으로 분단에 책임이 있는 강대국에게 자각과 반성을 촉구한다. 그리고 어린이 독자들이 '통일의 당위성'을 가슴으로 느끼기를 염원한다.

셋째, 모성회귀와 부성의식이다. 시인은 주로 어머니를 하늘과 대지 등 근원적인 것에서 찾는다. 이러한 그의 시도는 크게 노을과 흙, 그리고 나무라는 이미지를 통해 힘겹고 고통스러운 상황을 벗어나기 위한 초월적 공간을 마련함으로써, 모성 연모의 의지를 드러내고 있다. 대지의 '흙'과 하늘의 '노을'에 어머니의 자리를 마련한 것은, 시인의 지향이 가장 근원적인 공간으로 향해 있음을 말해준다.

시인은 모성에서 부성을 향해 시선을 이동시키기에 이른다. 「아버지 젖꼭지」 등은 비단 가족만이 아닌 국가의 힘겨운 상황을 헤쳐 나갈 수 있는 돌파구로서 아버지의 삶이 형상화된다. 또한 '아버지의 손' 연작시는 바깥에서 세상을 달램으로써, 가족들을 품고 나라를 돌보는 손으로 그 의미가 확장된다. 이렇듯 그는 아버지의 고된 노동현장을 찾아나서는 일련의 작업을 거치면서, 아버지들에게 연대의 태도를 가진다.

넷째, 신현득 시에 나타나는 생태학적 상상력은 비판의식을 근간으로 함은 물론 생태에 대한 의식전환으로서의 상상력, 미래 전망적 상상력을 모두 포함한다. 「꼬부랑길」은 자연의 순리에 순응하는 태도를 강조하며, 때로는 몸을 구부려 돌아가는 것이, 다툼이나 위험의 요소를 넘어설 수 있다는 것을 보여준다. 또한 인간에게 자연을 향한 모성의 마음을 촉구하면서, '그냥 두기' 방안을 제시한다.

4장에서는 '주체적 사물의 역설적 구현'을 주제로 그의 작품에 드러난 모티프를 분석해보았다. 신현득은 인간의 둘레에서 인간을 돕기 위해 존재하는 사물들에 관심을 갖는다. 우리 가까이에서 우리를 돕기 위해 존재하는 사물들의 '착한 성질'을 시에 담으면서 그들에게 '빚'을 지고 있음을 환기시킨다. 그는 그들의 착한 면을 찾아 칭찬하고 고마워하기를 멈추지 않는다. 또한 '착한 것 찾기'를 통해 그가 지향하는 화해의 세계를 우의적으로 드러내고자 했다.

그의 세계관은 다양한 모티프를 통해 이상적인 세계를 추구하는 방향으로 흐르고 있다. 그 모티프는 "작아야 클 수 있다" 또는 "세계를 담는 그릇"으로 형상화되었으며, 이것은 다분히 역설적인 성격의 것임이 드러났다. 그가 제시하는 세계관이 '작은 것 = 큰 것' 내지는 '그릇 = 세계'라는 역설을 취하지만, 불가능이 아닌 '가능'을 내포하고 있다는 점에서 타당성을 획득한다. 이렇듯 신현득의 역설적 세계관은 본질을 추구함으로써 초월적인 세계까지도 넘나든다. 그의 역설적 세계인식이 지향하는 이상적인 세계는, 큰 것이 아닌 클 수 있는 작은 것에 가치를 두는 세계이며, 그것이 바로 시인이 발견한 진리의 세계인 것이다.

5장에서는 신현득의 시에서 '형태적 다양성의 세계'를 다섯 가지 주제로 논의해보았다. 첫째, 동화적 변용과 수수께끼 시다. 신현득은 아무리 짧은 시라도 이야기가 들어있다고 말한다. 동시는 다른 장르에 비해 비유적 기법을 다양하게 수용하고 있기 때문에, 동화보다도 동시에 동화적인 상상력이 돋보인다는 것이다. 실제 「자장면 대통령」 등에서 그는 다소 교시적일 수 있는 주제를 무겁게 다루기보다는 '이야기' 요소를 통해 예술로 승화시킨 문학성이 돋보인다. 그는 교시성의 예술적 승화를 위한 또 다른 방법으로 이야기로서의 동시 외에, 최근 들어서는 수수께끼 시를 제안한다. 수수께끼 시는 은유를 비롯한 비유의 기법은 물론 의인화를 활용한 문학적 특성을 바탕으로 답을 찾아가는 과정을 거친다. 이러한 특성이 바로 교시성과 예술성을 접목시킨 미학적 변용의 형태다.

둘째, 신현득에게 의인화 기법의 확장적인 인식은 제 1동시집에서부터 나타난다. 특히 「지구는」에서 지구를 통째로 의인화함으로써 만물의 존재를 사람처럼 인식하게 하고, 「거울 속」에서는 거울 속을 실지의 세상으로, 인간 세상을 그림자로 생각하게 한다. 이어 「째깍째깍, 너는 내 친구」에서는 형체가 없는 추상적인 '시간'을 의인화하는 기법을 취한다. 이것은 보다 확장된 의인화 기법이라 할 수 있다. 그는 지구에 존재하는 모든 것에 강한 생명력과 존재 의미를 전이시킨다. 시인이 시를 쓰는 데 있어서 비인격물의 인격화는 세상을 하나로 봄과 동시에, 모든 것을 평등한 존재로 보는 작업이다.

셋째, 신현득이 동요운율을 적극적으로 수용함을 확인할 수 있다. 그 중 '동일어구의 반복'은 행의 적절한 곳에 음악성이 돋보이는 시구를 반복 삽입함으로써 리듬감을 준다. 뿐만 아니라 음수의 반복으로써 운율을 형성하며, 반복되는 3음보의 율격은 민요의 음악적 요소를 갖추고 있어서 독자의 주의를 기울이게 한다. 이어 행과 연의 반복은 음수가 비슷한 시구들이 짝을 이룸으로써 동요적인 호흡을 가능하게 하며, 시적 언어의 표현이 강해지는 효과를 낳는다. 또한 감각적 반응을 유발하는 의성어의 사용과 문답법이 있다. 어린이들의 호흡은 짧게 끊어 읽는 것을 지향하기 때문에, 독립의 기능을 갖는 의성어로 마무리된 시는 언어유희를 가져다준다. 마지막은 정형성이 강조되는 동시조의 창작이다. 그는 민족의 가락을 살리기 위해 전통 시에 관심을 갖고 동시조집 『칠백년 만에 핀 꽃』을 출간한다. 이렇듯 동요의 율격에 따라 행을 구분하고, 어린이들에게 노래로 불릴 수 있는 시를 창작하는 것 또한 신현득의 동시

창작기법 중 하나이다.

넷째, 판타지 기법의 활용이다. 본고에서는 시인의 활용빈도가 높은 제3판타지 기법을 '시간 낯설게 하기', '공간 낯설게 하기', '옛이야기의 변신기법 활용'으로 나누어 분석하였다. '시간 낯설게 하기'에 따른 변용된 판타지의 유형은 공룡시대로까지 거슬러 올라가는데, 과거로 가는 판타지는 미래로 가는 판타지에 비해 독자를 낯설게 하는 효과를 낳는다. 또한 '공간 낯설게 하기'에 따른 변용도 경이로운 세계를 좋아하는 어린이들의 호기심을 만족시킨다. 이처럼 그가 '낯설게 하기' 기법으로 시공간을 확장시킴으로써, 스케일이 큰 판타지세계 창출을 할 수 있었다. 끝으로 옛이야기의 변신기법을 수용한 판타지이다. 어린이들의 꿈을 실현시키기 위한 변신구도는 개미와 거인을 등장시키기에 이른다. 특히 인간이 동물로 둔갑하는 것은 옛이야기의 변신기법 중 가장 기본적인 형태인데, 이와 같은 기이한 능력은 어린이들이 경이적인 것을 좋아하는 특성과 맞물려 흥미진진하게 시상이 전개됨을 알 수 있었다.

신현득은 반세기가 넘는 오랜 시간 동안 시를 창작해왔으므로 그의 작품을 논의하는 데에는 다양한 접근이 필요하다. 이에 본고에서는 앞서 살펴본 바와 같이 주제적 측면은 물론 모티프를 재발견하고, 실험의식이 풍부한 형태적 기법을 모색하는 데 주력했다. 이와 같은 논의는 신현득 시인의 작품 전반을 총체적으로 재해석하고 평가함으로써 의의를 갖는다. 앞으로도 좋은 시를 발표하기 위한 시인의 행보는 계속될 것이며, 더불어 앞으로도 활발한 연구가 이뤄지길 기대한다.

참고문헌

1. 기본자료

신현득, 제1동시집『아기 눈』, 서울: 재미마주, 2009.
_____, 제2동시집『고구려의 아이』, 파주: 형설, 1964.
_____, 제3동시집『바다는 한 숟갈씩』, 서울: 배영사, 1968.
_____, 제4동시집『엄마라는 나무』, 서울: 일심사, 1973.
_____, 제5동시집『박꽃 피는 시간에』, 서울: 대학출판사, 1974.
_____, 제6동시집『통일이 되는 날의 교실』, 서울: 교음사, 1981.
_____, 제7동시집『해바라기 씨 하나』, 서울: 진영출판사, 1987.
_____, 제8동시집『아버지 젖꼭지』, 서울: 대교문화, 1987.
_____, 제9동시집『착한 것 찾기』, 서울: 미리내, 1992.
_____, 제10동시집『독도에 나무심기』, 서울: 미리내, 1994.
_____, 제11동시집『몽당연필로 시 쓰기』, 서울: 미리내, 1995.
_____, 제12동시집『달나라에서 지구 구경』, 서울: 미리내, 1996.
_____, 제13동시집『고향 솔잎』, 서울: 미리내, 1997.
_____, 제14동시집『대추나무 대추씨』, 서울: 아동문예, 1999.
_____, 제15동시집『우리 집 강아지는 아기공룡이에요』, 서울: 창작미디어, 1999.
_____, 제16동시집『내 별 찾기』, 서울: 미리내, 2000.
_____, 제17동시집『자장면 대통령』, 서울: 아동문예, 2000.
_____, 제18동시집『빈대떡과 피자는 어디가 다른가』, 서울: 청개구리, 2004.
_____, 제19동시집『살구씨 몇 만년』, 서울: 문원, 2005.
_____, 제20동시집『기관사 아저씨 딸기 드세요』, 서울: 청개구리, 2007.
_____, 제21동시집『공룡을 타고 지구 한 바퀴』, 섬아이, 2008.
_____, 제22동시집『작아야 클 수 있다』, 서울: 아동문학 세상, 2008.
_____, 제23동시집『몽당연필도 주소가 있다』, 서울: 문학동네, 2010.
_____, 제24동시집『칠백년 만에 핀꽃』, 서울: 대양미디어, 2010.

_____, 제25동시집 『내가 누구게?』, 서울: 사계절, 2011.

_____, 제26동시집 『화성에 배추 심으러 간다』, 서울: 아동문예, 2011.

_____, 제27동시집 『째깍째깍 너는 내 친구』, 서울: 대양미디어, 2012.

_____, 제28동시집 『세종대왕 세수 하세요』, 푸른 사상, 2013.

_____, 제29동시집 『분홍 눈 오는 나라』, 아동문예, 2014

_____, 『참새네 말 참새네 글』, 창비, 1991.

_____, 『옥중아 너는 커서 뭐할래』, 청동거울, 2000.

_____, 『고구려의 아이』, 대교출판, 2005.

신현득 외, 『내 문학의 뿌리』, 답게, 2005.

신현득, 「동시창작법」, 『아동문학평론』, 아동문학평론사, 1979년 봄호.

_____, 「신현득의 동시창작법」, 『아동문학평론』 제14호, 아동문학평론사, 1980년 봄호.

_____, 「신현득의 동시창작법」, 『아동문학평론』 제15호, 아동문학평론사, 1980년 여름호.

_____, 「신현득의 동시창작법」, 『아동문학평론』 제23호, 아동문학평론사, 1982년 여름호.

_____, 「동요문학선언」, 『한국 동요문학의 재조명』, 동요문학동인회, 1981.

_____, 「생태환경과 아동문학」, 『농민문학』, 농민문학사, 2003년 여름호.

_____, 「韓國童詩 100년」, 『한국아동문학연구』, 한국아동문학학회, 2008.

_____, 「동시창작법6」, 『아동문학평론』, 아동문학평론사, 2008년 가을호.

_____, 「자연환경과 아동문학」, 『월간문학』 통권499호, 월간문학사, 2010.

_____, 「한국아동문학약사」, 『아동문학평론』, 아동문학평론사, 2010년 여름호.

_____, 「아동문학의 오래된 샘―신현득 선생님을 찾아서」, 『열린아동문학』, 세손, 2010년 가을호.

_____, 「제7회 윤석중 문학상 수상자 인터뷰」, 『새싹문학』, 새싹회, 2011년 12월호.

_____, 「나의 문학과 그 철―아픈 것은 아프다 해야」, 『아동문예』, 아동문예사, 2013년 봄호.

_____, 「나의 삶, 나의 문학」, 『아동문학』, 한국아동문학연구회, 2013년 가을호.

_____, 「우리 동요 · 동시를 되살리자」,《동아일보》, 1983. 5. 4.

2. 단행본

강홍기, 『엄살의 시학』, 태학사, 2000.

권혁웅, 『시학』, 문학동네, 2010.

금동철, 『한국 현대시의 수사학』, 국학자료원, 2001.

김수복, 『상징의 숲』, 청동거울, 1999.

김종호, 『물 · 바람 · 빛의 시학』, 북스힐, 2011.

김준오, 『시론』, 문장사, 1982.

김영명, 『우리 눈으로 본 세계화와 민족주의』, 오름, 2002.

김용민, 『생태문학』, 책세상, 2003.

김용희, 「신현득의 시세계」, 『아동문학평론』, 아동문예사, 1994.

노여심, 『한국 동시문학의 창작방법』, 박이정, 2009.

박덕규, 『문학공간과 글로컬리즘』, 서정시학, 2011.

박상재, 『한국 창작동화의 환상성 연구』, 집문당, 1998.

엄기원, 『아동문학 이론과 창작』, 아동문학세상, 2012.

이명현, 『인간을 찾아서』, 금박출판사, 1985.

이상섭, 『문학비평용어사전』, 민음사, 2001.

이상호, 『우리 현대시의 현실 인식 탐구』, 한국문화사, 2003.

이세경, 『한국현대시의 공간의식』, 청동거울, 2007

이오덕, 『시정신과 유희정신』, 창작과 비평사, 1977.

이재철, 『한국아동문학사』, 일지사, 1978.

_____, 『한국아동문학연구』, 개문사, 1983.

_____, 『한국현대아동문학작가작품론 Ⅱ』, 청동거울, 2001.

_____, 『아동문학개론』, 서문당, 2003.

원종찬, 『아동문학과 비평정신』, 창비, 2001.

장   파, 『동양과 사양, 그리고 미학』, 푸른숲, 1999.

정인석, 『인간중심 자연관의 극복』, 나노미디어, 2005.

조기승, 『환경오염과 지구의 종말』, 한양대학교 출판부, 2000.

조인형, 『하나 되어 미래로』, 고려, 2008.

주강현, 『굿의 사회사』, 웅진, 1992.

최동호, 『시 읽기의 즐거움』, 고려대학교 출판부, 1999.

_____, 『한국현대시사의 감각』, 고려대학교 출판부, 2004.

최수웅, 『문학의 공간, 공간의 스토리텔링』, (주)한국학술정보, 2006.

한용환, 『소설의 이해』, 문학 아카데미, 1998.

가스통 바슐라르, 곽광수 역, 『공간의 시학』, 동문선, 2003.

게오르크 루카치, 반성완 역, 『영혼과 형식』, 심설당, 1988.

다이터 람핑, 장영태 역, 『서정시: 이론과 역사』, 문학과 지성사, 1994.

루이지 조야, 이은정 역, 『아버지란 무엇인가』, 르네상스, 2009.

마르틴 하이데거, 전양범 역, 『존재와 시간』, 동서문화사, 1992.

_____, 박찬국 & 설민 역, 『근본개념들』, 도서출판 길, 2012.

마이클 페인, 장경렬 역, 『읽기이론/이론읽기-라깡, 데리다, 크리스떼바』, 한신문
    화사, 1999.

새리얼 서러, 박미경 역, 『어머니의 신화』, 까치, 1995.

알랭 바디우, 장태순 역 『비미학』, 이학사, 2010.

요한 호이징하, 김윤수 역, 『호모 루덴스』, 까치, 2007.

줄리아 크리스테바, 김인환 역, 『사랑의 정신분석』, 민음사, 1999.

토머스 모어, 주경철 옮김, 2007, 『유토피아』, 을유문화사.

M.마페졸리 & H. 르페브르 외, 박재환 역, 일상성 · 일상생활연구회 편, 『일상생
    활의 사회학』, 한울, 2008.

M.K Danzinger, An Introduction to Literary Criticism, Boston, 1968.

Shklovsky. Victor, 『러시아 형식주의 문학이론』, 청하, 1989.

3. 평론 및 논문

1) 일반논문

고혜란, 「타이포그래피의 시각표현에 있어서 언어표현력에 관한 연구」, 이화여대 대학원 석사학위 논문, 2008.

김나영, 「고전소설에 나타난 변신모티프 구현양상과 의미」, 성신여대 대학원 박사학위 논문, 2006.

김성리, 「김춘수 무의미시의 지향적 체험 연구」, 인제대 대학원 박사학위논문, 2009.

김진희, 「신현득 동시의 생태학적 상상력 연구」, 단국대 대학원 석사학위 논문, 2012.

이성자, 「신현득· 전원범 동시의 은유형태 연구」, 광주대 대학원 석사학위 논문, 2001.

이재식, 「한국 생태환경시 연구」, 상명대 대학원 박사학위논문, 2003.

임동확, 「생성의 사유와 무의 시학」, 서강대 대학원 박사학위논문, 2004.

전유경, 「신현득 동시 연구」, 성신여대 대학원 석사학위 논문, 1997.

지주현, 「백석 시의 서술적 서정성 연구」, 전남대 대학원 박사학위 논문, 2008.

정문선, 「한국 모더니즘 시 화자의 시각체제 연구」, 서강대 대학원 박사학위 논문, 2003.

2) 평설류

강연호, 「생태학적 상상력과 현대시」, 『한국문학이론과 비평』 제39집, 한국문학이론과 비평학회, 2008.

고정애, 「한국동시론-본격동시에의 모색과 그 난해성에 관하여」, 『성심어문논집』, 성심어문학회, 1982.

금동철, 「현대시에 나타난 수사학적 세계관 연구」, 『국제언어문학』 제10호, 국제언어문학회, 2004.

김상봉, 「민족과 서로 주체성」, 『시민과 세계』 제5호, 이매진, 2004.

김영철, 「산문시와 이야기시의 장르적 성격 연구」, 『통일인문학논총』, 건국대 인

　　　문학연구원, 1994.

김요섭, 「환상공학」, 『아동문학사상 I』, 보진제, 1970.

김용희, 「나날이 새로운 삶을 향한 모색」, 『아동문학평론』, 아동문학평론사, 1989년 봄호.

김종태, 「한용운 시의 역설적 세계관 연구」, 『한국문예비평연구』 제14집, 창조문학사, 2004.

김준오, 「자아와 시간의식에 관한 사고」, 『어문학』 33집, 한국어문학회, 1975.

김태환, 「미메시스에서 스토리로:형식주의적 이론으로서의 아리스토텔레스 시학」, 『뷔히너와 현대문학』 제36호, 한국뷔히너학회, 2011.

문중섭, 「백범 김구의 민족주의 사상과 세계화 시대의 민족주의」, 『한국시민윤리학회보』 제24집 2호, 한국시민윤리학회, 2011.

박경용, 「하도한 계곡을 품은 우람한 산」, 『시와 동화』, 시와 동화가 있는 집, 2001년 가을호.

박행신, 「동시의 환상성」, 『과학과 교육』 제8집, 순천향대 과학교육연구소, 2000.

박화목, 「동시와 시정신」, 《동아일보》, 1958년 12월 30일.

선안나, 「어느 대책 없는 시인에 관한 보고서」, 『아동문학평론』, 아동문학평론사, 1997년 가을호.

심후섭, 「동요문학에서의 단순명쾌성」, 『향토문학연구』 제3호, 향토문학연구회, 2000.

양갑현, 「하이데거 철학에서 사물 개념」, 『한국철학』, 한국철학회, 2012년 가을호.

엄경희, 「한국 생태시의 위상」, 『한국어문학연구소 정기학술대회』, 이화여대 한국어문학연구소, 2003.

윤의섭, 「시의 현대 과학적 세계관 연구」, 『현대문학이론연구』 제38호, 현대문학이론학회, 2009.

이숭원, 「서정시의 본질과 생태학적 상상력」, 『태릉어문연구』 제12집, 2005.

이재철, 「한국아동문학의 현 주소와 미래」, 『아동문학평론』, 아동문학평론사, 2007년 가을호.

정수연, 「수수께끼와 백석의 시」, 『고려대학교어문논집』 제53집, 민족어문학회,

2006.

제해만, 「80년대 동시의 특성」, 『현대시학』 230, 현대시학사, 1988.

최명표, 「아비 없는 시대의 아비 찾기—신현득의 동시론」, 『한국아동문학』, 한국
　　　아동문학인협회, 1996.

_____, 「부성적인 상상력의 시적 표정」, 이재철 엮음, 『한국현대아동문학 작가작
　　　품론』, 집문당, 1997.

최지훈, 「80년대의 한국아동문학」, 『아동문학평론』 1989년 봄호, 아동문학평론
　　　사.

_____, 「신현득론—옥중이의 겨레인식」, 『아동문학평론』, 아동문학평론사, 1991
　　　년 봄호.

_____, 「계속 크는 시인—신현득의 동시세계」, 『아동문학평론』, 아동문학평론사,
　　　2000년 봄호.

한수영, 「시의 청각적 요소와 리듬의 상관성」, 『비평문학』 제44호, 한국비평문학
　　　회, 2012.

보론

동요의 문학성에 따른 어린이 수용양상과 교육적 함의
목이 메어 부를 수 없는 노래

동요의 문학성에 따른
어린이 수용양상과 교육적 함의

—신현득의 동요시를 중심으로

1. 서론

아동문학은 우선적으로 즐거움을 주는 것에 의의가 있다. 이것을 통해 어린이들은 심신의 긴장을 풀고 욕구불만을 해소함으로써, 정신 건강을 유지할 수 있다. 또한 훌륭한 작품을 통해 어린이들은 신선한 동심을 간직하게 된다. 아울러 어린이들의 상상력을 세련시키는 것은 물론, 언어적 감수성을 향상시키기도 한다.[1] 문학체험 중에서도 "동요의 감상에 의한 사고활동은 단순한 정서활동이 목적이라기보다, 상상력 내지는 인간의 감성적 자연을 통해 영원을 자각케 하는 인간 교육의 기초"[2]가 된다. 동요를 아동문학의 본질적 세계라 해도 과언이 아닌 것이다.

실제 한국 아동문학의 역사는 동요[3]에서 시작되었다. 한국아동문학사는 최남선의 「경부철도가」(1908. 3. 20)를 동요문학의 기점으로 보고 있으

---

1 Jacobs. R. Give Children Literature. Belgium: Reading about Children's Literature, 2001.

2 이상현, 『한국아동문학론』, 서울: 동화출판공사, 181~185쪽.

3 본고에서의 동요는 작곡되어 불리는 어린이 노래가 아니라 음수율에 따른 정형동시를 가리킨다.

나, 그보다 19일 앞선 『보통학교 학도용 국어독본』(1908. 3. 1)에 김인식이 작사·작곡한 「표모가」[4]가 실린 것이 확인된바, 한국 최초의 창작동요로서 한국아동문학의 기점이 될 가능성이 가장 크다. 이어 1925년을 전후하여 윤극영, 방정환, 윤석중, 서덕출, 유지영, 한정동, 이원수 등이 『어린이』지에 동요를 발표하여 동요의 활성화를 선도하였다. 그후 1930년대 김영일, 박영종 등 일부 동요시인들이 시의 외형율보다 내재율을 중시하는 자유 동시를 쓰기 시작했다. 이후 동요는 1940년대 일제의 한글말살정책으로 한동안 암흑기를 맞게 된다.

광복과 더불어 다시 꽃을 피운 동요는 윤석중의 「졸업식 노래」, 「어린이날 노래」 등 행사를 위한 노래로 시작이 된다. 이후 문학성을 띤 자유로운 시형식이 우세하게 되는데, 1950~60년대 동요라는 이름으로 발표되는 상당수의 작품이 자유시였다. 신춘문예에서 동요를 공모했으나 응모자가 없어 당선작은 모두 동시였다. 당시 어린이 글짓기 대회 종목은 동요·동시·산문으로 구분했는데, 어린이글의 대부분도 동요가 아닌 동시였다. 그러자 동요와 동시를 구별하지 않고 상을 주기 시작했으며, 어린이들의 율문에 동시가 자리잡게 되면서 동요는 점차 사라지게 된다.

동요와 동시의 미분화 시대였던 1960년대 초기까지 동요 모집에 동시를 뽑는 일이 잦아지자, 명칭이 동시 공모로 바뀌었다. 어린이들은 규칙에 얽매이는 동요를 창작하는 일보다 자유로운 표현이 가능한 동시 짓기가 쉬웠을 것이다. 한편 동시작가로 불리던 시인들은 문학성을 잣대로 예술성이 떨어지는 동요를 짓지 않게 되었다. 이런 현상으로 동요는 더욱 위축되어 작곡가들이 노랫말 부족을 느끼는 절박한 상황에까지 이르렀으며, 심지어 어린이들이 쓴 아동시에 곡을 붙이기도 하였다. 그나

---

4 김혜련·장영미 편역, 『보통학교 학도용 국어독본(하)』, 서울: 경진, 446~447쪽.

마 지방의 몇몇 시인들이 노랫말을 지었지만, 서울에서 주로 활동하고 있는 작곡가를 만나는 일은 쉽지 않았다. 이러한 악순환이 1960년대에 이어 1970년대까지 계속되었다. 아동문학인들 사이에서는 동요가 문학의 하위 장르라는 인식이 굳어져갔다. 동요가 음악의 노래가사에 지나지 않는다는 이유에서였다. 문학성을 중시하던 본격문학이 전개되던 1980년대가 되자 동요는 점점 더 쇠퇴기를 겪게 된다.

아동문학의 출발이 동요에서 시작되었고, 어린이들에게 동요가 뗄 수 없는 장르라는 것을 생각할 때, 동요의 노랫말 쓰기가 아동문학인의 의무적인 것이 되어야 함은 당연한 논리다. 이것을 자각한 신현득은 10여 명의 아동문학인들과 함께 '동요문학 동인회'를 조직하였다. '동요문학' 동인들은 한국동요문학의 부흥을 주장하면서, 1980년에는 동요를 일으키기 위한 몇 차례의 회의를 거친다. 그러나 아동문학과 유리된 단체라는 오해를 받게 되면서 회의 운영이 활성화되지 않았다. 1여 년간 지지부진하던 동인회 모임은, 1981년 신현득을 중심으로 권오순, 김삼진, 김종상, 박목월, 박병엽, 오승희, 이선희, 이슬기, 이영준, 홍윤기 등 몇 사람의 아동문학인이 뜻을 모으면서 다시 출발의 결의를 다지게 된다.

신현득은 "어린이가 있는 곳에는 노래가 따르는 것이며, 여기에 노래를 제공하는 책임은 아동문학인이 지고 있음"을 언급하면서, "동요로 돌아가자"는 「동요문학선언」(1981. 3. 1)[5]을 공표했다. 선언문을 기초한 신현득은 "어린이들이 건전하고 문학을 담은 노래에서 굶주리게 되어 그들의 정서에 막대한 손실을 가져왔으므로 아동문학인은 여기에 아픈 책임을 느껴야 하며, 자유시로서의 동시가 차츰 난해성을 띠고 아동에게 유리되는 기현상을 극복하기 위해서라도 읽기에 부담이 적고 문학성을 지닌 동요로 돌아가자"고 주창하였다. 또한 "동요는 마음의 고향이며 인

---

5 신현득, 「동요문학선언」, 『아동문학평론』 6(1), 1981, 92쪽.

「동요문학선언」전문

간이 문학에 눈뜨는 시발점이 된다. 동요는 가장 인간에 밀접한 문학이며 시와 노래의 근원이 되어주고 있다."고 목소리를 높였다. 한편, 동요문학동인회 회원들과 함께 동요시 인쇄물을 만들어 전국의 동요 작곡자들에게 제공하는 운동을 전개해 나갔다. 특히 그는 지방의 시인과 작곡가를 연결해주는 일까지 맡아서 동요 보급 운동에 심혈을 기울였다.

한편 작곡가들은 동요의 곡을 '동요'라 하고, 작사 쪽에서는 노랫말을 동요라 부르는 용어의 혼동이 있었다. 이 혼동을 막기 위해 노랫말은 '동요시'로, 곡은 '동요곡'으로 구별하도록 하였다. 동요문학동인회 회원은 창립 6년 만에 64명으로 늘었으며, 1987년 1월에는 팜플렛『동요문학』60호가 나오게 된다. 지면을 통해 꾸준히 동요가 발표되기 시작한 것이다. 그러나 이 시기 발표된 상당수의 동요가 문학성이 확보되지 않았다. 이러한 현상에 대해 신현득은 "작사자들이 문학을 창작하는 것이 아니라, 작곡자들에게 노랫말을 대어주는 정도의 역할에 그치는 것이 안타까운 실정"[6]이라고 술회한 바 있다. 동요가 시정신의 근원적 자각 없이 단순한 정서표현의 가락과 아름다운 노래로 일관되어 나타난다면, 이것은 진정한 생명의 실체를 잃은 유사한 창조 행위의 복제일 뿐이다.

동요는 리듬이 생명이지만, 그 기본적 요건 위에 "과연 얼마만한 시적 또는 문학성의 깊이, 감동 또는 사유의 영원성―즉 입과 귀에서 국한되는 전통을 떠나 그것에서 머리로 전달되는 순후한 문학성의 질감을 얼마나 적절히, 또는 얼마만한 차원으로 담아낼 수 있을 것인지, 그것도 동요의 운명론적 생태로서 큰 문제임은 물론이다."[7] 바로 이것은 신현득이 동요에서 문학성을 중시한 이유이기도 하다. 본고에서 동요가 문학이어야 한다는 주장의 근거를 살피기 위해 설정한 연구문제는 다음과 같다.

첫째, 동요의 문학성에 따른 어린이 수용양상은 어떠한가?
둘째, 동요의 문학성이 어린이에게 미치는 교육적 함의는 무엇인가?

2. 연구방법 및 절차

1) 연구 분석 기준

앞서 언급한 두 가지 논의를 전개하기 위해 우선적으로 동요가 문학

---

6 신현득, 「동요의 문학적 중흥운동」, 『아동문학평론』 12(1), 1987, 68~70쪽.
7 이상현, 같은 책, 184쪽.

이어야 한다는 주장의 기준을 객관화할 필요가 있다. 다음 〔표 1〕에서 Bernd-Alois Zimmermann(치머만)은 piaget(피아제)가 제시한 발달단계를 기준으로 연령을 구분하고, 음악적 발달과 인지적 발달로 나눠 영역별 특성을 분석하였다.

〔표 1〕 치머만의 음악적 발달단계

발달 단계	기간 (연령)	음악적 발달	일반인지적 발달
구체적 조작기	7~11	-음악의 두드러진 면뿐 아니라, 다양한 특징을 다룰 수 있음 -음악에서 전조를 구별할 수 있음 -가락에 대한 보전개념 형성 -가창능력 발달 -악보 읽기 능력 발달 -조성감 및 박자감 확립 -중창 가능 -다양한 매체와 다양한 특징의 음악 경험 -개념중심학습 시작	-사고의 범위가 각 환경에 제한됨 -사물에 대한 논리적 조작 가능 -가역성 발달-보존 개념 획득 -집중성 탈피 -사회성 발달 -규칙의 절대화
형식적 조작기	11~	-강한 또래 음악 문화 -교사보다는 친구들의 주위를 끌기 위해 노력 -교사에 의한 일방적 전달보다는 음악적 과제를 주도적으로 해결하도록 안내함 -음악에 대한 비판적, 분석적 학습 가능	-청소년기 -가설에 기초한 문제해결력 -비판적 사고 -추상적 사고

(방금주, 1990)[8]

〔표 1〕을 근거로 음악적 발달단계를 살펴보면, 구체적 조작기는 '음악 가락'에 치우친 감상, 형식적 조작기에 이르러서야 음악에 대한 비판과 분석, 추상적 사고가 활발해짐을 알 수 있다. 이것은 음악성과 문학성이 어우러진 동요가 각 연령층마다 달리 영향을 미칠 수 있으며, 교육적 효

---

8 방금주, 『음악교육의 기초』, 삼호, 1990.

과도 다르게 나타날 수 있음을 의미한다.

특히 인성동요는 어린이 인성교육의 길잡이가 될 가능성이 있다. 이것은 동요가 내용적 측면에 소홀할 수 없음을 제언한다. 즉, 동요의 문학성과 직결되는 문제로, 단순명쾌하면서도 깊이 있는 내용을 추구해야 하는 것이다. 개인이 가지는 사고와 태도 및 행동특성을 위하는 인성동요를 "교육현장에서 잘 활용한다면, 어린이의 내면적인 행복을 찾도록 도와주는 등 진정한 의미의 인성교육"[9]이 이루어질 수 있다. 다음은 인성동요를 통한 교육의 영향력을 음악적 측면과 문학적 측면으로 구분한 표이다.

〔표 2〕 인성동요의 교육적 영향력 구분

	음악성	문학성
신체적 발달	○	
정서적 발달	○	○
인지적 발달		○
언어의 발달		○
사회적 발달	○	○
창의적 발달	○	○
심미적 발달	○	○

동요는 기본적으로 고운심성 및 가치관 형성에 도움을 준다. 또한 〔표 2〕에서 인성동요교육에 의한 어린이발달사항의 성격이 문학적 측면에 더욱 치우쳐 있음은, 우리가 동요시 창작에서 문학성을 중시해야 하는 근거가 된다.

---

9 박혜자, 『노랫말 지도를 통한 인성교육 : 초등학교 3, 4학년을 대상으로』, 진주교육대학교 교육대학원 석사학위논문, 2006.

2) 연구 대상 작품 선택 기준

동요와 시의 구조역학 관계에 있어 이들은 리듬의 산물이요, 리듬을 모태로 가진 불가분의 동족[10]이라는 것은 긴 전통적 근거를 가지고 있다. 그러나 동요와 시의 문학성은 새롭게 인식될 필요가 있다. 이를 위해 우선적으로 '시 텍스트를 바탕에 둔 학년 구분 특성'을 살펴볼 것이 요구된다.

〔표 3〕시 텍스트에 대한 초등학생들의 학년별 인식 및 선호 양상 연구

학년	내용
2학년	시의 음악성에 더 많이 주목하면서 시적 즐거움을 느끼지만, 텍스트가 간단하고 쉬우면서도 자신들의 경험과 밀접한 소재나 어휘를 바탕으로 한 시일 것을 전제한다.
3학년	이 시기는 2학년과 거의 유사하나, 이미지나 쉬운 비유 등이 제시하는 즐거움에 좀 더 눈뜨기 시작한다.
4학년	경험과 결부된 내용을 바탕으로 하는 주제 요소에 적극적 관심을 보이는 시기이다.
5학년	이 시기에는 시가 감추고 있는 의미를 구성해내는 능력이 급격히 높아지며, 비유적 표현과 이미지, 리듬, 주제 등 시의 특징적 요소들을 골고루 즐기는 경향을 드러낸다.
6학년	이 시기 어린이는 텍스트가 드러내지 않는 부분을 세밀하게 읽어낼 수 있는 능력을 갖추기 시작하고, 시적 체험이 자신의 삶을 반추하는 계기가 되는 수준에 이르는 과정에서 점차 주제의식에 몰두하는 반응을 보인다.

(진선희, 2004)[11]

〔표 3〕은 시 텍스트를 바탕으로 한 학년구분 특성을 정리한 것이다. 2학년은 듣기를 통한 이해도가 높은 편이고, 중학년은 언어 유희적 묘미

---

10 이상현. 같은 책, 181쪽.
11 진선희, 「시 텍스트에 대한 초등학생들의 학년별 인식 및 선호 양상 연구」, 『학습자중심교과교육연구』4(2), 2004, 85~126.

에도 매력을 느낀다.[12] 분명한 것은 초등학교 저학년이 음악성 중심, 고학년이 문학성 중심의 시 읽기가 가능하다는 것이다. 그러므로 같은 동요라도 연령에 따라 받아들이는 정도가 다름을 인식한 후에 논의가 진행되어야 할 것이다.

성장기 어린이들은 매우 높은 가소성을 지니고 있다.[13] 이것은 어린이들에게 어떠한 방식으로 문학적 양식을 제공하느냐에 따라, 그들이 흡수하는 정도가 달라질 수 있음을 제언한다. 문학으로서의 동요는 어린이들에게 더 깊은 깨달음과 감동을 줄 수 있다. 신현득은 동요를 문학작품으로 승화시킨 『아가 손에 아가 발에』(1981)와 『아기 것은 예뻐요』(1985)를 출간하면서 동요를 문학적 경지로 끌어올리려고 애쓴다. 이 시기는 "일부 아동문학가들에 의해 작곡을 위한 청각동요가 생산되고 있기는 하지만, 문학을 위한 동요는 거의 퇴진해버리고 없는 형편"[14]이었다. 신현득의 노력 이후 동요시는 어린이들이 읽고 마는 시에서 문학적인 감동을 주는 성격의 것으로 변화한다. 이와 같은 사실은 신현득 동요집에 실린 작품을 논의의 기준으로 삼는 것에 타당성을 부여한다.

3) 연구절차

연구 분석 기준과 연구 대상 작품 선택 기준을 잣대로, 3장에서는 본격적인 논의에 앞서 동요의 음악성과 문학성, 그 형식적 특성에 관해 살펴본다. 이어 4장에서는 신현득 동요시에서 음악성과 문학성이 두드러진 작품을 선택, 문학성 위주로 분석하고 초등학교 어린이들에게 주는 교육적 효과 내지는 영향력을 추적할 것이다.

---

12 선주원, 『어린이 문학교육론』, 서울: 박이정, 2010.
13 구인환, 『문학교육론』, 서울: 삼지원, 2001.
14 이상현, 같은 책, 183쪽.

3. 동요·동요시의 형식적 특성

1) 동요와 음악성

동요는 오래 전부터 있어 온 아동문학 용어이다. 세계의 모든 시는 요 (노래)에서 시작되었으므로, 시인들이 동요를 쓰는 행위는 시 창작의 범 주에 속한다. 자유시적 성격과 동요적 성격을 같이 지닌 시, 또는 동요 적인 동시, 동요와 동시의 중간 성격의 작품도 동요에 포함되는 것이다. 신현득은 이러한 성격의 동요를 '요도 되고 시도 되는 율문'이라고 정의 한 바 있다.

여기서 주목할 것은 '동요적인 시'에서의 리듬과 율문에서의 '운율'이 다. 위의 정의로 말미암아 "동요로 돌아가자"는 동요부흥운동(「동요문학선 언」)은 '리듬'을 타서 어린이들이 노래할 가능성이 있는 시로 돌아가야 함을 호소한 것이다. 그렇다면 어린이들에게 불리는 시에 대한 정의를 명확히 해야만 하는데, "동요로 돌아가자"는 동요선언문의 취지가 시에 곡이 붙여져야 한다는 단서를 둔 것은 결코 아니다. 그것은 곡으로 만들 어지지 않더라도 리듬에 기반하여 읊조려지는 시를 뜻하며, 어린이들이 흥얼거릴 수 있는 시를 의미하는 것이다. 또한 동요에서의 간결성은 시 전체의 양을 두고 하는 말이 아니라, 행의 구분이나 호흡과 같은 형식적 요소에 중점을 둔다는 것이었다.

어린이들 입을 통해 읊조리게 되는 시에서 리듬이나 운율이 제외될 수는 없다. 다시 말해 리듬이나 운율이 약한 시가 어린이들 입에서 흥얼 거리게 될 확률은 거의 없다. 동요의 문장이 부드러워야 할 이유가 여기 에 있다. 소재도 자유 동시보다 충분히 노래가 담길 만한 것이어야 하 고, 노래하는 동안에 그 내용이 이해되어야 한다고 강조한다. "자유 동 시를 함축미의 시라고 한다면, 동요는 밖으로 발산되는 내용을 갖추어야 한다. 많은 시인들이 동요에 실패하는 원인은 동시에서 배배 꼬인 비유들을 동요의 틀에 잡아넣기 때문"[15]이라는 그의 주장은 동요에 의미를 강조하려는 시인들의 문제점을 지적한다. 동요는 기교가 지나치지 않아야 하며, 모호하거나 추상적인 이미지를 남발하는 것은 어린이를 무시하는 것이 되므로 이러한 창작 태도를 지양해야 한다. 그럴 경우 아주 딱딱한 작품이 된다는 것이다.

반면에 그는 형식면에서 정형시보다 자유로운 표현을 위해 4·4조나 7·5조의 율격을 갖추지 않더라도 대구(對句)만으로 된 동심의 노래를 추구했다. 작곡만을 따진다면 어떠한 자유시도 노래가 가능하다. 예를 들면 1960년대 말 산문 형식인 「국민교육헌장」도 작곡을 해서 일선 학교에 보급한 일이 있다. 이것은 어떠한 자유시도 작곡이 가능하다는 사례가 된다. 현재에 불리는 동요 중에서도 자유시가 상당수 있다.

노랫말로서의 동요는 ①동심의 요소, ②대구 ③음수율 등 3개 요소 중 ③을 제외한 ①동심과 ②대구만으로도 동요가 가능하다. 시조와 같은 정형시와는 달리 동요에는 자수의 제한도 정해진 음률도 없으며, 문장의 리듬과 담긴 내용에서 동요의 척도를 분별해야 한다. 그러나 대구(절)의 경계가 없는 동요가 있다. 그것은 구전동요들이다. 구전동요는 입을 통해 전해져온 노래이므로, 명확한 절의 구분보다 흥에 겨워 불린 노래가 대부분이었다. 신현득은 구전동요 중 어린이들이 정말 알아야 할 전래동요 72편을 현대적인 정서에 맞게 고쳐서 출간한 바 있다. 다음은 그 중 한 편인 「골났니, 성났니」이다.

---

15 신현득, 「동요운동에 붙여」, 『아동문학평론』7(2), 1982, 70~73쪽.

구전동요	개작 전래동요
… 개주자고 끓였나 나 먹자고 끓였지 아이골래 때골래 저 아랫집 판났네 왜누무 자식 못났네 불났다 뿔났다 골났다 삐쳤다 …	… 너 주려고 끓였나 나 먹자고 끓였지. 화났니, 뿔났니? 화도 나고 뿔도 났다 …

그의 시도에 힘입어 표현이 맞지 않은 부분이나 무슨 뜻인지 알 수 없는 구절을 시대적 문맥에 맞게 고쳐서 현대적 감각이 되살아났다. 실제 그는 "전래동요에 부족한 부분을 보태고, 잘못 붙여진 부분을 떼어내고, 알 수 없는 사투리를 고쳐주어야 오늘의 어린이 것이 될 수 있다"[16]며 개작의 방법을 밝힌 바 있다.

구전동요는 반복법을 사용해 운율을 형성하면서도 1절로 된 경우가 대부분이다. 신현득이 개작한 전래동요만 보더라도 리듬이 비교적 자유로웠다는 것을 파악할 수 있다. 이렇듯 그는 전래동요의 계승에도 큰 성과를 남겼는데, 이것은 우리의 동화가 전래동화에 뿌리를 두고 있는 것과 마찬가지로, 동요 또한 전래의 것에 뿌리를 두어야 우리 것이라는 시인의식에서 비롯되었다. 전래동요의 원곡(원형)을 보존하는 일도 중요하지만, 옛 것을 그대로 두자면 어린이들에게는 어렵고 난해한 옛 동요로 남게 된다.

신현득이 전래동요를 개작하는 목적은 어린이 독자들이 시로 읽거나 노래로 따라 부르면서 전래동요가 훌륭한 문학임은 물론, 흥겹고 재미있는 음악예술임을 깨닫게 하려는 데 있다. 문화적 전통을 담고 있는 전

---

16 신현득, 『우리전래동요』, 서울: 현암사, 2007, 머리말.

래동요를 감상하는 과정에서 어린이들은 우리민족의 얼과 사고방식을 이해하고 공감할 수 있다. 또한 우리의 정체성을 확인하고, 시대를 초월한 풍부한 언어를 통해 모국어의 가치를 알게 된다. 이것은 "우리 겨레가 서로 하나로 통해서, 같은 마음 같은 느낌이 될 수 있는 진하고 힘 있는 요소"[17]이다. 원초적인 전래동요는 어린이들 감정의 발로인 만큼 소박하고 순수하고 때로는 거칠기까지 하다.[18]

전래동요는 대다수 민중들의 구전을 통해 이어져왔으며, 그렇다보니 문학성은 다소 허술할 수밖에 없었다. 신현득은 전래동요의 개작을 통해 전래동요를 문학적 경지까지 끌어올리고 있다. 신현득은 전래동요를 재창작하여 새로운 전승의 기회로 삼고자 하며, 이것은 바로 어린이를 문화전승의 주체로 바라보는 시각이다. 또한 곡이 붙여지지 않았으나 어린이들의 입을 통해 전해져온 구전동요는 신현득의 주장을 뒷받침한다. 곡으로 만들어지지 않더라도 노래로 읊조릴 수 있는 시를 창작하자는 것이야말로 신현득이 동요운동을 전개하면서 일관되게 주장한 견해였다.

2) 동요시와 문학성

작곡가들이 '동요를 쓴다'는 말은 곡을 만든다는 것이고, 작사자들이 '동요를 쓴다'는 말은 노랫말을 짓는 것으로 해석된다. 역사적으로 곡과 노랫말을 통틀어 동요라고 불러왔다. 그러나 장르의 경계가 분명해진 요즘에 와서 노랫말가사를 동요라는 용어에 포함시켜 말하는 것은 적절치 않은 일이다. 이에 대해 최지훈은 "희곡을 연극이라고 부르는 것과 다를 바 없다"[19]고 단언한다. 그의 비유는 의심할 여지가 없으며, 이로써

---

17 박두진,『한국전래동요독본』, 서울: 을유문화사, 1962.
18 신경림,『한국전래동요집1』, 서울: 창작과 비평사, 1981년, 262쪽.
19 최지훈,「동요시의 갈래론」,『아동문학평론』9(3), 1984, 37~43쪽.

작사자와 작곡가가 말하는 동요를 구분해야함이 더욱 명확해진다. 동요라는 용어 자체가 노래의 성격이 강하며, 노래는 곧 음악과 상통한다. 즉 동요가 음악장르인 반면, 노랫말가사는 요(노래)를 위한 하나의 시로서 존재하는 것이다. 그러므로 노랫말가사에 따로 명칭을 정하지 않고, 음악장르인 동요에 소속시켜버리는 것은 '문학=음악'임을 인정하는 행위와 같다. 이후 노랫말을 따로 구분할 새로운 용어의 필요성이 꾸준히 제기되었고, 몇몇 아동 문학가들이 '동요시'라는 말을 사용하기 시작했다. 동요의 노랫말이 시의 형태를 띠고 있음은 분명한 사실이기 때문이다. 그러므로 작사자가 작곡될 것을 염두에 두고 창작한 시를 동요시라 말할 수 있다. 또한 작곡과 상관없이 어린이들이 노래할 가능성이 있는 시도 동요시에 포함된다.

'동요시⊂동시⊂시'의 관계에서 살펴보면, 일반시에 비해 동시가 제약점이 많고, 동시에 비해 동요시가 제약점이 많음이 드러난다. 신현득은 "동시를 쓴다 해서 동요도 쓸 수 있다는 생각은 버리고, 동요를 쓸 때 동시와는 전혀 다른 표현 방법을 가지고 임해야"[20]함을 언급한 바 있다. 동요시가 어디까지나 시 문학인만큼, 문학적인 조화가 어느 정도인가에서 평가가 이루어져야 한다는 것이다. 동요시인은 창작시 음악성과 문학성 중 어느 쪽에 더욱 중점을 두어야 할지 고민하게 된다. 두 가지 특성 모두에 욕심을 부리다 보면 음악성은 있되 상징적 비유가 동요를 어렵게 할 수 있으며, 반대로 문학성은 있되 운율이 부족한 동요가 생산될 수 있는 것이다. 신현득은 어린이들에게 부담이 되지 않고 전달이 쉬운 시를 제공하는 것을 동요의 우선적 기능으로 제시하면서도 동요의 문학성을 중시하는 균형 잡힌 시각을 보여준다.

이로써 그가 동요를 시의 범주로 놓지만, 창작에 있어서는 그 기준을

---

[20] 신현득, 「동요의 문학적 중흥운동」, 같은 책, 68~70쪽.

공통점과 차이점을 두어 명확히 구분하고 있음이 드러난다. 공통점으로는 동시의 본질인 간결성과 동심이 동요에도 그대로 적용된다는 것이다. 차이점으로는 동요가 정형을 바탕으로 하지만 형식보다 오히려 내용이 중요하며 '밖으로 발산되는' 내용을 강조한다. 여기서 발산되는 내용은 감정 또는 분위기 따위를 한껏 드러내 해소하라는 뜻으로 해석해야 하며, 아무런 문학성 없이 음악성만 강조된 노랫말의 의미가 아님을 주의해야 한다. 그렇다면 동요라는 장르에 맞는 문학성, 즉 동시와는 구별되는 시적 수준을 유지하면서 음악성 또한 겸비해야 하는 것이다. 생활성이 돋보이는 다음 작품을 통해 살펴보자.

엄마가
아가 장갑
짜서 놓으면

그 크기에 맞추어
아가 손이 크고

아가 손이 아가 손이
크고 있으면

아가 손에 맞추어
장갑을 짜고

엄마가
아가 양말

짜서 놓으면

그 크기에 맞추어
아가 발이 크고

아가 발이 아가 발이
크고 있으면

아가 발에 맞추어
양말을 짜고.

―「아가 손에 아가 발에」 전문

    위의 1절과 2절에서 서로 다른 낱말은 '손'의 대구 '발' 그리고 '장갑'의 대구 '양말'뿐이다. 이와 같은 대칭 구조는 노래할 가능성이 있는 동요로의 회복을 위한 하나의 방안으로 작용했을 가능성이 있다. 동요시는 물론 동화시나 서사시까지도 시적 리듬에서 벗어난 창작은 어린이들의 호응을 얻기 힘들다. 구전의 힘이 항구적이라고 볼 때, 리듬의 증폭 또한 절대적이다. 한편, 작품에서 시인은 작은 것이 커가는 세계를 마주한다. 제22동시집 『작아야 클 수 있다』[21]의 모티프가 1985년에 발표된 위의 동요에 바탕을 두고 있는 것이다. 짜 놓은 장갑과 양말에 맞춰 아가 손이 크고, 아가 발이 큰다. 또 아가 손과 아가 발이 크고 있으면, 거기에 맞춰 엄마는 장갑과 양말을 짠다. 시인은 '작은 것'에 가능성을 열어둠으로써, 성장 가능성이 있는 존재에 더욱 가치를 부여하는 역설적 태도를 취한다. 성장하는 작은 것이 큰 것이 됨은 자명하므로 시인의 태

---

21 신현득, 『작아야 클 수 있다』, 아동문학세상, 2008.

도는 설득력을 갖는다. 더불어 아기 손은 작기 때문에 엄마가 장갑을 짜주고, 아기 발도 작기 때문에 엄마의 손길이 닿는다. 스스로 할 수 있을 때까지 무조건적인 사랑으로 도와주는 고마운 손길이 있기에, 작은 것이 클 수 있음을 깨닫게 한다. 보다 희망적인 메시지를 담고 있는 노래라 할 수 있다.

가장 바람직한 동요는 어린이들에게 읊어지고 감동을 주는 작품이다. 동시보다 동요가 어린이들의 공감대를 형성하면서 파급력을 행사하는 것이 현실이며, 이것은 신현득이 동요를 외친 까닭이기도 하다. 아동문학이 일반문학에서 오랜 기간 미분화 상태로 있다가 분화의 필요성을 절실히 느낀 이유도 바로 어린이 독자를 위한 것이었으며, 그리하여 그는 시적 경지에 이르면서 어린이들이 이해할 수 있는 시를 쓰는 데 열정을 쏟는다. 어린이는 동요를 배우고 읽는 동안에 세련된 언어능력과 심미적 정서를 함양하게 된다. 아울러 삶의 바탕에 깔려 있는 모든 감동적 요소를 이해하는 지평을 열어준다고 하겠다.

4. 전통과 소통의 동요

1) 전통의 수렴과 변용

신현득은 「동요문학선언」 이후에 동요집 『아가 손에 아가 발에』[22]와 『아가 것은 예뻐요』[23]를 출간한다. 신현득이 음악적이면서도 시적인 미의 세계를 추구하여 동요집에 수록한 작품들은 동요의식과 시적 형상화의 조화 여부를 가늠할 수 있는 증거들이다. 그의 동요시에는 전래의 것

---

22 신현득, 『아가 손에 아가 발에』, 명성사, 1983.
23 신현득, 『아가 것은 예뻐요』, 삼원사, 1985.

에 뿌리를 두되, 현대 어린이의 화법을 따른 작품들이 많다. 전래동요가 담고 있는 다양한 기법은 어린이의 발달단계와 흥미에 적합하여 교육적 가치가 매우 높다.[24] 다수의 시인들 작품에 나타나는 시어 반복 내지는 대구법 외에 그의 동요에서는 문답법의 활용 빈도가 높은 것을 확인할 수 있다. 이러한 문답법의 장치는 전래동요에서 비롯되었다.

그가 개작한 전래동요집에 실린 작품 중 문답법이 활용된 예로는 「골 났니 성났니」, 「어디까정 왔니」, 「쪼로롱 종달아」, 「꼬리 따기 노래」, 「수박놀이」, 「어느 나라 군사냐」, 「볶아 먹고 지져 먹고」, 「에헴, 누군 가」 등이 있다. 이것은 문답법이라는 수사적 주고받기를 통해서 농사일의 고단함을 이완시켜주고, 서로 돕는 마음으로 일의 능률을 기했던 조상들의 슬기를 본받자는 작품들이다. 구체적으로 신현득은 그의 동요시집(『아가 손에 아가 발에』)에 실린 자장가에서 아기를 어르는 행위의 반복을 통해 문답법의 효용성에 의탁하여 문학성을 확보하는 한편, 어휘의 되풀이로 음악성을 도모한다. 뿐만 아니라, 전래동요의 단순성 내지는 소박성을 드러내면서 우리의 음악예술을 간접적으로 체험할 수 있는 계기를 마련해준다.

둥개 둥개 둥개야.
얼러 보자 둥개야.
이 아기는 뉘 아긴가?
우리 집의 귀염둥이.
이 강아지 뉘 강아지?
우리 집의 복 강아지.
귀엽구나, 얼러보자.

---

24 선주원, 『어린이문학교육의 방법』, 서울: 박이정, 2006.

둥개 둥개 두둥개.

둥개 둥개 둥개야.
얼러 보자 둥개야.
이 병아리 뉘 병아리?
우리 집의 복병아리.
이 송아지 뉘 송아지?
우리 집의 복 송아지.
귀엽구나 얼러 보자.
둥개 둥개 둥개야.

—「둥개 둥이」전문

　누구나 어린이 시절에는 동요를 부르며 자라고 자장가를 들으며 잠이
든다. 갓난아기가 엄마의 자장노래를 들으며 고요히 잠드는 모습에서
동요가 사람의 마음을 움직이는 매개체가 될 수 있음이 설득력을 갖는
다. 인간이 다른 예술보다 음악에 더 민감하게 반응하는 이유는 바로 인
간 감성에 공통으로 내재된 가락이 있기 때문이다. 이것은 태아 때부터
엄마의 심장소리를 들은 연유에서 비롯된다고도 한다. 그러므로 어린이
들에게 친근하게 불리기 위해서 리듬감이 중요시 되는 동요를 창작, 보
급해야 하는 것이다.
　위의 작품에서 신현득은 문답법의 형식을 갖춰 운율을 형성하면서도,
아기를 안거나 쳐들고 어를 때 내는 소리인 '둥개 둥개'를 활용해 작품
전체의 통일성과 안정감을 부여하고 있다. 이처럼 후렴구는 아기를 달
래려는 화자의 정서를 집약적으로 제시하며, 현장감을 느낄 수 있도록
도와주는 역할을 담당하기도 한다. 주제와 아무 관련이 없다기보다는,
내용을 드러내는데 효과를 부여하는 기능을 수행한다고 할 수 있다. 또

한 '둥개 둥개 둥개야'는 계속적인 반복으로 전승되기가 용이하다.

한편, 각 연에서 아기는 '강아지 · 병아리 · 송아지' 등으로 비유되어 은유법의 형태를 취한다. 이들 소재는 서로 의미의 연관성이 없지만, 귀엽고 깜찍하다는 공통점을 갖는다. 강아지는 예로부터 할머니가 손주를 애칭으로 다정하게 부를 때 쓰는 단어이며, 병아리는 아기를 비유적으로 이르는 단어로 널리 통용되어 공감을 준다. 송아지는 농경사회였던 우리 민족 삶의 일면을 보여주는 소재로 친근하고 정감이 간다. 이것을 통해 민족정체성을 유지하려는 작가의 문화적 신념이 강조된다. 신현득은 질박한 전통적 정서의 전승이라는 문화적 차원에서 동요를 인식하고, 그로부터 동요운동과 논리의 체계화를 도모하고 있다.

예로부터 전해져온 후렴구의 독립성은 현대에 와서 독립적 기능을 취하는 의성어 · 의태어의 활용으로 기우는 추세이다. 신현득은 의성어나 의태어가 리듬은 물론 악상을 잡아주는데 역할을 한다고 언급한 바 있는데, 그의 동요에 빈번히 등장하여 후렴구의 기능을 취하기도 하는 의성어는 현대동요의 음악성에 기여하는 바가 크다.

참새네는 말이란 게
'짹짹' 소리 뿐이죠.

아빠라는 말도
'짹 짹 짹'

엄마라는 말도
'짹 짹 짹'

참새네 말은

배우기도 쉬워요.
'짹짹짹 짹짹짹'
재미있어요.

까치네는 말이란 게
'깍깍' 소리 뿐이죠.

아빠라는 말도
'깍 깍 깍'

엄마라는 말도
'깍 깍 깍'

까치네 말은
배우기도 쉬워요.

'깍깍깍 깍깍깍'
재미있어요.

— 「참새네, 까치네」 전문

　위의 작품은 제1동시집 『아기 눈』에 실린 「참새네 말 참새네 글」을 동요 형식으로 바꾼 것이다. 활용된 의성어 "짹"과 "깍"은 독립어의 기능을 취하며, 서술어를 생략함으로써 그 자체의 의미에 집중하게 된다. 이들은 소리지만 의미를 가지고 있으며, 리듬을 타고 있다는 점에서 삼박자를 갖춘 시어로 어린이들의 성향을 그대로 만족시킨다. 특히 "짹"과 "깍"은 양성모음으로 가볍고 경쾌한 느낌을 주는데, 동물어는 단순할 뿐만 아니라 이미 어린이들에게 알게 모르게 내재된 자연의 소리이므로 비교적 공감이 쉽다. 이로써 동요로 돌아가기 위한 그의 노력은 일반적으로 쓰이는 반복이나 대구법 외에 의인화된 비유, 문답법, 의성어의 활용 등 여러 방면에서 시도되었음을 알 수 있다.

이로써 신현득의 동요시가 전통의 일면을 수용하되, 현대의 관점에서 어린이의 마음에 맞도록 변모시킨 것을 파악할 수 있다. 이러한 그의 노력은 "전래동요에서 생활성·자연 친화성·교훈성·연모성·해학성·염원성·명쾌성 등 내용적인 성격과 대화법·반복법 등 표현상의 특징이 창작 동요의 기법으로 이어져 왔다"[25]는 진단에 근거한다. 다음 작품 또한 생활성, 자연 친화성, 교훈성 등을 보여준다.

박꽃 피는 걸
보고
어머니는 부엌에서
저녁쌀을 앉히고.
저녁연기 나는 걸
보고
하늘은 빨간
놀을 펴고

저녁놀 피는 걸
보고
아버지는 들에서
연장을 거두고.

---

25 신현득 외, 『아동문학창작론』, 서울: 학연사, 1999, 81~82쪽.

아버지 오신 걸

보고

제비 식구가

제집에 들고.

―「박꽃 피는 시간에」 전문

위의 작품은 얼핏 자연의 풍경만을 노래한 듯하나, 자연과의 소통을
바탕으로 생활하는 농촌 사람들의 면모를 보여주면서 인간적인 삶의 진
지한 모습을 담고 있다. 자연의 흐름이 곧 시간이 되는 농촌의 풍경에서
는 군이 시계를 필요로 하지 않는다. 그가 마련한 시적 공간은 인간과
자연이 공존하며, 이 둘의 대화가 가능한 곳이다. 자연의 순리에 따라
저녁쌀을 앉히고, 들에서 연장을 거두는 삶의 일면은 고향의 향수와 더
불어 자연의 은혜로움을 다시금 느끼게 하는 시적효과를 거두고 있다.

현대에 와서 인간이 모든 것을 해결하는 듯하나, 인간 또한 자연의 이
치를 거스를 수는 없으며 그 섭리 앞에 겸허해야 함이 전통적인 농촌이
미지를 통해 표출된다. 다수의 시인이 자연을 노래하면서 난해시를 생
산하던 이 시기에 신현득은 농촌 생활에 주목하면서, 어린이 노래에도
충분히 삶의 진지한 문제를 다룰 수 있음을 깨닫게 한다. 동요에 담긴
마음을 상상하여 불러보는 것은 어린이의 사고활동을 활성화시켜준다.
특히 문학성이 돋보이는 시적동요는 어린이가 스스로 발견하기 힘든 세
계를 제시함으로써, 교육적 효과를 발휘하기도 한다.

2) 어린이들의 삶과 소통

동요의 창작은 어린이를 위하기 때문에 가치 있는 일이다. 환언하면,
동요가 어린이를 찾기보다 어린이가 찾는 동요가 되어야 한다는 말이

다. 이런 면에서 신현득의 동요시는 동심의 양면성을 조화롭게 다루고 있다. 바로 어린이의 마음을 투영시키되, 시적 경지에 이르러 예술면에서도 진한 감동을 선사하는 것이다.

보다 많은 어린이들에게 읽히기 위해서 어린이들이 사고하는 것, 또는 그들의 생활과 가까워야함은 당연한 논리다. 그는 내용면에서 어린이들의 관심을 끌 수 있는 작품을 쓰면서, 어린이들의 생활을 이해하고 그들과 소통하기 위해 노력했다. 소통의 사전적 의미는 '막히지 아니하고 잘 통함'이다. 어린이들은 동요를 부르면서 자연과 소통하고, 어른은 물론 세상과도 소통한다. 어른도 마찬가지로 동요를 노래함으로써 어린이와 소통할 수 있다. '막히지 아니하는' 소통의 매개체 역할을 시인이 한다고 해도 과언이 아니다. 시인은 자세를 낮춰 어린이를 바라보는 것은 물론, 그들의 말과 행동에 귀 기울인다. 어린이들은 관심과 사랑을 받고 싶어 하는 존재이며, 이를 대하는 시인의 태도가 다음 작품에서 비유적으로 드러난다.

봄을 맞은 나무는
그냥 있질 못해요.
가지마다 새 잎을
달았거든요.

푸른 가질 흔들어
자랑해야죠.
나뭇가질 흔드는 건
그 뜻이어요.

봄을 맞은 나무는

그냥 있질 못해요.

가지마다 꽃송일

달았거든요.

꽃송이를 흔들어

자랑해야죠.

꽃가지를 흔드는 건

그 뜻이어요.

—「나뭇가질 흔드는 건」전문

　칭찬은 인간의 기본적인 욕구 중의 하나이다. 자랑 또한 인정받으려는 욕구에서 비롯된다. 이런 면에서 자랑과 칭찬은 긴밀한 연관성을 갖고 있다. 그리고 이것은 성장하고자 하는 본성을 지닌 어린이에게서 더 뚜렷이 나타난다. 자아감이 형성되는 시기에 긍정적인 칭찬은 어린이의 자신감을 높여주기 마련이다.

　위의 작품에서 봄을 맞은 나무가 자랑하는 것은 칭찬을 유도하는 행위로 보인다. 푸른 가지나 꽃송이를 흔들어 주의를 불러일으킴으로써, 만족스런 자신의 활동에 칭찬을 요구하는 것이다. 자연을 인간에 대비한다면, 어린이 스스로가 잘한 일을 자랑하려는 이미지를 상상해 볼 수 있다. 시인은 대상을 그 자체로서 바라보길 제안한다. 그대로 인정하고 승인해주는 것이 바람직한 칭찬임을 제시함과 동시에, 어린이가 사랑과 칭찬으로 발전한다는 믿음을 보여준다.

　상징의 예술적 기법이 단조로움을 피하고 있는 위의 작품은, 시적 수준을 유지하면서도 의미가 분명히 와 닿는다. 이것은 시인이 동시에서의 시적 수준과 동요에서의 시적 수준을 명확히 실현한 결과다. 이로써 동요의 시적 형상화가 어린이들에게 불리기 위한 장치로 어떻게 활용되고 있는지 알 수 있다. 신현득의 작품은 동요시가 노랫말에 그쳐서는 안 된다는 것을 보여주고, 시어로서 살아있는 리듬이 감흥을 준다. 어린이들은 언어적 표현에 의한 나무의 형상화를 직접 체험하면서, 시의 아름다움을 맛보게 된다. 다음은 신현득 동시집에 실린 자유시를 동요시 성격에 맞게 고쳐 쓴 작품이다.

햇빛은 고루고루/ 쓰다듬어요,
들이나 산이나

이것은 예쁘다,
저것은 못하다 않고
고루고루 쓰다듬어요,
고마운 햇빛

햇빛이 쓰다듬어
새싹이 자라요.

바람은 고루고루
흔들어 줘요,
들이나 산이나.

이것은 좋다,
저것은 나쁘다 않고
고루고루 흔들어 줘요,
고마운 바람

바람에 나부껴
새싹이 자라요.

봄비는 고루고루
뿌려 주어요,
들이나 산이나.

이것은 곱다
저것은 밉다 않고
고루고루 뿌려 주어요,
고마운 봄비

봄비가 뿌려주어
새싹이 자라요.

—「햇빛은 고루고루」 전문

　위의 작품은 보편적 평등주의를 바탕에 둔다. 세계는 보이는 그대로 존재하며, 햇빛·바람·봄비의 눈을 통해 그 진리를 깨닫게 한다. 매연마다 반복된 '고루고루'는 차별 없이 평등한 이상적 세계를 대변하는 시어다. 성장하고 발전하는데 기초가 되는 햇빛·바람·봄비를 차별 없이 골고루 분배함으로써, 보다 정의로운 사회통합으로 나아가는 길을 제시하는 것이다.

　또한 만물 상호간의 평등주의는 존재 자체의 존엄성과 맞물려 나타나기 마련이다. "이것은 예쁘다/저것은 못하다 않고", "이것은 좋다/저것은 나쁘다 않고", "이것은 곱다/저것은 밉다 않고"의 시구(詩句)가 만물이 평등함을 말해 준다. 적어도 문학작품에서 어린이는 종종 새싹에 비유되는데, 평등의 주체 내지는 대상으로 유독 어린이를 지칭한 것에서, 차별 없이 동등한 대우를 받고 싶어 하는 어린이를 위하는 마음이 드러난다. 자연물을 통한 잔잔하면서도 동심의 색채가 강한 어조는 어린이들로 하여금 정서적 몰입을 가능케 하며, 안정되고 풍요로운 삶을 살아갈 수 있는 힘을 안겨준다.

그러나 작품의 표면상으로는 햇빛·바람·봄비가 산이나 들을 고루고루 쓰다듬는 손으로 비유된 것이 전부다. 어린이들이 곧잘 따라 부르려면, 외형상의 비유 내지는 시적 기법이 동시만큼 함축성을 가져서는 곤란하다. 신현득의 동요시집에는 어린이가 읊기 알맞도록 선택된 동요시만이 실린 것을 파악할 수 있다. 그가 어린이의 관점을 우선시하는 것은 곧 난해한 그 무엇도 '어린이의 것'이 될 수 없음을 뜻한다.

또한 '어린이의 것'은 어른과 '다른' 어린이의 세계가 존재함을 의미한다. 아울러 이것은 우리가 소통하는 이유가 서로 다르기 때문임을 추론한다. 다르기 때문에 이해가 필요하고, 이해를 하려면 소통이 요구되는 것이다. 다름은 갈등을 유발하지만, 이때의 소통은 갈등해소의 역할을 한다. 다음은 신현득의 제1동시집[26]에 발표되었으나, 그 음악성으로 말미암아 동요집에도 실린 작품이다.

아기가 자는 동안에도
엄마 가슴에는 젖 줄기 따라서
달콤한 젖이 한 방울씩
아기들 주려고 흘러 고이고.

아기가 우는 동안에도

---

26 신현득, 『아기 눈』, 형설, 1961.

바쁜 기계들이 과자공장에서

동그란 사탕 한 알씩을

아기들 주려고 만들어 내고.

아기가 노는 동안에도

사과나무는 가지를 벌려

빨갛고 예쁜 사과 열매를

아기들 주려고 들고 익히고.

—「빨갛고 예쁘고 달콤한 것이」 전문

위의 작품에 나타난 소통의 일면은 오로지 사랑에서 비롯된다. 작품의 소재로 나타난 '엄마의 젖'과 '동그란 사탕', 그리고 '빨갛고 예쁜 사과 열매'는 모두 아기와의 소통을 위한 사랑이 선물이다. 엄마와 과자공장의 기계들, 그리고 사과나무까지 아기에게 아무런 조건 없는 사랑을 베풀고 있음을 보여준다. 일제 강점기와 전쟁에 의해 피폐해진 가난, 어렵고 힘겨운 삶에도 세상은 자라날 아기가 중심이 되어야 함을 제시하려는 의도이다. 이와 같이 아기를 고무하는 사랑의 패러다임은 우리의 삶을 보다 근원적으로 바라보려는 의지에서 출발한다.

이 작품은 아기의 굶주림을 채워줌으로써 안정감을 부여하는 것은 물론 생존과 보호가 어린이의 권리임을 반추한다. 자라날 아기는 이 나라의 미래이므로 무조건적인 보호가 필요함을 제안하면서, 그 의미가 국가의 안정으로까지 확대된다. 이렇듯 사랑에서 비롯된 소통은, 단절된 삶에서 희망을 기대하는 일이다. 어린이의 눈높이에서 이해하고, 그들의 행복을 위한 것이 무엇인지를 고민한 작품으로 평가할 수 있을 것이다.

살펴본바, 신현득의 동요시는 심오한 뜻이 담겨 있으나 그 의도가 작품의 표면에 표출되지 않는 것이 특징이다. 일부 전문적인 독자의 렌즈를 통해서만 발견될 수 있는 것이다. 그러나 어린이들도 시의 보편적 주제를 해석하기에 무리가 없으며, 어린이 발달단계에 따른 감정이입이 충분히 가능하다. 현재 동요는 그 범위가 광범위하여 자유시의 형태도 쉽게 곡으로 만들어질 수 있다. 신현득 작품에도 동요만을 위해 창작된 동요시가 있는 반면, 자유 동시 중 일부가 동요집에 실려 어린이들에게 낭송되고 있는 것이다. 특히 자유시이면서 동요시의 작품은 동요의 단순명쾌성과 동시의 시적 형상화가 일정 수준을 유지하고 있어 주목된다. 그는 너무 슬픈 노랫말이나 어려운 현실을 무조건 덮어두지 않고, 어린이를 위한 작품을 생산한다. 어린이들 스스로 감동하여 절로 읊조리게 되는 작품을 창작하자는 의도이다.

5. 결론

자유동시에 비해 정형시인 동요가 어린이들에게 가깝고, 위안을 주는 것은 확실하다. 어린이가 동요를 부르는 것은 바른 심성과 순수함을 간직하는데 도움을 준다. 자못 큰 역할을 담당하던 동요가 점점 자취를 감추었고, 신현득의 동요문학운동은 바로 아동문학인이 동요를 써주지 않을 경우 노래에 굶주리게 될 어린이들을 염려한 것에서 시작되었다. 그는 「동요문학선언」(1981. 3. 1)을 공표하여 동요부흥운동을 전개하기에 이른다.

한편 신현득은 동요시가 시에서 멀어지고 유행 가사나 행사노랫말이 된 것에 반발하여, 창작동요시집 두 권 『아가 것은 예뻐요』(1983)와 『아가 손에 아가 발에』(1985)를 출간하는 열의를 보이기도 한다. 동요시집에서 그는 음악적이면서 시적인 세계를 추구한다. 즉, 그의 동요이론은 문학성과 음악성이 깊은 조화를 이루어야 함을 주장하고 있다. 동요도 문학이어야 한다는 것이다.

본고에서는 신현득이 주장한 동요의 문학성에 따른 어린이 수용 양상과 교육적 영향력을 살펴보았다. 우선 동요가 문학이어야 한다는 주장의 기준을 객관화하기 위해 치머만의 이론을 인용했다. 치머만은 피아제가 제시한 발달단계를 기준으로 연령을 구분하고, 음악적 발달과 인지적 발달로 나눠 영역별 특성을 분석한바 있다. 이로써, 구체적 조작기는 '음악 가락'에 치우친 감상, 형식적 조작기에 이르러서야 음악에 대한 비판과 분석과 추상적 사고가 활발해짐을 알 수 있었다. 이것은 음악성과 문학성이 어우러진 동요가 각 연령층마다 달리 영향을 미칠 수 있으며, 교육적 효과도 다르게 나타날 수 있음을 의미한다.

인성동요교육에 의한 어린이발달사항의 성격이 문학적 측면에 더욱 치우쳐있음은, 우리가 동요시 창작에서 문학성을 중시해야 하는 근거가 된다. 또한 '시 텍스트를 바탕에 둔 학년구분 특성'에서 초등학교 저학년이 음악성 중심, 고학년이 문학성 중심의 시 읽기가 가능하다는 사실이 파악되었다. 이것은 어린이들에게 어떠한 방식으로 문학적 양식을 제공하느냐에 따라, 그들이 흡수하는 정도가 달라질 수 있음을 제언한다. 문학으로서의 동요는 어린이들에게 더 깊은 깨달음과 감동을 줄 수 있다.

문학성을 띤 신현득의 창작동요시집은 「동요문학선언」에 대한 실천이었으며, 동요시집에 실린 작품들은 그가 동요를 시적 경지에까지 끌어올리고 있음을 보여준다. 필자는 신현득 동요시에서 음악성과 문학성이 두드러진 작품을 선택, 문학성 위주로 분석하고 초등학교 어린이들에게 주는 교육적 효과 내지는 영향력을 추적했다. 그는 어린이들에게 불리는 동요의 회복을 위해 전통적 음률을 계승하여 의성어와 의태어, 그리고 문답법을 활용하기도 한다.

전래동요가 담고 있는 다양한 기법은 어린이 발달단계와 흥미에 적합하여 교육적 가치가 매우 높다. 뿐만 아니라, 현대적인 정서에 맞게 고친 '전래동요 개작'은 동요가 전래의 것에 뿌리를 두어야 우리의 것이라는 주체의식에서 비롯된 작업으로 주목할 만하다. 이것은 전래동요의 단순성 내지는 소박성을 드러내면서, 우리의 음악예술을 간접적으로 체험할 수 있는 계기를 마련해준다.

어린이는 동요를 배우고 읽는 동안에 세련된 언어능력과 심미적 정서를 함양하게 된다. 특히 시적수준이 유지되는 동요는, 삶의 바탕에 깔려 있는 모든 감동적 요소를 이해하는 지평을 열어준다. 어린이가 스스로 발견하기 힘든 세계를 주제로 제시함으로써, 교육적 효과를 발휘하는 것이다. 다음 〔표 4〕는 본고에서 다룬 신현득 동요시 중, 몇 작품을 추리고 주제를 집약해본 결과이다.

〔표 4〕 신현득 작품에 나타난 주제 및 덕목

곡명	중심내용	주제	덕목
아가 손에, 아가 발에	'작은 것'에 가능성을 열어둠으로써, 성장가능성이 있는 존재에 더욱 가치를 부여하는 역설적 태도	작은 것이 커가는 희망적 세계	사랑 용기
박꽃 피는 시간에	인간 또한 자연의 이치를 거스를 수 없으며, 그 섭리 앞에 겸허해야 함	인간과 자연이 공존하는 세계	배려 협동
나뭇가질 흔드는 건	푸른 가지나 꽃송이를 흔들어 주의를 불러일으킴으로써, 만족스런 자신의 활동에 칭찬을 요구	어린이가 사랑과 칭찬으로 발전한다는 믿음을 형상화	신뢰 자신감
햇빛은 고루고루	햇빛·바람·봄비를 차별 없이 골고루 분배함으로써, 보다 정의로운 사회 통합으로 나아가는 길을 제시	보편적 평등주의	정의
빨갛고 예쁘고 달콤한 것이	엄마와 과자공장의 기계들, 그리고 사과나무까지 아기에게 아무런 조건 없는 사랑을 베풀고 있음	생존과 보호가 어린이의 권리임을 반추	사랑 책임감

〔표 4〕에서 신현득의 작품을 통해 도출되는 주제가 '어린이에 대한 조

건 없는 사랑, 보편적 평등주의, 정의로운 사회통합, 자연 친화성, 희망적 세계' 등임을 알 수 있다. 동요에 담긴 마음 내지는 주제를 상상하여 불러보는 것은 어린이의 사고활동을 활성화시켜준다. 특히 사랑, 신뢰(믿음), 자신감, 정의 등 다양한 덕목이 내재된 동요는 성장하는 어린이의 인격 형성에 적지 않은 영향을 미친다.

또한 어린이는 언어적 표현에 의한 시적 형상화를 직접 체험하면서, 시의 아름다움을 맛보는 교육적 효과를 얻을 수 있다. 자연물을 통한 잔잔하면서도 동심의 색채가 강한 어조는 어린이들로 하여금 정서적 몰입을 가능케 하며, 안정되고 풍요로운 삶을 살아갈 수 있는 힘도 안겨준다.

동시나 동요가 어린이들의 정서 또는 가치관 형성에 적지 않은 영향을 미친다는 것은 두말할 나위가 없다. 어린이 생활에 한정된 소재와 천사주의 언어에 갇혀있던 시어에서 부단한 발전의 양상을 보인 것, 문학으로 인정받으면서 어린이들에게 불리는 동요시를 위해 발판을 만들어준 그의 성과를 높이 평가해야 할 것이다. 동요의 문학성 정립을 위한 꾸준한 노력은, 아동문학 교육적 측면에서도 분명한 영향력과 발전을 가져올 것이라 기대한다.

(『어린이문학교육연구』 제15권 제4호, 2014)

참고문헌

구인환(2001). 문학교육론. 서울: 삼지원

박두진(1962). 한국전래동요독본. 서울: 을유문화사

박혜자(2006). 노랫말 지도를 통한 인성교육 : 초등학교 3, 4학년을 대상으로. 진
　　　주교육대학교 교육대학원 석사학위논문.

방금주(2000). 음악창작아카데미. 서울: 학문사.

선주원(2006). 어린이문학교육의 방법. 서울: 박이정

_____(2010). 어린이 문학교육론. 서울: 박이정

신경림(1981). 한국전래동요집1. 서울: 창작과 비평사

신현득(1961). 아기 눈, 서울: 형설.

_____(1981). 동요문학선언. 아동문학평론, 6(1), 92.

_____(1981). 동요문학의 재조명. 서울: 동요문학동인회.

_____(1982). 동요운동에 붙여. 아동문학평론, 7(2), 70~73.

_____(1987). 동요의 문학적 중흥운동. 아동문학평론, 12(1), 68~70.

_____(1983). 아기 것은 예뻐요. 서울: 삼원사.

_____(1985). 아가 손에 아가 발에. 서울: 명성사.

_____(2005). 별 하나 똑 따서. 세손.

_____(2007). 우리전래동요, 서울: 현암사.

_____(2008). 작아야 클 수 있다. 서울: 아동문학세상.

신현득 외(1999). 아동문학창작론. 서울: 학연사.

유창근(1999). 마음으로 부르는 전래동요. 서울: 학지사.

이상현(1976). 한국아동문학론. 서울: 동화출판공사

임성규(2007). 소통중심의 전래동요 교육방법 모색. 한국초등교육, 35,
　　　207~232.

장영미 · 김혜련 편역(2012). 보통학교 학도용 국어독본(하). 서울: 경진.

진선희(2004). 시 텍스트에 대한 초등학생들의 학년별 인식 및 선호 양상 연구.
　　　학습자중심교과교육연구, 4(2), 85~126.

최지훈(1984). 동요시의 갈래론. 아동문학평론, 9(3), 37-43.

Jacobs, R.(2001). Give Children Literature. Belgium: Reading about Children's Literature.

목이 메어 부를 수 없는 노래

—신현득의 '역사참여'[1]문학을 중심으로

인간이 남긴 표정을 역사라 말할 수 있다. 우리는 역사의 자취를 되짚어봄으로써, 현재를 읽고 미래를 내다보게 된다. 또한, 역사는 인간과 사회의 어우러짐 속에서 발생되는데, 이러한 특성은 문학에서도 마찬가지로 적용된다. 특히 '역사참여문학'은 역사적 진실을 발견하고, 그것을 일깨워주는 것이 문학인들의 몫이 되어야 함을 제시한다.

역사에 도둑이 들었는데 1만이나 되는 한국 시인이 입을 다물고 있어서야 되겠는가? 아픈 것을 아프다 소리치는 것이 시다. 이웃 눈치가 무서워 아픈 걸 숨기는 심약한 시인이나, 아직까지 역사침략의 낌새를 모르는 둔감한 시인이나, 역사의 위기 앞에서 이를 시제로 잡아 소리칠 줄 모르는 무능한 시인이 있다면 시인에서 물러나야 할 것이다.[2]

신현득 시인은 제6국민시집 『동북공정 저 거짓을 쏘아라』를 출간하면

---

1 신현득은 스무 번째 동시집에서 "결리고 아플 때는 소리를 치는 것도 진통이 된다. 그것이 내 작품에서 '역사참여'로 나타났다"라고 언급한 바 있다.(신현득, 『기관차 아저씨 딸기 드세요』, 청개구리, 2007, 6쪽)
2 신현득, 『동북공정 저 거짓을 쏘아라』, 세손, 2013, 지은이의 말.

서 '왜 이 글을 쓰는가?'에 대해 명확히 언급한 바 있는데, 역사를 도둑 맞게 된 위기에서 '민족의 한 사람으로 나서야' 했기 때문이라고 했다. 그는 시인이기 이전에 광복군의 정신으로 민족을 억압하는 강대국을 향해 붓을 들고, 우리의 언어를 짚고 일어서서 외치고 있다.

민족의 언어로 외치는 문학은 민족과 더불어 어떠한 형태로든 살아남는다. 그것이 문학의 끈질긴 본성이다. 특히 신현득의 민족주의문학은 민족의 끈질김을 보여주고 있다.

민족주의문학은 사회운동 노선상의 민족주의에 근거한 문학으로 민족주의의 이상을 실천하는 것을 그 중요한 임무로 삼는 문학이다. 일부에서는 민족주의문학이 시대착오적이며, 세계문학으로 가는 걸림돌이 될 수 있음을 언급하기도 한다. 그러나 신현득의 시세계에서 세계시민적 이념과 민족적 이념은 분리되기 어렵다. 민족주의 이념 속에 충분한 세계시민적 이념이 자라잡고 있는 것이다.

민족주의는 타국의 침략으로부터 민족과 그 전통을 지키기 위해, 혹은 국가의 힘을 기르기 위해 그 구심점으로서 생겨난 것이다.[3] 신현득의 문학은 민족의 특수성을 그리면서, 인류 공통의 문제로 심화된 문제의식을 느끼도록 하고 있다.

민족주의 문학과 보편적 문학의 내면적 대립과 통합은 우리에게 보편적 이상과 민족적 이상의 진정한 관계를 끊임없이 생각하게 한다. 이런 면에서 '세계시민주의나 민족감정이, 마치 상호 배타적이고 상호 투쟁적이기만 하며, 상호 분리적인 사고방식인 양 이해되고 있는 것'[4]은 유감이 아닐 수 없다. 신현득의 작품에서 민족적 발전과 보편적 발전 사이의 교집합 영역이 있다는 것은 어렵지 않게 이해되기 때문이다.

---

3 박유하, 『반일 민족주의를 넘어서』, 사회평론, 2004, 197쪽.
4 프리드리히 마이네케, 이상신·최호근 역, 『세계시민주의와 민족국가』, 나남, 2007, 41~42쪽.

"살인은 용기다!"
그렇게 가르치는 종교가 있다.

"재미로 사람을 죽여라!"
그렇게 가르치는 종교가 있다.

(중략)

종교가 시키는 대로
종교 최면에 걸려
이웃을 죽이는 살인마가 된다!

—「일본이라는 종교」 일부

어린 시절, '자기상실'의 시대를 겪은 시인은 일제 강점기의 뼈아픈 역
사와 그 고통을 밝히고 있다. 차마 부를 수 없는 고통의 노래지만, 그것
을 시에 담으면서 오히려 자유와 해방감을 얻는다. 아울러 독자에게도
우리의 민족혼을 깨어나게 하고 있다.

위의 시에서 시인은 일본을 일종의 종교집단에 비유한다. 이 종교는
일본의 이익이면 모두 정의다. 그래서 이웃나라 사람 죽이는 것을 용기
라고 가르쳤다. 일제하에서 받은 교육이 그러했다고 시인은 증언하고
있다.

이 종교 최면에 걸린 일본인은 살인마집단이었다. 아직도 그 종교 최
면에서 벗어나지 못하고 있으며, '일본의 과거는 옳았다'고 내세우는 자
의 손에서 지배되고 있는 형편이다.

아직도 살인을 정당화하는 집단이니 민족의 한 사람으로서 보고만 있
을 수는 없다는 것이다. 정의로운 시의 매를 들고 바른 정신이 들 때까

지 때리자는 게 이 제7국민시집『속 좁은 놈 버릇 때리기』의 주제다.

이러한 시집은 지난 날 악마의 지배 하에서도 끝끝내 꺾이지 않은 민족정신이 있었기에 가능하다. '할퀴고 짓밟아도 소멸되지 않는'[5] 민족의 뿌리가 자리 잡고 있었기 때문임을 다음 작품에서 읽을 수 있다.

나라 없는 날에도
해가 뜨나?
뜨는 해는 가짜다.

이제부터 역사는 피다.
피의 역사.
물소리까지 피의 목소리!

(중략)

신문에도 나지 않은
이런 역사가 있었으니!

—「총독부 어두운 아침」 일부

나라 잃고 먼저
태극기의 수난!
태극기는 깊이 숨어야 했다.

동해 물, 백두산도 수난이다.

---

5 김종철,『문학, 무엇을 할 것인가』, 한국작가회의 자유실천위원회 엮음, 동녘, 2011, 42쪽.

올드랭사인 가락, 애국가는
겨레 가슴에 숨어, 숨어서만 불렸다.

숨을 수 없는 게
무궁화다.

(중략)

숨지 못하는 게 또 있다.
나라 잃은 들과 산천
곡식을 가꾸어, 숲을 가꾸어
시달리는 백성을 살려야 했다!

—「수난」 일부

 "나라 없는 날에도 해가 뜨나?"라는 반어적 표현으로 시작되는 위의 시는 나라 없는 조국에 뜨는 해가 무의미함을 말한다. 차라리 그 역사만은 지워버리고 싶은 심정으로 쓴 글귀다. 조국의 하늘에 뜨는 해가 조국의 것이 될 수 없으므로, 그것은 가짜다. 시인은 앞부분에서 정화되지 않은 감정을 은유법으로 표출하고 있다. 〈뜨는 해=가짜, 역사=피〉라는 표현은 일제의 만행에 분노하는 포장되지 않은 시어인 것이다. 여기서 피는, 앞서 언급한바 우리 민족의 끝끝내 소멸되지 않는 근원적 힘을 상징한다.
 또한 깊이 숨어야 하는 태극기, 숨어서 불러야 하는 애국가 등 겨레의 상징물은 말도 안 되는 숨바꼭질 놀음을 하며 지내야만 했고, 무궁화는 그 모습을 숨길 수 없었으므로 "뽑아버려라, 불태워라, 침 뱉어라." 하는 수난 속에서 눈에 띄지 않은 나무만 살아남게 되었다. 국권을 잃은

들과 산천은 시달리는 백성을 먹여 살리기 위해 숨지 못한다. 인위적으로 만들어진 것은 강압적으로 누를 수 있었지만, 자연발생적인 것은 일제도 어찌할 도리가 없었던 것이다.

일본인에 대한 들끓는 분노 또한 숨겨지지 않는 자연발생적인 것이었다. 민족혼은 뿌리가 깊어 모두 뽑아 없앨 수가 없었던 것이다. 숨고 숨겨야 했던 숨바꼭질의 역사를 노래한 위의 시는 읊을수록 가슴이 탄다.

··· 4학년 되고부터 상급생인 꼬마는
오전 네 시간이
행진훈련이다.

무릎을 직각으로 올려, 땅이 울리도록 행진하면서
교장 선생에게 '우로봣'을 해야 하고
운동장 몇 바퀴 돌다 보면
세 시간도 못 돼 지치고, 배고프다.

싸온 벤또(도시락)가 생각난다.

—「다이쇼오호오따이비」(大詔奉載日) 일부

"폐하께 도움 되는 사람이 돼야 해!"
폐하를 위해
특공대 소모품이 되라는 말.

들으라니까 들을 뿐,
꼬마들 맘속은 그렇지 않다.

—「특공대 없다」 일부

우리가 지닌 힘을 포기하고, 무의식으로 떨쳐버리기는 너무나 쉽다.[6] 이에 반해 신현득 시인의 작품은 곧 민족의 힘과 의식을 되찾는 작업이다. 그의 시에서 역사를 회상하는 과거의 신현득 어린이를 만나볼 수 있다. "폐하께 도움이 되라"는 일본인의 말에 꼬마들은 수긍하지 않는다. 시인은 일제강점기 어린이의 신분이었으므로, 작품에 등장하는 꼬마는 작가 자신인 것이다. 그의 어린 시절을 회상하는 위의 시편은 일본을 겨냥한 작품임과 동시에 우리 민족에게 의식을 일깨워주는 양식이기도 하다.

그의 일반시에 어린 화자가 등장하는 것에서, 어린이들이 문학을 통해 역사를 자각하기를 바라는 시인의 마음을 읽을 수 있다. 이것은 일반시의 독자에 어린이가 포함되는 것을 전제한다.[7] 또한 신현득 시인이 동시 쓰는 일을 주업으로 삼고 있는 것도 일반 시에 어린 화자를 등장시킨 원인이 될 것이다. 위의 시는 행진훈련에 지치고 배고픈 일제강점기 꼬마의 일상을 확실하게 담아내고 있다. 「식민지 학교 조회」, 「맨발 통학」, 「특공대 없다」 등에서 더욱 극명하게 드러나고 있다.

민족적 암흑기를 거친 시인에게 조국은 각별한 의미를 지닌다. 인간은 계속 소유하고 있는 것보다 잃어버렸던 것을 찾았을 때 더욱 애정을 갖기 마련이다. 그러므로 시인에게 조국은 '내 나라'의 의미 이상으로 보다 강력히 다가온다. 일제의 침략으로 곤욕을 당한 '내 나라'를 시인은 어린이 독자들과 함께 찾아 나선다. 다음은 그의 제2동시집에 실린 작품이다.[8]

---

6 디팩 초프라 레너드 플로디노프, 류운 역, 『세계관의 전쟁』, 문학동네, 2013, 267쪽.
7 시인이 동시시인의 자격으로 국민시를 창작하고 있는 것은, 현재 동시와 일반시가 기법상의 거리가 멀어서 다리가 놓이지 않는데, 그의 국민시가 동시와 일반시의 다리 역할을 하리라 믿기 때문이다. 실제 모더니즘 시에서 이탈된 국민독자에게 그들이 공감할 수 있는 〈국민시〉가 필요하다. 그 대상은 어린이까지도 포함한다. (신현득, 「나의 삶, 나의 문학」, 『아동문학세상』 제82호, 2013년 가을호, 17쪽.)
8 신현득은 '국민시'의 독자로 어린이 대상까지를 포함하므로, 〈역사참여〉문학에서 국민시와 동시의 경계를 명확히 구분지어 설명할 수 없다.

"선생님 우리나라가

세계에서 몇 등 째 나라인가요?"

선생님은 (……)

"그래 그래……"

그 말만 하고 그만 우셨습니다.

—「교실」(제2동시집) 일부

　무엇보다 시인의 가슴을 아프게 한 것은 어린이들 마음속에 잠재되어 있는 열등감이었다. 당시 초등학교 교사였던 시인은 머리카락이 노란 아이에게 "서양아이 같구나" 했다가, "서양아이라면 얼마나 좋게요"라는 답변을 듣고 며칠 동안 잠을 못 이뤘음을 고백한다.[9] 그가 줄곧, 자라나는 어린이들에게 자긍심을 심어주는 시 창작에 골몰한 것도 바로 이 때문일 것이다. 특히, 제2동시집 『고구려의 아이』(1964)는 '어린이에게 역사를 바로 가르쳐 자긍심을 되찾아야 한다'는 시인의 주장을 내세운 개성 있는 작품집이다.

"애야 그 칼이

아직 네겐 무거울 텐데?"

"좀 무겁지만 싸울 순 있어요."

"애야, 그 투구가

아직은 클 텐데?"

"좀 크지만 싸울 순 있어요."

"전동에 화살은 준비되었니?"

---

9 신현득, 『고구려의 아이』, 형설, 1964, 머리말

"다 준비되었어요."

"그 칼을 다시 갈았니?"

"날을 세워 갈았어요."

"그래 가거라.

내 아들아!"

─「고구려의 아이」(제2동시집) 일부

　제2동시집의 표제가 된 「고구려의 아이」는 고구려의 한 아이가, 요동 성을 지키다가 전사한 아버지를 뒤이어 요동성을 지키러 떠나기까지의 스토리를 내용으로 한 서사시다. 이 시는 주제가 강해서 오늘의 동북공 정을 50년 전에 대응한 예언의 작품이 되었다. 이후 그는 '고구려의 아 이'를 필명으로 하면서, 신현득 문학의 개성으로 '고구려 정신'을 내세 운다. 고구려 정신은 민족을 생각하는 용기이며, 이 정신이 우리의 올바 른 사유와 행위에 적용되어야한다는 것이, 일관된 그의 주장이다. 이번 시집 『속 좁은 놈 버릇 때리기』에도 고구려 정신이 그대로 살아 있다.

　시인은 해방이 되어 일본이 하던 말이 몽땅 거짓말이었던 걸 알게 된 다. 속았다는 생각이 들었고, 일본이 미워졌다고 털어놓는다.[10] 그는 주 변에 대해서는 무관심하지만, 조국에 끼친 피해에는 강한 반발을 한다. 애국심은 역사를 인식하는 것에서 시작된다. 자신의 역사를 기억하지 못하는 민족은 그들이 겪은 비극을 반복하게 될 것이다. 제대로 된 역사 적 진실을 후손들에게 가르쳐야 한다고 볼 때, 신현득 작품은 그 역할을 수행하고 있다.

　수천년 조상의

---

10 신현득, 「나의 삶, 나의 문학」, 『아동문학세상』제 82호, 2013년 가을호, 19쪽.

영현 앞에서

순절한 투사들이
일러주는 글귀를

여기에,
피로 적는다
들어라!

네들이 우리라면
어쩌겠니?

어찌할
거니!

—「할 말을 꺼내며」 전문

네들이 그러지 않았다면
허허 웃고 말았을 걸.
이 시는 쓰지 않았을 걸.

—「아베부터 할퀴기」 일부

　"지배권위를 차지한 일본인들이 우리 민족을 감독하는 행위"[11]는 그의
시에서 자유를 억압하는 폭력의 모습으로 나타난다. 또한, 시인의 작품
은 "무엇보다 먼저 불만 같은 것으로 표출된다."[12] 시인이 추구하는 만족

---

11 안쏘니 기든스, 진덕규 역, 『민족국가와 폭력』, 삼지원, 1993, 21~22쪽.
12 가브리엘 마르셀, 『존재의 신비1:성찰과 신비』, 이문호 · 이명곤 역, 누멘, 2010, 42~43쪽

은 높고 정신적인 것이다. 높은 것을 창조하고자 목소리를 낼 수 있는 용기는 시인이 조국을 향해 발휘할 수 있는 활동력이다. "자기 존재에 대한 강한 긍정 의식을 가지지 않고서는 속박으로부터 해방될 수 없다."[13] 이에 신현득은 "아프면 아프다고 소리치는 것이 내 문학의 방법이 되었다"[14]라고 말한다. 아픈 것을 아프다 해야 정직한 시가 되기 때문이다.

> 8월 16.
> 라디오 없는 시골에서는
> 다음 날에야 해방을 알았다.
>
> 이날도 솔옹이 따기 야외수업을 하러
> 다래끼에 손도끼를 넣어, 학교에 갔더니
>
> "어?"
> 학교가 이상해졌다.
> '처음 보는 국기가 걸렸네.'
> 히노마루 대신에 빨간 올챙이, 까만 올챙이.
>
> —「소화가 손들었다」 일부

시인은 위의 시에서 해방이 되어 처음으로 태극기를 보았음을 고백한다. 그리고 태극무늬를 빨간 올챙이, 까만 올챙이에 비유한다. 살아 꿈틀거리는 올챙이는 해방을 맞은 우리 민족의 향후 역동성을 상징한다고 볼 수도 있다. 일제강점기 우리 민족은 '올챙이 알'마냥 일제의 테두리

---

13 테리 이글턴, 『민족주의, 식민주의, 문학』, 인간사랑, 2011, 68쪽.
14 신현득, 「나의 문학과 그 철학―아픈 것은 아프다 해야」, 『아동문예』, 아동문예사, 2013년 2월호, 106쪽.

안에 갇힌 자유 없는 영혼이었다. 또한 시인이 '파란'이 아닌, '까만' 올챙이에 태극무늬를 비유한 것은 어느 날 갑자기 태극기를 걸어야 했으므로 파란 물감이 없어서 일장기의 히노마루 아래쪽에 까만 먹물로 태극을 그린 임시 태극기를 만들어 내어 걸었기 때문이었다. 이것은 태극기를 처음 본 꼬마의 상황을 더욱 극적으로 그린 시구이기도 하다.

우리의 역사를 찾아나서는 길은 쉬운 듯하면서도, 누구나 나설 수 있는 길이 아니다. 신현득의 민족시는 조국과 동포에 대한 사랑이 뼛속까지 스며들어 피와 눈물로 이루어져 있다. 이 시편들은 우리 민족을 향한 안타까움의 표출이기에 타당성을 갖는다. 독자는 그의 시를 읊으면서 우리 민족에 대해 자부심을 갖고, 민족 사랑에 나설 것이다.

시인이 '이들 시를 쓰지 않고는 견딜 수 없었던 까닭'이 된, 다음 한 편의 시를 읊으며 글을 마친다.

우리 국모를 찔러 죽이고
황제를 독약으로 죽이고,
내 할아버지 죽이고
내 아버지 죽이고
내 나라까지 빼앗은 놈들을
원수라 생각할 줄 몰랐다.

참으로 부끄러운 일이다만
마을 어른들이 만세를 부르다
왜놈에게 붙잡혀 가서,
두들겨 맞고
발길에 차여 병신이 되고
기둥에 머리를 박아

자결하는 것을 보고도,
왜 저렇게 병신이 되고
죽고들을 하는가 몰랐다.

왜놈처럼 성을 갈았을 때
이젠 정말 일본 사람이 되어
좋구나 했지.
일본 말 하는 것을 자랑으로 여겼지.
일본 글 배우는 것을 대단한 것으로 여겼지.
물론 단군도, 이순신도,
대한도, 태극기도, 무궁화도,
애국가도 다 몰랐댔지.
참 어처구니 없는 바보였다,
지금엔 이렇게도
부끄러운 일을.

너희들은 어떻게 하겠느냐
아버지를 죽인 원수가 있을 때.
나라를 빼앗은 원수가 있을 때.

—「이 이야기를 하지 않고는 견딜 수 없구나」(제2동시집) 일부

부록

1. 신현득 연보

申鉉得(平山申氏 33代孫 齋靖公派)

생년월일: 1033. 107.(호적), 실지 생일 음 8월 10일.

아호: 中里. 필명: 옥중이, 고구려의아이

원적(출생지): 慶尙北道 義城郡 新平面 中栗1里(靑鶴마을) 164番地

본적: 서울특별시 동대문구 장안동 86번지

부: 諱 佑均. 모: 平海黃氏, 諱: 粉禮

종교: 불교. 法名: 善行

1933 경북 의성군 신평면 중률동 164번지에서 아버지, 우균(佑均) 어머니 평해 황씨 분례(粉禮)의 5남으로 출생. 2남, 5남, 6남 외는 일찍이 사망. 2남 현찬(鉉鑽)은 길림사도대(吉林師道大) 졸, 경북대(慶北大) 생물과 교수 역임. 신현득의 실지생일은 음 8월 10일이며, 그의 출생지는 백로와 왜가리의 도래지로 알려진 청학마을이다. 안동군과의 경계에 놓인 이곳은 태백산 지맥으로 둘러싸여 있다. 산과 들에는 자연이 풍부하고, 농촌의 온갖 민속이 살아있다. 닥나무의 특산지였고, 창호지의 생산지였다. 이러한 산마을의 물레소리, 베틀 소리, 닥방망이 소리와 농요, 그리고 도리깨 장단이 그의 시정신의 뼈와 살이 되고, 시가 돼주었다.

그의 아버지는 유불을 겸했으나 불도에 더 심취한 분으로 세상을 마칠 때까지 염주를 놓지 않았다. 밥 먹을 때 합장을 하라 했다. 꼭 부천님이 아니더라도 쌀알에게라도 고맙다 하고 먹어야 된다고 했다. 무술생(1898)인 아버지는 부농의 손자이며 집안의 외아들로 선생을 집안에 모시고, 사서삼경을 공부했다. 그냥 앉아서 농감이나 하고 살았으면 편한 일생을 지낼 수 있었을 텐데 아버지는 고생을 원해서 했다. 도를 닦으러 자주 가출을 했는데 아버지가 간 곳은 주로 상주 남장사, 백릿길이었다. 말려도, 타일러도 되지 않았다. 신현득은 아버지의 이러한 처사를 잘못이라 보지 않는다. 그런 관점이라면 부처의 유성출가(踰城出家)를 잘못으로 보아야 하기 때문이다.

아버지가 집안에 정착한 것은 조부가 세상을 떠난 뒤였다. 아버지는 동네의 구장(동장)일을 맡아 보았다. 이러는 동안에 가산이 줄게 되었다. 가사처리에는 능하지 못한 아버지였다. 만주에서 개척민으로 가 있던 종조부가 만주 이민을 권하였다. 이미 형 현찬은 만주 길림에 가서 고학으로 학교에 다니고 있었다. 아버지는 집과 가재를 팔고 만주에 가서 4년을 살았으나, 별 수가 없어 다시 고국으로 돌아온다. 그때부터 오막살이 신세가 되었다. 나이가 들고부터 신현득은 자신이 아버지보다 못하다는 자각이 생겼다. 아버지는 말씀 한 마디도 허투루 하는 분이 아니었다. 멋을 알고, 철학을 아는 자유인이었다. 경우에 어긋남 없이 조리가 정연했다. 참으로 존경스런 분이었다.

<u>1937</u> 어릴 적 그는 (아홉 살 때까지) 옥중(玉重)이라는 아명으로 불리었다. 옥같이 중하다는 뜻이었다. 가족은 만주 송화강 상류지방으로 이주를 하게 된다. 길림성 지방에서 1940년까지 생활하였다. 그러나 적응하는데 큰 어려움이 있어 4년 만인 1941년 봄에 고국으로 돌아오게 된다.

<u>1941</u> 4월. 그의 나이 만 여덟 살에 신평(新平)국민학교에 입학, 조선총독부에서 발행한 일본어 교과서로 공부를 했다. 일본식 성으로 바꾼 창씨 성명(竹原永喜: 다께하라 에이끼)으로 불리었다. 학교 안에서는 한국말을 쓰지 못하게 했다.

1학년 2학기에 「유끼다루마(눈사람)」라는 글을 지어 글짓기로 처음 담임선생 칭찬을 받았다. 대동아전쟁(태평양전쟁)이 일어나고, 전시교육이 시작되었다. 학교 교사들은 모두 까까머리에 군모를 쓰고 군복을 닮은 옷을 입고 있었다. 노래에는 일본군가가 많았고, 교과서 내용도 미국과 영국을 쳐부수자는 내용이 많았다. 국민학교 아이들까지 군사훈련을 했다.

<u>1945</u> 음력 섣달(2월). 그의 나이 13살(4학년)에 어머니가 위장병으로 별세. 어머니가 없었던 어려운 상황 속에서 그는 소년가장 역할을 했다. 10리 길 초등학교에서 돌아오면 지게를 지고 산에 가서 나무를 해와야만 했다. 밥 짓기, 물 길어오기, 빨래하기 등 여자가 할 일이 그의 몫이 되었다.

8 · 15 해방으로 한글과 역사공부에 재미를 붙였다. 형님 내외가 만주에서 월남, 춘천사범학교 생물과 교사로 부임했다.

1947 초등학교를 졸업하고, 신평면사무소에 급사로 취업. 면장실 청소와 공문을 등사하는 일, 마을을 다니면서 공문을 전하는 일, 음식점에서 숙직당번의 음식을 나르는 일을 했다. 산에는 공비들이 있어서 밤이면 마을을 털어가고, 관공서에 불을 질렀다. 직원들이 면사무소 야경을 섰는데, 술심부름을 맡아서 했다. 약 2년간 면사무소에서 받은 월급으로 송아지를 사고, 나중에는 그 송아지를 팔아 중학교 진학을 했다.

1949 30리가 떨어진 안동군 풍산면 소재의 병산(屛山)중학교에 입학, 자취를 했다. 후일 아동문학계에서 같이 활동하게 될 김종상과는 동기, 권태문은 1년 후배였다. 김동명의 시집『삼팔선』을 읽고 공책에 시를 써서 국어 선생님한테 보였으나 돌려받지 못했다.

1950 육이오 발발로 학교가 문을 닫았다. 겨울에 같은 마을에 사는 동갑내기 김여동 여사와 결혼. 가정에 주부가 생기면서 가사 일이 아내의 몫이 된다. 학생을 남편으로 둔 아내는 고생을 많이 했다. 물레질을 하고 베를 짜면서 생계를 이어나갔다.

1952 안동사범학교 본과에 진학, 학비를 벌기 위해 장사를 했다. 연필 · 빵 · 엿 등을 팔고, 막노동을 했다. 시집과 소설 등 책 읽는 것을 좋아했지만, 학업 성적은 좋지 않았다. 모든 것을 거꾸로 생각하는 버릇이 생겼다. 단편소설을 써서 국어선생님한테 보였더니 교실에 가지고와 동급생 앞에서 칭찬을 했다. 후일 동아일보 신춘문에 당신작가가 되는 소설가 성호운(필명 鶴園) 선생이 습작한 시와 소설을 읽고 칭찬을 했다. 안동 옥동초등학교에서 교생 실습을 했다. 딸 법순이 출생.

1955 안동사범학교 본과를 졸업한다.(3월 21일). 고향 마을 의성군 중률국민학교에서 근무했다(5월 10일). 사범학교 출신 33년생 이상은 병역 면제(병역법63조). 신경쇠약증을 앓았으며, 이후 3년간 불안신경증으로 고생했다. 『의성교육』지에 소설「칡뿌리」와 시「딸기」가 발표된다.

1956 상주군 교육구청 관내 초등학교로 전근했다. 혼자 가서 하숙을 했다. 아동문학을 알게 된 것은 초등교육에 종사하고부터였다. 군내의 동호인 교사들

과 어울려 글짓기운동에 참여했다. 학생들을 글짓기 행사에 참가시키기 위해 글짓기 지도에 힘쓴다. 그 결과 학생들이 도내 행사에서 3등이라는 영광을 차지했다. 학생들 작품은 모두 아동시였다. 이웃 외남국민학교에 후일 수필가로 활동하는 박노익 교장과 같은 외남에 근무하는 사범 동기이 김종상이 있어서 협력이 되었다. 김동극, 정상묵, 최춘해, 강세준, 권태문, 이철하 등 열성 있는 분들과 손을 잡았다. 음력 5월 19일에 아버지가 고향에서 뇌졸중으로 급서했다는 전보를 받는다.

1957 고향에서 가족을 데려와 청동국민학교 관사에서 살림을 차렸다. 장남 원철이 출생. 글을 짓는 일과 글쓰기를 지도하는 일을 계속하였다. 학생들이 여러 글짓기 대회에서 상을 휩쓸자, 중심교인 상주초등학교로 전근이 되었다 (1958. 5. 10). 김종상 교사 등과 힘을 모아 글짓기 운동을 꾸준히 전개해 나갔고, 전국에서 상주를 '동시의 마을'이라 부르게 되었다. 이때부터 본격적으로 동시를 습작했다. 처음 만난 선배는 대구 계성고등학교 글짓기 시상식에서 만난 강소천과 김성도 선생이었다.

1959 조선일보신춘문예에 동시 「문구멍」이 당선작 없는 가작으로 뽑힌다. 시상식에 가서 심사를 맡았던 윤석중 선생을 처음 만났다. 이듬해에 조선일보

신춘문예에 동시 「산」이 당선된다(윤석중 심사). 김성도 선생한테서 가르침을 받았으며, 그를 문단에 내어준 윤석중 선생의 영향은 절대적이었다. 김천을 중심한 흑맥문학회 멤버로 활동하게 된다.

1960 「이상한 별자리」로 제1회 소년한국 신인문학상 수상(주최; 소년한국일보).

1961 첫 동시집 『아기 눈』 출간(「문구멍」, 「옥중이」 등 34편). 신현득은 1961년 연말에 첫 작품집을 내기로 하고, 대구에 있는 김성도 선생과 상의해서 전 재산 1만원으로 대구 형설출판사에 일을 맡긴다. 교정지를 가지고 서울 새싹회 윤석중 선생에게 갔더니, 문법·낱말을 바로잡은 다음 머리말을 써주었다. 교정본 것을 출판사에 전했는데, 얼마 뒤 시집 1천부가 학교로 배달되었다. 하지만 책은 교정을 하지 않은 초고 그대로를 박은 것이었다. 시집을 다시 출판사로 돌려보내려 했으나 소개를 한 김성도 선생의 체면 때문에 그대로 인수하였다.

1962 대구시교육구청 관내 칠성국민학교로 전근한다(1962. 8. 31). 전 재산 2천원으로 산격동 1구에 2평짜리 토싯방을 얻어 네 식구가 살았다. 종교와 역사공부에 빠져들었다. 종교가 강대국의 약소국 침략에 이용당했으며, 전쟁의 원인이 되기도 했음을 알게 된다. 대구아동문학회 멤버로 활동했다.

1963 2남 형철이 출생.

1964 제2동시집 『고구려의 아이』를 출간하면서 역사참여를 본격적으로 시작한다. 왜색 종교 창가학회(일련종종)의 한국 침투 반대 운동에서 간사의 일을 보았다(1964. 1). 대구의 중심학교인 대구초등학교로 전근한다.(1966. 9. 1). 대구의 변두리 산격 3구 1355의 2번지에 4간 집을 짓는다. 전기가 들어오지 않아 호롱불을 켰다.

1968 제3동시집 『바다는 한 순갈씩』 출간. 대구교육대학 부설 교원교육원 계절제 입학. 최춘해·권기환·권태문과 동급생이 된다. .

1971 이전의 근무지였던 대구칠성국민학교로 전근(1971. 3. 1). 동시 「엄마라는 나무」로 제4회 세종 아동문학상 수상(1971. 10. 9, 주최; 소년한국일보). 대구교대 부설 교원교육원 수료(1971. 8. 30). 대구 교원대학(2년제) 편입(1972. 3. 1). 최춘해·권기환·김선주 등 같은 또래들이 선배 김성도를 모시고 선술집에서 자주 막걸리를 마셨다.

1973 제4동시집 『엄마라는 나무』 출간. 대구 교육대학(2년제) 졸업(1973. 2. 15). 영천군 화북면 자천국민학교로 전근(1973. 3. 1). 학교 근처에서 자취를 함.

1974 제5동시집 『박꽃 피는 시간에』 출간. 한국사회산업대학(현 대구대학) 특수교육과 3학년 편입(1974. 3. 6). 영천군 금호초등학교로 전근(1974. 4. 11).

1975 서울시 한국일보사 소년한국일보 편집국으로 직장을 옮김. 서울에서 기자 생활을 시작함. 20년 1개월의 교직에서 물러남. 퇴직금으로 서울 성북구 종암동 79-8번지에 집을 마련함(75. 10. 27~80. 3. 31). 동시선집 『옥중이』 (세종문화사) 출간.

1976 동화 창작을 시작함. 첫 작품은 「키다리 면장님」. 한국사회산업대학 특수교육과 졸업(1976. 2. 21). 전기 『한국 인물 전기전집 (12)』(4인 필자의 4편 가운데 「윤봉길」 집필, 1976. 11. 30. 국민서관), 전기 『한국인물전기 전집 (11)』(4인 필자의 4편 가운데 「한용운」 집필, 1976. 11. 30. 국민서관)을 펴냄.

1977 『아동문학평론』지에 연작시 「교실을 노래한 이야기 시」 연재(12회). 『소년한국일보』에 장편동화 「거꾸로 나라 여행」 연재(120회). 월간 『소년』지에 중편동화 「나무의 열두 달」 연재(12회). 교단작가 작품 해설집 『아이들 곁에서』(1977. 6. 30. 월간문학사), 개작 고전 『임경업전 · 흥부전』(1977. 12. 20. 교학사).

1978 『아동문학평론』지에 「동시창작법」 연재(78년 가을호부터 12회). 전기 『세종대왕』(1978. 10. 30. 태창출판사), 『동시선집1』 출간(김녹촌과 공저, 1978. 11. 5. 교학사), 개작 고전 『금방울전 · 전우치전』(소년문고 116, 1978. 11. 20. 교학사)을 펴냄.

1979 동시 「교실을 노래한 이야기시」로 제1회 대한민국 아동문학상 우수상 수상 (1979. 5. 30. 주최: 한국문화예술 진흥원). 소년한국일보 편집국 학습부 차장 승진(1979. 7. 1). 여식 법순이 결혼(사위:김용덕)

1980 『소년한국일보』에 「동시의 세계」 연재(121회). 단국대학교 대학원 국어국문학과 석사과정 입학(1980. 3. 1). 아들과 같은 해에 대학원 진학. 동대문

구 장안동 시영아파트 41동 105호로 이사함(1980. 3. 31~1984. 10. 15). 창작동화집 『나무의 열두 달』(1980. 1. 15. 교학사) 출간. 동화집 『도깨비 이야기』(삼성당) 출간. 외손녀 지연이 출생.

1981 월간 『소년』지에 연작시 「어머니 그리고 어머니」 연재(12회). 제6동시집 『통일이 되는 날의 교실』(1981. 교음사)을 출간. 제1동요시집 『아가 손에 아가 발에』(작곡용 동요시 모음, 1981. 10. 31.) 출간. 동요문학동인회 창립(81. 3. 1). 「동요문학선언」을 초안했다. 동요가 쇠퇴하던 시기, 노래에 굶주린 어린이들을 위해 문학성을 지닌 동요로 돌아가자고 주창함. 동요가 위축되어 작곡가들이 노랫말 부족을 느끼는 절박한 상황에 팜플렛 「동요문학」(76호까지)을 작곡자들에게 제공했다.

1982 동시선집(2) 『참새네 말 참새네 글』(1982. 4. 20. 창작과비평사) 출간. 동시집 『통일이 되는 날의 교실』로 제17회 소천아동문학상(82. 9. 16) 수상. 한국불교아동문학회 창립 멤버가 됨(1982. 6. 24. 회장 김동리. 취지문 작성. 총무이사. 불교아동문학상 시상 등 1990년까지 실무자로 일함)

1983 단국대학교 대학원 국어국문학과 석사과정 졸업(83. 2. 21. 학위논문 『한국동요문학의 연구』). 제1동요시집 『아가 것은 예뻐요』(작곡용 동요시 모음 (1), 1983. 동요문학동인회, 비매품) 출간. 역사 이야기 『삼국시대의 예술』 (1983. 4. 20 민족문화추진회)과 『옛 도읍지를 찾아서』(1983. 4. 20. 민족문화추진회) 출간. 둘째외손녀 소연이 출생.

1984 강동구 둔촌동 주공아파트 507호로 이사함(1984. 10. 16~1986. 4. 1). 제7동시집 『해바라기 씨 하나』 출간. 전기 『유일한』(1984. 1. 20. 계몽사), 개작 전래동화 『이야기 주머니(2)』(1984. 7. 5. 예림당), 개작전래동화 『수수께끼 영감님』(1984. 9. 30. 아동문학사).

1985 강남대학교 출강(「아동문학론」, 1985. 3. 1~1987. 8. 31). 개작 전래동화 『한국 전래동화(2)』(1985. 2. 25. 예림당)을 펴냄. 동시집 『해바라기 씨 하나』로 제5회 해강아동문학상 수상(1985. 5. 4. 오후 3시 부산 새마당 예식장에서 시상식). 3년에 걸쳐 『팔만대장경』을 독파하고, 설화 내용을 메모함. 이후 이것을 재료로 불교 개작동화 『노힐부득과 달달 박박』(1985. 3. 10. 중앙일보)을 발간하고, 『어린이 팔만대장경』(1991. 현암사) 등 10권의

어린이 불교 동화집을 출간. 글짓기 작품 해설『우리들의 글 동산』(1985. 6. 20. 대일출판사). 개작 전래동화『한국의 전래동화』(1985. 10. 30. 견지사), 역사 이야기『주몽 이야기』(그림책, 1985. 8. 20. 동아출판사), 역사 이야기『서울의 고적』(1985. 7. 25. 민족문화추진회), 역사 이야기『서울의 고적②』(1985. 7. 25. 민족문화추진회), 제2동요시집『아가 손에 아가 발에』(작곡용 동요시 모음(2) 1985. 12. 20. 동요문학동인회, 비매품)를 펴냄.

1986 과학이야기『신기한 동물의 세계』(1986. 3. 15. 한국 생활과학진흥회), 개작전래동화『제비와 두 형제』(그림책, 1986. 4. 30. 일신각), 편저 동시집『꽃씨와 산새 알』(김종상 선생이 주동 공저, 1986. 5. 15. 견지사), 장편동화집『거꾸로 나라의 여행』(1986. 8. 15. 계림출판사), 전기『세종대왕』(1986. 9. 20. 교학사)을 펴냄.

1987 제8동시집『아버지 젖꼭지』(1987 11. 10. 대교문화) 출간. 도봉구 쌍문동 56번지 삼익아파트 107동 1001호로 이사함. 제1국민시집(일반시)『우리의 心臟』(1987. 7. 5. 미리내) 출간.

1988 창작동화집『물방울의 여행』(1988.11. 10. 삼덕출판사)을 출간, 대한민국동요대상(작사부문, 88. 5. 2)을 수상. 장남 원철 결혼(88. 5. 며느리:장연희). 소년한국일보 취재부장 승진(88. 4. 1). 서울예술대학 문예창작과 출강(「아동문학론」, 1988. 3. 14~2000). 형 현찬(경북대 교수 역임) 대구에서 별세.

1989 14년 반을 근무하던 한국일보사에서 퇴직, 집필에 전념함(89. 12. 31). 개작전래동화『나무꾼과 여우』(그림책, 1989. 3. 7. 동화출판사), 개작고전『효녀 심청』(그림책, 89. 7. 30. 삼성출판사) 출간. 손녀 동연이 출생.

1990 한양여자대학 문예창작과 출강(「아동문학론」, 1990~1991, 2년간). 개작전래동화『괴물 소동』(1990. 3. 5. 서강출판사), 전기『안창호』(1990. 5. 1. 삼성출판사) 출간.

1991 창작동화집『숙제로봇』(1991. 3. 15. 용진출판사) 출간. 불교개작동화『어린이 팔만대장경①』(1991. 5. 30. 현암사), 불교개작동화『칠보비가 내리는 나라』(1991. 6. 10. 지경사), 불교 개작동화『부처님 말씀, 이야기바다』

(1991. 8. 15. 교학사) 출간.

1992 제9동시집『착한 것 찾기』(1992. 9. 25. 미리내) 출간. 개작 고전『연오랑과 세오녀』(1992. 4. 20. 도서출판마당), 창작동화집『소꿉놀이 점심밥』(1992.4.10. 아동교육문화연구회), 개작 전래동화『두꺼비 신랑』(그림책, 1992. 4. 20. 마당), 불교 개작동화『어린이 팔만대장경②』(1992. 6. 30. 현암사), 전기『이순신』(그림책, 1992. 12. 5. 백호문화사), 전기『을지문덕』(그림책, 1992. 12. 5. 백호문화사) 출간. 손자 동일이 출생. 장자 원철이 고려대학교 대학원 영어영문학과에서 박사학위 취득.

1993 개작고전『흥부와 놀부, 토끼의 간』(그림책, 1993. 3. 5. 태극), 창작동화 『초록별 지구 살리기』(1993. 3. 5. 태극출판사), 전기『세종대왕·이순신』(노원호와 공저, 1993.3.5. 태극출판사), 불교 창작동화『소리 내는 탑』(1993. 5. 7. 우리출판사), 불교 개작동화『날아다니는 목련존자』(은중경·목련경·무량수경 관음경·비유경 등을 동화로 개작, 1993. 5. 7. 우리출판사) 펴냄, 창작동화집『떡볶이 엄마』(1993. 7. 5. 도서출판 윤진) 출간. 유년동시선집『이야기 동시』출간. 2남 형철이 결혼(며느리:변희정)

1994 제10동시집『독도에 나무 심기』출간. 동시선집(4)『일억 오천만년 그때 아이에게』(1994. 7. 30. 현암사) 출간. 동시집『착한 것 찾기』로 제4회 방정환 아동문학상 수상(1994. 5. 28). 불교 개작동화『어린이 팔만대장경③』(1994. 5. 15. 현암사). 편저『삼천리강산에 우리나라꽃』(박춘근과 공저, 무궁화 주제의 아동문학 작품 모음, 1994. 7. 5. 명성출판사). 전기『석가모니』(그림 위인전기②, 1994. 9. 12. 중판 발행, 계몽사)를 펴냄, 유아용 동시책『신이란 고마운 그릇이에요』(1편이 1책, 1994. 10. 20. 예림당) 등 5권 시리즈 출간. 창작동화집『연필과 지우개 싹이 텄대요』(1994. 7. 20. 창작교육사) 출간. 불교개작동화『자린고비 약 먹이기』(백유경 이야기, 1994. 12. 1. 도서출판 초롱)를 펴냄. 장자 원철이 삼척산업대학교(현 강원대학교 삼척 캠퍼스) 영어영문학과 교수 발령.

1995 제11동시집『몽당연필로 시 쓰기』(1995. 7. 30. 미리내) 출간. 신현득 노래말 동요곡집『우리가 큰다는 건』출간.『한국아동문학연구』4집에「개작동요론」발표. 전기『꿈나무를 가꾸는 팔팔 할아버지』(김집 전기, 1995. 9.

20. 한국문원), 전기『사랑의 횃불을 들고』(김기창 전기, 1995.11.15. 한국문원)를 펴냄. 손녀 동은이 출생.

1996 제8회 단국문학상 수상(1996. 3. 14). 제12동시집『달나라에서 지구 구경』(1996. 10. 30. 미리내)을 출간. 개작전래동화『견우와 직녀』(그림책, 1996. 8. 30. 계몽사), 개작 전래동화『망주석 재판』(그림책, 1996. 8. 30. 계몽사). 창작동화집『나눌수록 커지는 것』(1996. 12. 20. 꿈동산)을 출간.

1997 제13동시집『고향 솔잎』(1997. 12. 31. 미리내)을 출간. 한양여자대학 출강(「아동문학론」). 제15회 한국 불교아동분학상 수상(부처님오신날, 회장 박용열). 손녀 동민이 출생.

1998 동시「우유병으로 얻어맞은 공룡」으로 제20회 한국동시문학상 수상(1998. 1. 9. 한일관에서 시상식, 시상:아동문예), 제1수필집『어린이날 우주선을 타고』(1998.5.1. 도서출판 영하), 신현득 노래말 동요곡집〈제1권〉『우리가 큰다는 건』(1995. 12. 31. 한국음악교육연구회)을 펴냄, 동시집『고향솔잎』으로 제18회 이주홍 아동문학상 수상(18회, 1998 5. 16.부산에서 시상), 유년동시 선집『아가 것은 작고 예뻐요』(1998. 1. 10. 윤진문화사) 출간. 창작동화집『잇씨와 쪽씨』(1998. 8. 25. 창작미디어), 유년동화『검둥이가 일등』(그림책, 1998. 12. 1. 삼성당) 출간. 단국대학교 대학원 국어국문학과 박사과정에 입학하여 만학을 시작함.

1999 전기『연개소문』(1999. 1. 30. 파랑새어린이)을 펴냄, 제14동시집『대추나무 대추씨』(1990. 1 20. 아동문예), 제15동시집『우리 집 아기는 아기공룡이에요』(1999. 8. 15. 창작미디어) 출간. 유년동시선집『도토리가 떨어져요 톡,톡,톡』(1999.4.10. 예림당), 유년동시책『내 것은 무엇이나 작아요』(동시 1편으로 1책, 1999 6. 15. 다섯수레), 평론『아동문학 창작론』(7인 공저, 1999. 8. 10. 學研社)을 펴냄.

2000 김용희 편저 신현득 동시선집『옥중아 너는 커서 뭐할래』(2000. 2. 25, 청동거울) 출간. 제16동시집『내 별 찾기』(2000. 8. 25. 미리내)를 출간. 윤문시집『개구리 한솥밥』(白石의 동화시, 2000. 6. 20. 효리원)을 펴냄. 창작동화집『떡볶이 엄마』(2000. 9. 10. 한국아동교육원), 창작동화집『꼬맹이 나라의 어린이날』(2000. 11. 18. 꿈동산)을 출간.

2001 동시집『내별 찾기』로 농민문학상 수상(농민문학회).

2002 단국대학교 대학원 국어국문학과 박사과정 졸업(2. 22, 논문『한국 동시사 연구』). 전기『윤봉길』(그림책, 2002. 6. 16. 계몽사).

2003 제17동시집『자장면 대통령』(2003. 12. 1. 아동문예)을 출간. 윤동주 문학 상(19회) 수상(2003. 10. 29. 오후2시 강원도 원주중소기업지원센터 대회 의실에서 시상식, 한국문인협회).

2004 사단법인 새싹회 이사장(2004. 5. 21~2005. 12. 31),『임금님 귀는 당나 귀 귀』(그림책, 20004. 8. 1. 기탄출판사)를 펴냄.

2005 제18동시집『빈대떡과 피자는 어디가 다른가』(2005. 1. 31. 청개구리)를 출간. 반달 동요대상수상(13회, 2005.11.16. 서울교육문화회관에서 시상. 주최: 한국문화예술원), 제19동시집『살구씨 몇 만년』(2005. 11. 15. 도서 출판 문원)을 출간, 제2 신현득 노래말 곡집『휴전선에 눈이 왔다』 (2005.11.10, 예원문화), 개작 전래동요『별 하나 똑 따』(작곡용, 1006. 11. 5. 동요문학동인회, 비매품), 학습도감『우리 식물 세밀화도감』(2005. 4. 30. 현암사)을 펴냄.

2006 제2국민시집『고향의 시어』(2006. 9. 20. 세손)를 출간. 학습도감『우리민 속도감』(2006. 6. 5. 현암사)을 펴냄, 펜 문학상 수상(제22회, 2006. 11. 2. 국제 펜클럽 한국본부).

2007 제20동시집『기관사 아저씨 딸기 드세요』(2007. 1. 7. 청개구리)를 출간, 신현득 노래말 전래동요 작곡집『우리전래동요』(72곡, C.D. 첨부, 2007. 5. 20. 현암사), 윤문 시『집게네 네 형제』(白石의 동화시, 2007. 7. 20)를 펴냄.

2008 증손녀(외손녀 지연이의 딸) 유진이 출생(2008. 4. 3). 제21동시집『공룡을 타고 지구 한 바퀴』(2008. 8. 29. 섬아이), 제22동시집『작아야 클 수 있다』 (2008. 10. 30. 아동문학세상)를 출간, 학습물『한국의 전투와 무기』(2008. 4. 30. 현암사), 학습도감『우리민속 100』(2008. 11. 10. 예림당)을 펴냄.

2009 제3국민시집『고비사막 눈썹달』(2009. 5. 25. 세손)을 출간, 제1동시집『아 기 눈』이 48년 만에 재판됨(2009. 9. 29. 재미마주). 도봉문학상 수상(시상 자: 한국문인협회 도봉지부. 2009. 12. 3) 한국 현대시인상(시상자: 한국현

대시인협회. 2009. 12. 28).

2010 〈평암서예회원전〉 출품(2010. 4. 11.~16. 도봉 갤러리). 눈솔 어린이문화
상 수상(시상자: 사단법인 색동회, 눈솔상 운영위원회. 2010. 9. 16). 제23
동시집『몽당연필도 주소가 있다』(2010. 12. 1. 문학동네), 제24동시집『오
백년 만에 핀 꽃』(동시조집, 2010. 12. 30. 대양미디어), 제4국민시집『조선
숟가락』(2010. 12. 24. 대양미디어)을 출간, 불교개작동화(쟈타카546화)
『슬기의 왕자』(2010. 12. 30. 현암사)를 펴냄.

2011 제25동시집『내가 누구~게』(2011. 6. 30. 사계절), 제26동시집『화성에 배
추 심으러 간다』(2011. 7. 18. 아동문예/삽화: 질녀 경순이)를 출간. 제26
회 소사벌 서예대전 한문부 입선(2011. 7. 9. 소사벌서예대전 운영위원장).
대한민국 중부서예대전 서예작품 입선(2011. 11. 26. 대회장 임재율). 윤석
중문학상 수상(2011. 12. 2. 시상: 새싹회). 서울시문화상 문학부문상
(2011. 12. 2. 서울시장).

2012 제5국민시집『우리를 하나의 나라로 하라』(2012. 3. 1. 세손), 제27동시집

『째깍째깍 너는 내 친구』(2012. 3. 8. 대양미디어/삽화: 질녀 경순이)를 출간. 둘째 증손녀 의진이 출생(10. 9. 한글날). 한국문협 주최 문인 육필전 출품 2편.(2012. 10. 29.~11. 3. 대한민국 예술인센터).

2013 막내손녀 동민이 디지털미디어고등학교 입학. 손자 동일이 군입대. 평암서예회원전 출품(2013. 7. 8 ~ 13. 도봉구민회관, 도봉갤러리). 세계평화 미술대전에 서예 입선(2013. 11. 5). 제6국민시집『동북공정 저 거짓을 쏘아라』(2013. 12. 21. 세손), 제28동시집『세종대왕 세수하세요』(2013. 11. 30. 푸른사상)를 출간.

2014 동시선집(4)『뿔이 있다면』(2014. 4. 25. 리젬). 제29동시집『분홍 눈 오는 나라』(2014. 8. 5 아동문예)를 출간. 제3회 창원 세계아동문학대회에서 대회장으로 활동(2014. 8. 8.~12).

2. 신현득 작품 연대기

발표일	분류	제목	발표지
1958.12.28	동시	문구멍	조선일보
1960.1	동시	아기 눈	대구매일
1960.1.1	동시	산	조선일보
1960.2.19	동시	아침에	
1960.2.20	동시	발자국	
1960.4	동시	기도	상주교육
1960.8.28	동시	오솔길	영남일보
1960.9	동시	개미집	조선일보
1960.9.7	동시	참새네 말 참새네 글	교육시보
1960.9.25	동시	세모도 네모도 있는데	소년한국일보
1961.1	동시	기다려지는 봄	매일신문
1961.1.5	동시	나비 표본	매일신문
1961.12	동시	글자	매일신문
1961.1.22	동시	버드나무야	대구일보
1961.2.19	동시	지구는	영남일보
1961.3.1	동시	봄 오는 도랑	문학령
1961.3.1	동시	월식	문학령
1961.3.30	동시	이상한 별자리	소년한국일보
1961.6.10	동시	목화밭	소년한국일보
1961.7	동시	별나라 동무들에게	새교실
1961.8.6	동시	꿈	영남일보
1961.12.27	동시	시를 잡아라	한국일보
1962	동시	사과가 익기까지	대구일보
1962	동시	선생님네 집	매일신문
1962.9.2	동시	산골 아이	매일신문
1962.9.9	동시	놀다 와서	영남일보
1962.9.11	동시	알속의 임금	대구일보
1962.11.25	동시	경주	매일신문
1963.3.13	동시	교실	대구일보
1963.5.6	동시	우리나라 첫날	대구일보
1963.5.6	동시	첨성대	KG방송국
1964.1	동시	부산	국제신보
1964.2.16	동시	손	대구일보
1964.6	동시	새벽	대구일보

1964.7.19	동시	동화책	영남일보
1964.9	동시	휴전선에 선 감나무	어깨동무
1964.11.20	동시	셋방에 걸린 달력	조약돌
1965.12	동시	별나라서 새둥지에 까지	새소년
1965.12.1	동시	해질 무렵	은방울
1967	동시	빨갛고 예쁘고 달콤한 것이	어깨동무
1967	동시	이름표	어깨동무
1967.5.21	동시	신라의 하루	영남일보
1967.7.1	동시	1억 5천만 년 그 때 아이에게	대구아동문학
1967.7.1	동시	바다는 한 숟갈씩	가톨릭소년
1968	동시	삼밭에서 삼이 드는 베틀 소리	어깨동무
1971.6.10	동시	나무와 시인	
1971.7.15	동시	석기시대 일기	
1971.10.9	동시	엄마라는 나무	소년한국일보
1972.1	동시	봄산	어깨동무
1972.6	동시	강나루	아동문학
1972.9.1	동시	봄 개울	동시와 동화
1972.9.1	동시	호박 덩굴 이야기	동시와 동화
1973. 10	논문	아동 작품의 역사적 고찰	문교경북
1973.12	동시	탱자나무	아동문학
1974.2.24	동시	장독간	매일신문
1975.2	동시	흙과 나무	순수문학
1975.5.5	동시	손톱	대구아동문학
1975.5.5	동시	재떨이	대구아동문학
1975.5.15	동시	떠나는 교실	동시와 동화
1975.5.15	동시	선덕 여왕님께	동시와 동화
1975.5.15	동시	통일이 되는 날의 교실	동시와 동화
1975.5.15	동시	걸어오는 산	동시와 동화
1975.12	수필	使喚	새교육
1976.5	평론	문학과시, 그리고 동시	아동문학평론
1976.8	동시	교문	소년
1976.11	평론	아류와 의사 작품	아동문학평론
1977	동화	나무의 열두 달	연재 소년
1977	동시	김유신의 발자국 위에	아동문학평론
1977	동시	세계에서 제일 큰 학교	아동문학평론
1977.5	동시	철수가 결석하던 날	아동문학평론
1978	동시	양호 선생님	아동문예
1978.3.1	동시	선생님의 두 개 손	아동문학평론

1978.6	동시	내 필통	어린이 중앙
1978.6.1	동시	세종 할아버지	아동문학평론
1978.9	동시	비가돼내리면서	소년
1978.9	평론	동시창작법(1)	아동문학평론
1978.9.1	동시	우리 선생님	아동문학평론
1978.12	평론	동시창작법(2)	아동문학평론
1978.12.1	동시	선생님의 선생님	아동문학평론
1979.1	동시	손가락	소년
1979.1	동시	엄마와나	소년
1979.1	수필	末端人生	월간문학
1979.1	수필	北國	새교육
1979.3.1	동시	우리 도시락	아동문학평론
1979.5	동시	만세를 부를까? 오늘	새소년
1979.5.5	동시	일요일의 교실	대구아동문학
1979.5.5	동시	화분과 병	대구아동문학
1979.6	평론	동시창작법(3)-철저히 의인을 하라	아동문학평론
1979.9	평론	동시창작법(4)-자연의 음성을 번역해서 들어야	아동문학평론
1979.9.1	동시	학교가 나누어진 것은	아동문학평론
1979.12	평론	동시창작법(5)-손은 생각지 않아도 된다	아동문학평론
1979.12.1	동시	학교마다 깃발이	
1980.1	동요	아가 손에 아가 발에	아동문예
1980.1~81.6	동시	어머니 그리고 어머니연작(1~7) 〈어머니와 씨앗〉	소년
1980.3	평론	동시창작법(6)-모든 것을 하나로만 본다	아동문학평론
1980.3.1	동시	학교 기둥은 다르다	
1980.4	동시	어머니 그리고 어머니연작(1) 〈석기시대 어머니〉	소년
1980.5	동시	석기시대 어머니	心象
1980.6	평론	동시창작법(7)-의인에는난이도가있다. 그러나 그렇지 않다	아동문학평론
1980.6	동시	어머니 그리고 어머니연작(3)	소년
1980.7	동시	어머니 그리고 어머니연작(4) 〈엄마가 아시는 것〉	소년
1980.7.1	동시	기둥시계 추	아동문예
1980.8	동시	어머니 그리고 어머니연작(5) 〈저녁때〉	소년
1980.9	평론	동시창작법(8)-표현과 객관성의 차이	아동문학평론
1980.9	동시	어머니 그리고 어머니연작 〈된장맛이 들	소년

		기까지는〉	
1980.9	평론	한국 동시의 반성	아동문학평론
1980.9.1	동시	아침 골목	아동문학평론
1980.11	동화	백제의 나무들	새농민 어린이
1980.11	동시	부여에서	새벗
1980.12	동시	어머니 그리고 어머니연작 엄마가 둔 자리	소년
1980.12	평론	동시창작법(9)-동시의 약속성(그러나 약속이 아니다)	아동문학평론
1981.1	동시	어머니 그리고 어머니 연작 〈엄마와 그릇〉	소년
1981.1.27	동시	할아버지 할아버지 편히 쉬셔요 (이원수 선생 영전에)	소년한국일보
1981.2	동시	어머니 그리고 어머니연작 〈엄마를 돕는 것들〉	소년
1981.3	동시	엄마 손에는	소년
1981.3	평론	동시창작법(10)-동시는 동화적인 시다	아동문학평론
1981.4	동시	딸꾹질	아동문예
1981.4	동시	몸짓	소년중앙
1981.4	동시	비행장	어린이문예
1981.4	동시	어머니 그리고 어머니연작 〈엄마와 시계〉	소년
1981.6	동시	어머니 그리고 어머니연작 〈엄마의 커다란 손(마지막회)〉	소년
1981.7	동시	7월	어린이세계
1981.7	논문	소파 방정환 선생 환원50주기 특집〈아동문학에 있어서의 소파의 위치〉	新人間
1981.9	평론	동시창작법(11)-자연에게물어보라, 가르쳐줄 것이다	아동문학평론
1982.2	동시	아가 말	아동문예
1982.3	동시	제비	아동문예
1982.5.1	동시	아가 베개	아동문예
1982.5.1	동시	아가가 떼를 쓰면	아동문예
1982.5.3	칼럼	어린이들에게 동요쓰기운동	연합통신
1982.6.1	동시	짝	새농민
1982.7.1	동시	비온 뒤	아동문예
1982.8.1	칼럼	동시의 난해성 바람직하지 못해	경남일보
1982.9	평론	동시창작법(12)-동요운동에 붙여	아동문학평론
1982.10.20	동시	아가 손	동시와 동화
1982.11	동시	편지	아동문예

1982.12	수필	〈과학수필〉첨성대에게 물어보자	학생과학
1982.12	동시	그릇	어린이문예
1983	동시	손톱깎이 나무	새교실
1983.6	평론	육당을 알자	아동문학평론
1983.8	수필	〈권두기획〉내 어린 날의 여름	전통문화
1983.9	동시	머리맡 요술상자	새벗
1983.9	평론	한국동요문학의 시성	아동문학평론
1984	평론	문학 지망생의 진실한 자세	아동문학평론
1984.1	수필	변질되는 민족신	신인간
1984.1	동시	새해에 해바라기 씨 하나	소년
1984.5	칼럼	동요의 주인은 어린이입니다	소년경향
1984.5.5	동시	어린이날에	중앙일보
1984.7	동시	시작이라는 것	소년과 소녀
1984.7.5	기사	「어린이음악대」작사·작곡김성도	소년한국일보
1984.9	동시	같은 날 같은 시간에	어린이문예
1984.9	평론	작가 수업에는 몸부림이 있어야	아동문학평론
1984.9.1	동시	보이지 않는 손	아동문예
1984.9.1	동시	시간, 그 요술쟁이	아동문예
1984.10.28	기사	어린이와 함께 살다 간 김영일 할아버지	소년한국일보
1984.10.9	기사	고대 동북아시아 세력 관계 규명의 열쇠-광개토왕비	소년한국일보
1984.11	동시	뉴튼과 사과나무	시와 동화
1984.11	동시	물그릇	시와 동화
1984.11	동시	섣달의 달력	시와 동화
1985.1.1	동시	가을 밤	아동문예
1985.1.1	동시	거울	아동문예
1985.1.1	동시	거인의 나라	아동문예
1985.1.1	동시	나무가 되고 싶은 이에게	아동문예
1985.1.1	동시	나뭇잎을 왜?	아동문예
1985.1.1	동시	나와 내가 모일 때	아동문예
1985.1.1	동시	바위	아동문예
1985.1.1	동시	참 많은 숫자를 세면서 산다	아동문예
1985.11	수필	머리와 꼬리	대원
1986.2	동시	신이란 그릇	아동문예
1986.5.16	기사	팔만대장경엔 어떤 내용 담겨 있을까	소년한국일보
1986.7	동시	아버지 젖꼭지	아동문예
1986.12.20	동시	물의 요술	대구아동문학
1986.12.20	동시	소나기	대구아동문학

1987.1.1	동시	가지치기	한국문학사상
1987.1.1	동시	물구나무서기	한국문학사상
1987.1.10	수필	청나라이야기	어린이월보
1987.2	동시	그릇을 만드는 아버지의 손	아동문예
1987.2	동시	그물을 당기는 아버지의 손	아동문예
1987.2	동시	기계를 달래는 아버지의 손	아동문예
1987.2	동시	돌을 새기는 아버지의 손	아동문예
1987.2	동시	들을 가득 채우는 아버지의 손	아동문예
1987.2	동시	땔나무를 대어주는 아버지의 손	아동문예
1987.2	동시	빌딩을 세우는 아버지의 손	아동문예
1987.2	동시	새벽길을 매만지는 아버지의 손	아동문예
1987.2	동시	핸들을 잡은 아버지의 손	아동문예
1987.3	평론	동요의 문학적 중흥운동	아동문학평론
1988	평론	박목월선생의 유고를 정리하면서	아동문학평론
1988.3	칼럼	어린이 조기 교육이 시급하다	여성불교
1988.4	동시	자리 잡기	여성동아
1988.5	기사	나라의 보배 · 겨레의 희망 '오늘은 어린이날'	소년한국일보
1988.5	동시	유리창 닦기	심상
1988.8.6	칼럼	난해성 극복 가장 큰 과제	연합통신
1988.9	평론	〔한국현대아동문학가협회/동요 · 동시의 부흥을 위하여〕동요 · 동시의 현황과 문제점	아동문학평론
1988.12	평론	경전의 동화성	아동문학평론
1989.1	수필	이국에서 만난 무궁화	무궁화
1989.6	동화	백두산만한 사과	유아교육자료
1989.6.5	칼럼	제외된 아동문학, 그러나 문학의 모태다	문학공간
1989.11	칼럼	내 것을 알자	소년
1989.12	동시	바람의 손	계간 어린이
1989.12	동시	바람이 아는 것	계간 어린이
1989.12	동시	아기 바람	계간 어린이
1989.12	동시	큰 바람	계간 어린이
1990	평론	21세기의 동요 · 동시	아세아 아동문학대회
1990.1	동시	몽당 빗자루	아동문예
1990.1	동시	문패	아동문예
1990.1	동시	우산	아동문예
1990.1	동시	지게	아동문예
1990.3	동시	김칫독, 장독	아동문예

1990.4	동시	벙어리장갑	아동문예
1990.4	동시	시루	아동문예
1990.4	동시	젓가락	아동문예
1990.4	동시	호미	아동문예
1990.6	동시	바가지 조각	아동문예
1990.6	동시	손잡이	아동문예
1990.6	동시	우체통	아동문예
1990.6	동시	화분	아동문예
1990.7	동시	베개	아동문예
1990.7	동시	원고지	아동문예
1990.7	동시	주사침	아동문예
1990.7	동시	함지박	아동문예
1990.8	동시	귀이개	아동문예
1990.8	동시	마네킹	아동문예
1990.8	동시	망치	아동문예
1990.8	동시	주춧돌	아동문예
1990.8.20	동시	달력	선주문학
1990.9	동시	이름	소년문학
1991	동화	연필지우개가 싹튼다면	새바람아동문학
1991.5	동시	왼손과 오른손	현대문학
1991.6	수필	창주 이응창 선생을 생각하며	사보 크라운
1991.10.21	논문	육당 최남선론	한국아동문학작가 작품론
1992.3	칼럼	어린이 발달 단계에 맞춘 독서지도	종로서적
1992.5	수필	동화의 바다	월간중앙
1992.9	평론	동시문학의 반성	아동문학평론
1992.9	동시	곤충의 나라	어린이문예
1992.9	동시	구두, 귀한 손님	아동문예
1992.9	동시	그릇이 된 열매	문학춘추
1992.9	동시	그림자 내 친구	아동문예
1992.9	동시	메아리①	아동문예
1992.9	동시	자동차 병원	소년문학
1992.9	동시	초록빛으로 말 이어가기	아동문예
1993.1	동시	독도에 나무 심기	아동문예
1993.1	동시	돌멩이 만지기	아동문예
1993.1	동시	뒤꿈치와 뒤꿈치	아동문예
1993.1	동시	별	아동문예
1993.1	동시	포도송이를 놓고	아동문예

1993.1	동시	할머니 시골	아동문예
1993.1	동시	휴전선 근처	아동문예
1993.1.1	동화	새해, 새벽 닭 소리	진각종보
1993.4.25	기사	내가 권하는 한 권의 책 『윤석중 전집』	소년조선일보
1993.8.28	동화	〈토요 글마당〉 방학 한 달 동안에	소년조선일보
1993.9	평론	한국아동문학의 역사와 반성	아동문학평론
1993.11	동시	새집이라는 그릇	소년문학
1993.11.30	동시	복조리	대구아동문학
1993.11.30	동시	세탁기	대구아동문학
1993.11.30	동시	엄마의 거짓말	대구아동문학
1993.11.30	동시	엄마의 저울	대구아동문학
1994.1.7	칼럼	독서와 교육	소년독서신문
1994.1.31	기사	다시읽고싶은동화 『모래알고금』	소년독서신문
1994.2.1	칼럼	글짓기 공부는 이렇게 하자	글짓기통신교육원
1994.3.28	동시	우리나라 책나라	소년독서신문
1994.5	수필	전쟁으로 상처 입은 동심, 글짓기 지도로 달래	현대월보
1994.11.25	동시	난롯가	대구아동문학
1994.11.25	동시	백두산 오르기	대구아동문학
1994.11.25	동시	플라스틱 나라	대구아동문학
1994.11.30	동화	같은 것이 많은 나라	새바람아동문
1994.12	동시	달력이라는 그릇	어린이문예
1995	평론	배달겨레 전래동화의 염원성	한국아동문학연구
1995.1	동시	눈물 연구	아동문예
1995.3	수필	임시태극기	농민문학
1995.3.1	동시	깜둥이 그림자	순수문학
1995.3.1	동시	나무는 얼마쯤	순수문학
1995.3.1	동시	몽당연필	순수문학
1995.3.1	동시	바위	순수문학
1995.3.1	동시	사랑의 이발사	순수문학
1995.3.1	동시	손 씻기	순수문학
1995.4	동시	거울과 거울	아동문예
1995.4	동시	그릇 쌓기 탑 쌓기	아동문예
1995.4	동시	깜둥이 개미의 자랑	아동문예
1995.4	동시	나는 민들레	아동문예
1995.4	동시	잠을 깬 아침	아동문예
1995.4.1	동시	개 밥통에 오는 비	앞선 문학
1995.4.1	동시	몸 굽히기	앞선 문학

1995.4.1	동시	몽당연필로 시 쓰기	앞선 문학
1995.4.1	동시	물 지키기	앞선 문학
1995.4.1	동시	별나라에도 사람이 산다	앞선 문학
1995.4.1	동시	우리의 동포	앞선 문학
1995.5	동시	나쁜 이름 지우기	아동문예
1995.5	동시	돌멩이의 눈물	아동문예
1995.5	동시	말려야 할 장난감	심상
1995.5	동시	손톱과 이빨	아동문예
1995.5	동시	아기 숟갈	문학과 어린이
1995.5	칼럼	아동문학의 권리 선언	순수문학
1995.5.1	동시	우리네 심장	월간문학
1995.5.1	동시	일기장	소년문학
1995.6	동시	나누어진 나라의 깃발	아동문예
1995.7	동시	돌하르방	아동문예
1995.8	동시	이파리	아동문예
1995.8.2	논문	개작 전래 동요론	한국아동문학
1995.9	평론	아시아가 화합하는 아동문학을 위하여	아동문학평론
1995.9	동시	올챙이	아동문예
1995.10.30	동시	물려받아 물려주기	구미문학
1995.11	동시	내 소원 가난 쫓기	아동문예
1995.11.1	칼럼	소천 방정환의 아동문학	색동나라
1995.11.20	동시	나무를 가꾸듯이	대구아동문학
1995.11.20	동시	뢴트겐 100년에	대구아동문학
1995.11.20	동시	문 앞에다 한 그루	대구아동문학
1995.11.20	동시	밤바람	대구아동문학
1995.11.20	동시	입추	대구아동문학
1995.11.20	동시	줄서기	대구아동문학
1996	평론	한국동요문학의 시성	한국아동문학연구
1996.3	동시	달나라에서 사과나무 가꾸기	아동문예
1996.3	동시	사람은 거인이야	아동문예
1996.3.15	동시	바위 웃기기	동화문학
1996.4	동시	나무의 꿈	아동문예
1996.5.1	동시	달나라에서 지구 구경	월간문학
1996.8.1	동시	아빠의 가방	소년
1996.12.8	동시	나무와 나	새바람아동문학
1996.12.8	동시	학교 가는 바둑이	새바람아동문학
1996.12.20	동시	꽃씨 풍선	대구아동문학
1996.12.20	동시	자선냄비	대구아동문학

1997.1	동시	소의 해에 소처럼	소년
1997.1	동화	은혜 갚은 동물	세간불교
1997.3	수필	사물이 주는 교훈	금성출판가족 책나무
1997.3	수필	솟대문학의 인생 향기	솟대문학
1997.3	동화	왕사가 된 '엉터리' 훈장님	고국소식
1997.3	수필	지울수록 밝아지는 동심	서평문화
1997.3	논문	한국 동요 1호와 동화 1호	한국어린이육영
1997.3.1	동시	흙 주무르기	소년문학
1997.3.16	동시	얼룩무늬 수박	아침햇살
1997.3.16	동시	왜 이럴까요	아침햇살
1997.5	동시	다리와 날개	창조문예
1997.5	동시	메뚜기 잡다가 놓친 날의 꿈	아동문예
1997.5	동시	뿔 없는 기린	아동문예
1997.5	동시	우리의 농장	아동문예
1997.5	동시	우윳병으로 얻어맞은 공룡	아동문예
1997.5	동시	초콜릿 너무 좋아하지 마	월간문학
1997.5.1	동시	조상의 손때	창조문예
1997.5.1	칼럼	통일시대를 지향하는 한국아동문학	순수문학
1997.6	동화	개와 사람	어진 벗
1997.7	동화	할아버지의 헌 가방	신인간
1997.7	수필	서정숙 시인을 생각하며	아동문예
1997.9.1	동시	내 방 안에 새집을	시와 동화
1997.9.1	동시	삼팔선 긋기	시와 동화
1997.11	동시	개천절 아침에	새바람아동문학
1997.11	동시	고향 솔잎	새바람아동문학
1997.11	동시	자기가 할 일	새바람아동문학
1997.12	편지	아동문학 권익운동을 주창하며	아동문예
1997.12.23	동시	통일이 뭘까?	동해안시대 문학
1997.12.25	동시	우리 집 물맛	구미문학
1998.3.15	동시	닭이 욕을 한다	펜과 문학
1998.11.1	동시	통일이 되거든, 우리	한국 글사랑문학
1998.11.10	동시	꽃과 사람	대구아동문학
1998.11.10	동시	돌각담	대구아동문학
1998.11.10	동시	우리는 똥개	대구아동문학
1998.11.10	동시	천지라는 찻잔	대구아동문학
1998.12.21	논문	노랫말의 작법	한국동요작곡연구
1999	수필	소쩍새 울던 상수리 숲	청동반세기
1999	평론	이무영 역사소설의 역사성	아동문학평론

1999	칼럼	제외된 아동문학, 그러나 문학의 모태다	문학공간
1999.1	동시	소파여, 물결이여	아동문예
1999.5	칼럼	'어린이'는 옛적부터 쓰던 말	소년
1999.5	대담	어린이 운동의 뿌리	신인간
1999.5.1	칼럼	5월에 아동문학을	순수문학
1999.5.1	동시	벌레의 재주	월간문학
1999.9	동시	구름과 산	소년문학
1999.9	동시	금요일은 맑아줘	소년문학
1999.9	동시	새의 부리는요	소년문학
1999.9	동시	우리들 사촌은	아침햇살
1999.9	동시	좋은 햇살	소년문학
1999.11	수필	나를 가르친 동요집 『호박꽃 초롱』	새벗
1999.11.20	동시	3월에서 5월	대구아동문학
1999.11.20	동시	시인의 손에 놓이면	대구아동문학
1999.11.20	동시	아빠들 세상, 참 웃겨	대구아동문학
1999.11.20	동시	안부전화 했더니	대구아동문학
1999.12.15	동시	그 말에 속상해	새바람아동문
1999.12.15	동시	나는 책상이다	새바람아동문
1999.12.15	동시	내 것에는 내 이름을	새바람아동문
1999.12.22	평론	임신행 소론	마산문학
2000	평론	찌꺼기에서 알 감자	문예운동
2000	평론	한국 근대아동문학 형성과정 연구	국문학논집-단국대학교 국어국문학과
2000	평론	한국 근대아동문학 형성과정 연구─최남선의 공적을 중심으로	국문학논집
2000.3.1	동시	미운 사람	아동문학시대
2000.3.1	동시	엄마의 세월	아동문학시대
2000.5.1	동시	감자 먹고 껍질은	현대시학
2000.5.1	동시	내 뱃속에	현대시학
2000.6	평론	기적을 이루어온 기적의 인생	아동문학평론
2000.6	동시	씨 뿌린 손	솟대문학
2000.7.1	동시	내 별 찾기	광주문학
2000.7.1	동시	아빠의 맨주먹	광주문학
2000.8.1	동시	고마운 연탄	소년문학
2000.8.1	동시	이러면 안 되죠	소년문학
2000.8.1	동시	일이 착착 되는 날	소년문학
2000.8.1	동시	초가집 추녀	소년문학
2000.8.1	논문	한국아동문학의맥, 최계락	한국아동문학

2000.10.28	동시	겨울바람	대구아동문학
2000.10.28	동시	배추 가꿔, 등록금	대구아동문학
2000.10.28	동시	부침개 부치는 날	대구아동문학
2000.10.28	동시	수박 한 덩이가 지하철을 탔어요	대구아동문학
2000.12.15	동시	등긁개	청보리밭 파란동심
2000.12.15	동시	합격 엿	청보리밭 파란동심
2000.12.20	동시	하늘 채우기	상주아동문학
2001	평론	높구나 그 산맥 그 봉우리	아동문학평론
2001.1	동시	지렁이에게 주는 상장	어린이와 문학
2001.3	평론	〔조대현〕우리 가슴에 살아있는 시인	아동문학평론
2001.6.15	동시	나도 그랬었나요	학산문학
2001.6.21	동시	엄마는 옷이 두 가지	문학교육 두루 펴기
2001.10.20	동시	빈대떡과 피자는 어디가 다른가	대구아동문학
2001.10.20	동시	손가락은 우리 식구	대구아동문학
2001.10.20	동시	신문지 한 장 깔면	대구아동문학
2002.11.1	대담	난정 어효선 선생의 선비 정신	월간문학
2002	평론	한국동시사 연구—창작동요성장기와 창작동요쇠퇴기를 중심으로	국문학논집
2002	평론	한국의 동시사—한국측 발표요약문	아동문학평론
2002.4.15	동시	선생님 될 거예요	아동문학연구
2002.4.15	동시	알약은 왜 예쁜가?	아동문학연구
2002.4.15	동시	키 크는 약	아동문학연구
2002.9.1	동시	계단 오르기	아동문학시대
2002.9.1	동시	깨진 그릇에	아동문학시대
2002.10.10	동시	다보탑 꼭대기에 달이 머문다	아동문학연구
2002.10.10	동시	선생님 생각	아동문학연구
2002.10.10	동시	원숭이 아가 사랑	아동문학연구
2002.10.10	동시	잘 크는 아이	아동문학연구
2002.10.10	동시	저 때문이죠	아동문학연구
2003.12.28	평론	향파 이주홍의 동시 세계	이주홍 문학저널
2003	동시	손 조심	의성문학
2003	평론	신춘문예, 이것이 문제다	아동문학평론
2003	평론	최남선의 창가 연구—창작동요에 미친 영향을 중심으로	국문학논집
2003.3	동시	꼬마의 키	아동문예
2003.3	동시	무궁화	아동문예
2003.3	동시	자장면 대통령	아동문예
2003.3	동시	젖소가 말하네	아동문예

2003.3	동시	틀림없는 바보 후손	아동문예
2003.5.1	동시	별나라에 꽃씨 심기	현대시학
2003.5.1	동시	자동차가 더 빨라	현대시학
2003.5.1	동시	튀밥 먹곤 배부르지 않아	현대시학
2003.5.6	평론	동심으로 외친 항일의 함성	소천아동문학상 운영위원회
2003.5.31	논문	향파 이주홍의 동시세계	한국아동문학협회
2003.6.	평론	생태환경과 아동문학	농민문학
2003.6	동시	할아버지 수염	월간문학
2003.6.1	평론	흙의 시인 춘해 선생	시와 동화
2003.11.15	동시	강아지 장난감	대구아동문학
2003.11.15	동시	공룡과 도마뱀	대구아동문학
2003.11.15	동시	외삼촌 들통 났어	대구아동문학
2003.12	동시	고추의 역사	시와 동화
2003.12.1	동시	게	문학과 어린이
2004	평론	[특별대담/원로 시인 어효선 선생을 찾아서]어효선 선생의 선비정신	아동문학평론
2004.5	동시	빨래가 잘 마르는 날	월간문학
2004.5.1	수필	조유로 시인의 인생과 예술	어린이문예
2004.7.15	동시	2월에도 30일을	맥
2005	평론	동심과 고구려 정신	내 문학의 뿌리
2005.3.1	동시	가죽옷	아동문학평론
2005.3.1	수필	촌놈이어서 한 길로만 오게 된 것	아동문학가
2005.5	동시	겨울옷이 쿠울 쿨	아동문예
2005.5	동시	조상님 입맛	아동문예
2005.5.1	동시	단비	아동문예
2005.5.1	수필	5월에 아동문학을 생각하자	월간문학
2005.6	평론	난정의 문학과 인생	아동문학평론
2005.8	동시	버리기는 아깝고	아동문예
2005.8	동시	손가락 끝에 눈이 있다면	아동문예
2005.8	동시	손끝으로 쬐금	아동문예
2005.8	동시	자전거방 아저씨	아동문예
2005.8.1	동시	내 여름 방학	아동문예
2005.9	동시	작은 웅덩이	소년문학
2005.9	논문	전승동요의 갈래와 유산	아동문학사상
2005.10.22	동시	청개구리	한국동시조
2005.11.30	동시	물방울이 한강 되는 법	대구아동문학
2005.11.30	동시	산바람과 물고기	대구아동문학

2005.12.1	수필	'따오기 할아버지' 한정동 선생	아동문학가
2005.12.1	칼럼	한국 동시시인의 긍지	한국동시문학
2006	평론	서덕출의 생애와 문학	아동문학평론
2006	평론	의성은 공룡이라	아동문학평론
2006.3.1	동시	손과 어깨	오늘의 동시문학
2006.4.1	칼럼	가람의 동시조	한국동시조
2006.5	동시	기관사 아저씨 딸기 드세요	좋은문학
2006.6	평론	「신소년」·「별나라」 회고	아동문학평론
2006.6	평론	나의 편집장 시절	아동문학평론
2006.6.1	동시	수수 빗자루	지구문학
2006.8	동시	감자 캐는 날	아동문예
2006.9	평론	〔세계아동문학대회를노래함〕 거인이 되자, 동심의 거인	아동문학평론
2006.9	평론	〔의미와 반성〕우리의 긍지	아동문학평론
2006.9.10	수필	다정했던 송하섭 교수님	청동거울
2006.12.1	동시	엄마 한 숟갈만	불교문예
2006.12.1	칼럼	한국 동시의 세계화	오늘의 동시문학
2007.3	평론	동시창작법	아동문학평론
2007.3.1	동시	일기는 미리 쓰는 게 아냐	아동문학세상
2007.3.1	동시	작아서 더 바빠	아동문학세상
2007.6	평론	동시창작법2	아동문학평론
2007.7.1	동시	달이 정말 풍선이 됐지 뭐야	어린이 문예
2007.7.1	동시	서해 바다 뭉게구름	펜 문학
2007.8	동시	공룡 목장	아동문예
2007.8	동시	만세 부르는 호박	아동문예
2007.8	동시	바나나와 야구장갑	아동문예
2007.8	동시	후루룩 아침 먹기	아동문예
2007.9.1	칼럼	교과서 편집 방법 재고해야 한다	시와 동화
2007.10.1	동시	떠나는 제비	한국아동문학협인 회보
2007.11.20	동시	나뭇잎 초록 핏줄	대구아동문학
2007.11.20	동시	폭포	대구아동문학
2007.11.21	수필	재미의추구, 그것이 나의 문학	문학의 집
2007.12	평론	동시창작법3	아동문학평론
2007.12.31	평론	사벌의 흙이 키운 거목―최춘해론	한국아동문학
2008	평론	한국동시 100년	한국아동문학연구
2008.3	논문	『경부철도노래』는 일본의 전쟁문학 『만한철도창가』의 대응작이다	어린이책이야기

2008.3	평론	동시창작법4	아동문학평론
2008.3	동시	천재가 되고 싶은 아기 새	좋은 문학
2008.3	칼럼	한국 아동문학 100년에 세우는 우리의 이정표	어린이책이야기
2008.3.1	칼럼	한국동시, 어째서 100년인가	오늘의 동시문학
2008.3.10	동시	줄 맞추기, 키 맞추기	열린아동문학
2008.3.13	논문	한국의 신문학은 소년계도를 앞세운 주권운동에서 시작되었다	월간문학
2008.4.18	동시	새 운동화	한국동시조
2008.4.18	동시	추운 날 고드름 달기	한국동시조
2008.4.18	동시	하모니카 생긴 날	한국동시조
2008.4.24	논문	현대시로서의 동시의 위상	현대시학
2008.6	평론	동시창작법5	아동문학평론
2008.6.28~29	논문	한국 동시사 산책	한국동시문학회 세미나
2008.8.9~10	논문	한국문학은 국토사랑으로 시작하였다	농민문학회 세미나
2008.9	평론	동시창작법6	아동문학평론
2008.11.1	논문	한국동시 100년	아동문학평론
2008.11.8	논문	윤석중 연구	서산문화원
2008.12	평론	동시창작법7―시는 픽션이다	아동문학평론
2009.2.4	동시	나무도 사람처럼	어린이책이야기
2009.2.4	동시	키 작은 임금님	어린이책이야기
2009.3	평론	동시 100년에 잊혀진 동시시인 찾기	아동문학평론
2009.3.1	동시	한국 원산 별난 나무	열린아동문학
2009.3.15	동시	비 오는 밤 고목나무가	문학정신
2009.3.15	동시	제비가 물고 오는 것	문학정신
2009.5.10	동시	기운 옷	좋은 문학
2009.7	논문	아동문학의 권익운동을 주창한다	월간문학
2009.9	평론	광복 후의 동요시	아동문학평론
2009.11.3	동시	클 수 있는 것도 내 자유	새문학신문
2009.11.20	동시	들고 다니는 교실	시와 시
2009.12	동시	문패를 단다	소년문학
2009.12	동시	비눗방울 타고 태평양 건너기	소년문학
2009.12	동시	작아질 수 있는 내 자유	소년문학
2009.12	동시	잠자리가 말했지	소년문학
2009.12	동시	현대의 도깨비	소년문학
2009.12.1	동시	나무도 배불러야	한국현대시

2010	평론	아동문학 100년에 가장 아름다운 이야기 ─최영주론	한국아동문학학
2010	평론	자연환경과 아동문학	월간문학
2010	평론	한국아동문학약사	아동문학평론
2010.1	칼럼	2010년 새해에 우리가 가야할 길	아동문예
2010.4.15	동시	주고받는 시골	한국동시조
2010.5.5	동시	은혜 갚는 나무	펜 문학
2010.12.19	논문	잡지 언론의 선구자 청오 차상찬론	천도교중앙총부
2010.12.20	평론	윤석중의 삶과 문학	문학사상
2011	평론	봄편지의 시인 서덕출	한국아동문학연구
2011.3	칼럼	우리 모두가 역사의 책임자다, 분발하자	월간문학
2011.4.25	동시	새해 첫 아기	새바람아동문학
2011.4.25	동시	한입 먹고 한입 주고	새바람아동문학
2011.5	칼럼	아동문학은 오월의 장식용이 아니다	순수문학
2011.7.15	수필	나의 길을 열어 주셨던 스승님	한국아동문학
2011.9	평론	사계가 비운 공간을 어떻게 해야 할까?	아동문학평론
2011.9.1	동시	강아지 밥그릇 값	시와 동화
2011.9.4	논문	한국 현대 아동문학 초창기의 전개 과정 에 관한 연구	새바람아동문학
2011.11.1	동시	엎드려 쉬는 그릇	소년문학
2011.11.20	동시	지구 엄마 힘들어	대구아동문학
2011.12	평론	제7회 윤석중 문학상 수상자 인터뷰	새싹문학
2011.12.1	동시	날아가는 자전거	열린아동문학
2012.1	논문	통일 이후 한국문학의 방향	농민문학
2012.5	동시	괴딴 세 놈	아동문예
2012.5	동시	모두 누구네 아빠	아동문예
2012.6	논문	한국 현대아동문학의 기점 연구	아동문학평론
2012.6.20	평론	시인들이 읽어야 할 유여촌의 동화	아동문학세상
2012.6.25	시	공룡의 골짜기 동시동화의 숲은	열린아동문학
2012.7.30	칼럼	한글의 장음표기는 실행되어야 한다	순리치유 연구
2012.9	평론	일반문학의 아동문학 찔러보기	아동문학평론
2012.9.1	동시	개구멍이 해야 할 일	시와 동화
2012.9.1	동시	쥐도 사랑 받을 수 있다	시와 동화
2012.11.26	동시	밥상에는 모두 콩	대구아동문학
2012.11.26	동시	지하빌딩 개미집	대구아동문학
2012.11.26	동시	착한 눈물	대구아동문학
2013.3	평론	나의 문학과 그 철학─아픈 것은 아프다 해야	아동문예

2013.3	평론	행복한 문학, 펄럭이는 시	아동문학평론
2013.3.1	동시	별난 선생님	동산문학
2013.3.1	동시	복조리 사다 거세요	동산문학
2013.3.1	동시	참게 군사	시와 시
2013.6	평론	동심을 다루는 시인의 책임	아동문학평론
2013.6.1	동시	덩굴식물 우리는	아동문학세상
2013.6.1	동시	뒷동산 높이 에베레스트	아동문학평론
2013.6.1	동시	우리는 민주주의	아동문학세상
2013.9	평론	나의삶, 나의 문학	아동문학세상
2013.9	평론	어머니의 마음으로 동시 창작을	아동문학평론
2013.9	평론	우리의 자존심 우리의 자랑	아동문학평론
2013.12	평론	동시 창작에 긍지를 지녀야	아동문학평론
2013.12.15	동시	바퀴 달린 끌가방	시와 시
2014.3	평론	투명한 거기에다 하나씩 재미를 심어야	아동문학평론
2014.5.1	동시	깜둥개미의 대답	맥
2014.6	평론	우리의 자부심, 서로를 고맙게 여기자	아동문학평론
6/14 연대미기	동화	거짓말 안하기 나라	서울신문
연대미기	동시	도시락	아동문학
연대미기	수필	새어머니	純粹文學
연대미기	동시	교실을 노래한 이야기시 〈교실 쓰레기통에〉	아동문학평론 18호
연대미기	동시	어머니 그리고 어머니연작 〈텃밭〉	소년

3. 동시집 수록 작품 목록

제1동시집 『아기 눈』(1961. 12. 20 형설)

옥중이
문구멍
아기 눈
시계 앞
글자
자벌레
나비 표본
참새네 말 참새네 글
개미집
봄
꽃씨와 벌레알
기도
포도
망초꽃
목화밭
발자국
기다려지는 봄
버드나무야
아들일까, 딸일까?
봄 오는 도랑
아침에
이상한 별자리
새 아지매
오솔길
비 오는 강가
산
산골 아이
선생님은
작은 풀들이
세모도 네모도 있는데
지구는
별나라 동무들에게
여덟 시 반
월식

제2동시집 『고구려의 아이』(1964. 8. 15. 형설)

새벽
꿈
심심한 날
동화책
시를 잡아라
시는 조개껍질 속에서
맨드라미
가을 꽃밭
사과가 익기까지
벽은 커다란 몸둥이로
선생님네 집
두고 온 아이들에게
교실
바람과 휴전선
놀다 와서
아버지 새끼발가락
밥상 앞에서는 눈을 감으셔요
손
노루
이야기를 짓는 집
비둘기
세 엄마
제삿날
외갓집
큰 누나 작은 누나
흥부네 지붕
학교 길
벳불에 감자 묻어 놓고
잔치 구경
서낭당
지통
둘개
가을
도 경계선의 마을
나는 보았다

일본이름
이 이야기를 하지 않고는 견딜 수 없구나
아무도 말려주는 이가 없었다
가야산
아기 왕자가 나던 날
우리나라
우리나라 첫날
알속의 임금
고구려의 아이
경주
첨성대

제3동시집 『바다는 한 숟갈씩』(1968. 9. 10. 배영사)

이름표
빨갛고 예쁘고 달콤한 것이
키
몸짓
새끼틀에서
나무
구두 소리를 다듬는다
바다까지의 거리
시인의 집
바다는 한 숟갈씩
꽃씨 한 개가
찻간에서
옥수수 뿌리 밑에는
부산
차
해질 무렵
집 보기
셋방에 걸린 달력
장갑 공장에서
옥시풀
외갓집
연둥할머니
생각은 바깥에서
나무는 잊는다
추위
섣달 그믐에는 턱을 고우고

박씨 한 알을 놓고
신라의 하루
1억 5천만 년 그 때 아이에게
별나라서 새둥지에 까지
우리 집 번지
매국노의 배 안에 회충 한 마리
그 목소리를 듣자
아시아에 놓인 내 책상 위에
휴전선에 선 감나무
부화기에서 통조림 이야기
콩쥐야 다시 와서
눈 한 번 감았다 뜨는 그 사이

제4동시집 『엄마라는 나무』(1973. 4. 25. 일심사)

아침
골목 청소
새해
봄산
봄 개울
강나루
산
어린이날
해와 해바라기
더운 날
돌각담 안 집
삼밭에서 삼이 드는 베틀 소리
호박 덩굴 이야기
꽃나무 키가 작을 때
산골 운동회
씨앗에게
나무와 시인
가을 날 하루 경부선을 타면
이가 난다
키가 큰다
엄마 이마에서 교실 문까지
문구멍
교실에서 교실까지
동지
섣달 그믐 날에

거울 속
벽
터울
오백 원 한 장
섬돌
판자 마을
담장
두 제비 집
이야기 교장선생님
엄마라는 나무
고아원 하늘에 피는 노을
내 세포
날아가 버린 나무
고향
달에 오르는 사닥다리
도라지타령
석기시대 일기
불국사 층계다리

제5동시집 『박꽃 피는 시간에』(1974. 9. 15. 대학출판사)

산골 놀이터
우리 마을
두멧집
뒷고개
시골의 벽
설거지
골목
장독간
잔치
새 아가씨
인시
보리가 팬다
박꽃 피는 시간에
논둑콩 심고
냄새
풍년
도토리
가을

추위
소죽 끓이는 겸해
버스
동구 나무
메끈을 땋는다
교실
탱자나무
해님
산마루에서
산
나무 끼리
꼬투리
흙과 나무
정월에는 색동꽃이 골목에 피고
이월에는 입춘을 대문에 붙이고
삼월은 봄 비 새로 발자국 소리
오월은 달리면서 키가 크면서
유월은 육월콩이 꼬투릴 쥐고
칠월은 원두막이 네 발로 서서
팔월은 동구나무 날개를 펴고
구월은 목고개에 힘을 주면서
시월에 대문을 열어 놓고 있으면
십일월은 첫추위가 가랑잎을 밟고
섣달은 햇볕이 쌀뒤주를 챙기고

제6동시집 『통일이 되는 날의 교실』(1981. 12. 5. 교음사)

아침에
엄마가
엄마가 언제?
엄마와 시계
엄마가 아시는 것
엄마를 돕는 것
엄마와 그릇
엄마가 둔 자리
엄마가 키우는 것
엄마 손에는
엄마와 씨앗
저녁 때

어린이 달에 엄마가
된장맛이 들기까지는
텃밭
엄마와 나
석기시대의 어머니
엄마 그 커다란 손
아침골목
교문
교실 쓰레기통에
내 필통
층층대
학교의 차례
화분과 병
양호 선생님
도서실
생일
재떨이
손톱
식구
일요일의 교실
참 그렇다
통일이 되는 날의 교실
우리 도시락
아침 골목
학교가 나누어진 것은
학교마다 깃발이
학교 기둥은 다르다
우리 선생님
선생님의 선생님
세종 할아버지
김유신의 발자국 위에
선생님의 두 개 손
떠나는 교실
철수가 결석하던 날
세계에서 제일 큰 학교

**제7동시집 『해바라기씨 하나』(1984. 12. 30. 진영
출판사)**
아가 손

시계 뱃속
아가가 떼를 쓰면
아가 숟갈, 아가 신
바람
아가 나이
학교 못 가지
아가 말
제비
딸꾹질
비온 뒤
입학 날 아침
걸상이 생각하는 것
짝
오디나무
엄마는 세 번씩
괜찮다 괜찮아요
가을 밤
머리맡 요술상자
비행장
꽃
손톱깎이 나무
나와 내가 모일 때
열매는?
보이지 않는 손
같은 날 같은 시간에
나무가 되고 싶은 이에게
시간, 그 요술쟁이
거인의 나라
바위
나뭇잎을 왜?
선덕 여왕님께
비가 돼 내리면서
손가락
기둥시계 추
벽돌 쌓기
그릇
집을 짓고 문을 둔다
뉴튼과 사과나무
물그릇

참 많은 숫자를 세면서 산다
부여에서
4월에 쬐그만 것
5월이 되면서 그 뜻을 안다
5월의 교 실
5월에 어린이날에
어린이날에
유월 그 빛깔
7월의 준비
11월의 아버지
섣달의 달력
마을마다 깃발이
만세를 부를까? 오늘
시작이라는 것
할아버지, 할아버지 편히 쉬셔요
새해에 해바라기 씨 하나

제8동시집 『아버지 젖꼭지』(1987. 11. 10. 대교문화)
사람이라는 씨앗
어제보다 오늘이
같이 난 동무
구름을 타고
이름
아파트 마을
우주인 아이
옛날 얘기 시작은
아버지 젖꼭지
가을 하늘
산 위에서
물의 요술
놀다리
물구나무서기
산골길
수수밭
나무는 나무끼리
신이란 그릇
종달새
바람

발자국
가을
첫추위
초겨울 바람
추운 날은
조금씩 조금씩
왼손과 오른손
들을 가득 채우는 아버지의 손
새벽길을 매만지는 아버지의 손
그물을 당기는 아버지의 손
기계를 달래는 아버지의 손
돌을 새기는 아버지의 손
빌딩을 세우는 아버지의 손
땔나무를 대어주는 아버지의 손
큰 상을 차려주는 아버지의 손
그릇을 만드는 아버지의 손
핸들을 잡은 아버지의 손

제9동시집 『착한 것 찾기』(1992. 9. 25. 미리내)
아가 것은 예뻐요
아가 앞치마
내 것
가위
컴퍼스
옷걸이
젖니
구름나라
줄을 서서 차례로
새해다
아기 바람
바람의 손
바람이 아는 것
큰 바람
개구리
고욤나무
풀밭
자기 몫
흉내
메아리①

하나의 나라
갈밭
편지
입학날 아침
우리 식구
설날, 얼음나무
풀꽃
핑계를 댄다
해바라기
판자집 마을
소나기
칫솔의 노래
그림자 내 친구
시계
쟁기
난로
리어카 바퀴
몽당 빗자루
우산
문패
지게
조리
고무장갑
선반의 까치발
빨랫줄 빨래집게
거울
소금종지
냄비
부지깽이
아빠 엄마의 구둣주걱
우리 집 손톱깎이
엄마의 부엌
엄마의 가위
라이타
빗
꽃삽
발닦개
주춧돌
망치

귀이개
함지박
주사침
원고지
우체통
바가지 조각
손잡이
시루
벙어리장갑
베개
이름
초록빛으로 말 이어가기
괜히 우는 건 아냐
5월의 바람
9월에
섣달의 달력
볼펜을 놓고
자동차 병원
꿀밤나무는
씨앗 하나
곤충의 나라
메아리②
가지치기
달력
김칫독, 장독
작은 그릇, 큰 그릇
전봇대
호미
젓가락
내양 선생 큰 나무
어진길 선생님 가시는 길에
조풍연 선생님 영전에

제10동시집 『독도에 나무 심기』(1994. 12. 25. 미
리내)
할머니 시골
엄마의 저울
엄마와 바람
할머니 주물럭손

뒤꿈치와 뒤꿈치
생일
기저귀
유리창 닦기
이불
엄마의 거짓말
복조리
자리 잡기
나무 심기
포도송이를 놓고
세탁기
구름
구두, 귀한 손님
플라스틱 나라
별
태양계 공부
독도에 나무 심기
그릇은 손 대신이어요
그릇이 된 열매
그릇의 대답
뒤웅박
아빠의 가방
도시락 반찬통
크레용 곽
호주머니
일기장이란 그릇
두 개, 산이 물그릇을 이고
쓰레기통
화분
구유라는 밥그릇
옹달샘
새집이라는 그릇
신이란 그릇
함지박
바가지 조각
달력이라는 그릇
바다라는 그릇
사람이라는 그릇
그릇의 크기

담쟁이
담벼락
날고 싶은 날
손 씻기
돌멩이 만지기
국사 공부 시간에
걸어오는 산
우리의 심장
휴전선 근처
백두산 오르기
토끼당번
소식
선도반
우산
비탈밭
가을
개구리 공부
장난감 가게
발자국이 가는 곳
눈 온 날
난롯가
흙
피뢰침
오월의 손뼉소리
이 만세 소리 속에
1982년부터다
이 해를 보내면서
1988의 길목에서
아버지의 나이, 소년한국일보

제11동시집 『몽당연필로 시 쓰기』(1995. 7. 30. 미리내)
아기 숟갈
도토리
엄마 연습
모습
까치밥
바람의 버릇
바람의 손

봄은 그림책이다
철에 맞춰 사진 찍기
오늘 저녁 차림표
밤하늘
햇빛의 손
나무에는 이파리
깜둥이 그림자
지구의 체온
밤의 자장가
별나라에도 사람이 산다
태양계의 장독
시간의 발자국
날짜 세기
온상에서
지붕 위의 눈자락
보리밭 골
아파트 방 꽃밭
텃밭
무말랭이
시장
전철에서
오늘의 제목①
오늘의 제목②
땅속에서 땅밖에서
무지개
이파리
가을
코스모스 언덕
물 지키기
포기 나누기
물은 하나
말려야 할 장난감
지구의 날에
몽당연필로 시 쓰기
일기장
자리 잡기
사과는 어디서 오나?
나는 민들레
몽당연필

거울과 거울
동화라는 것
깜둥이 개미의 자랑
농부 될 어린이를 구합니다
나쁜 이름 지우기
돌멩이의 눈물
바위
바위의 버릇
손
몸빛
씻기지 않는 것
잠을 깬 아침
그릇 쌓기 탑 쌓기
마네킹
몸 굽히기
나무는 얼마쯤
의자의 생각
준비
뿌리
돌하르방
사랑의 이발사
개 밥통에 오는 비
얼음 공장
실수
우리의 동포
우리네 심장
물려받아 물려주기
무궁화의 노래
무궁화 이파리는
어린이 달에 우주선을 타고
우리의 우주여행
나누어진 나라의 깃발
동쪽나라 그 햇빛
할머니의 손처럼

제12동시집 『달나라에서 지구 구경』(1996. 10. 30.
미리내)
계획표
엄마와 아빠

잠버릇
방학 한 달에
사랑의 편지
알뜰엄마
누나생각
아빠의 가방
곶감 찾기
아빠 졸업식
땅 아래쪽
올챙이
고추 벌레
굼벵이
벌레와 나
손톱과 이빨
생각하는 돌멩이
사람은 거인이야
개똥밭
철기 시대
밤바람
내 소원 가난 쫓기
옹기 가게
가마솥 누룽지
회초리
우리 작은 손으로
우리 간장, 구름 맛
자선냄비
안데르센의 무릎
뢴트겐 100년에
아, 국치일
우리 집 대물림
문 앞에다 한 그루
줄서기
나팔꽃
입추
흙 주무르기
가을①
가을②
가을③
나무의 잠버릇

달나라에서 지구 구경
달나라에서 사과나무 가꾸기
지구 그 사람, 그걸 모르네
지구사람 웃겨, 참
우리의 반짝임
달밤
해님의 그림자놀이
구름①
구름②
꽃씨 풍선
종이꽃
귓바퀴
날개
나무를 가꾸듯이
쭉정이
눈물 연구
나무의 꿈
바위 웃기기
나무와 나
둥지를 왜 숨겨 두나
할아버지의 날개
배달 사람들
핏줄
백두산 마을, 된장국
백두산에 올라
백두산 씀바귀 꽃
마늘 먹고 참기
백두산 수풀까지
해바라기씨 까먹기
하얼빈에서
마르지 않는 샘물
우리나라 책나라
찬미하라, 구슬비 할머니

제13동시집 『고향 솔잎』(1997.12.31. 미리내)
새싹 모자
아가 옷은
웃음나라 왕
숲에서

알
물고기 세상
사슴의 뿔
얼룩무늬 수박
가을
호박도 열매다
학교 가는 바둑이
비누가 하는 일
우윳병으로 얻어맞은 공룡
메뚜기 잡다가 놓친 날의 꿈
시인의 귀
뿔 없는 기린
나의 꿈
우리 아가 배냇저고리
다리와 날개
초콜릿 너무 좋아하지 마
엄마손, 아끼는 손
할머니 어깨
새장이 있는 집
엄마가 집에 있는 날
보약은 비싼 거 아니야
비눗방울 놀이
햇빛이라는 손
햇빛은 엄마예요
운동장에 봄비
우리의 농장
가을날 전선줄
숫자와 손가락
자기가 할 일
월식날
통일이 뭘까?
우리의 달맞이
고향 솔잎
달 끌어오기
달님의 귀
내 방 안에 새집을
꼬마들 씨름판
뿌리와 바위
아빠 공부

가르침
왜 이럴까요
웃음이라는 언어
조상의 손때
두 나라를 반반씩
개천절 아침에
심심한 학교
새끼 감은 공
옛날의 가마솥
날개
책이라는 그릇
위층 집 아기
주민등록번호와 도장과
그래서 아이들이 운다
그것도 모르고
우리 집 물맛
눈물 찾는 어린이
우리 아빠 야문 땀방울
빚을 졌어
세상 만들기
뱀의 혓바닥
왜 놈
허수아비에게
백두산 가는 길
삼팔선 긋기
소의 해에 소처럼
옥중이
고구려의 아이

제14동시집 『대추나무 대추씨』(1999. 1. 20. 아동
문예)
꼬마라야 사랑 받아요
메뚜기에게 신발을
강아지나무
돌멩이에게 다리를
쇠똥구리
잠자리가 되고 싶어요
땅 속에도 땅 밖에도
엄마가 깊이 둔 것

하루치 시간 관리
새싹이라는 아이에게
헌 바지 하나로
알뜰 세상
한솥밥
엄마 손은 둘 뿐인걸
아빠의 어깨
무좀 요즘
뛰는 놈
식모 아빠
엄마의 사마귀
용기라는 알약
우리 집 대장
웃으면 힘이 나요
이름 짓기
풍선
사랑하면 따르기 마련
카네이션 한 송이
쌍둥이네 엄마
엉뚱한 짓
종이비행기
누더기 전봇대
뛰어나온 봄
식탁에서 봄 잔치
청진기로 들어 봤어요
밝히면서 자라요
해바라기 웃음
가뭄 끝에 오는 비
숲속의 기차
더운 날
고무나무
겨울 과수원
돌각담
김치, 냠냠
칠석날 밤
호미 씻는 날
할머니 하신 공부
메줏장
고향의 무게

꼬부랑길
대추나무 대추씨
뒷간 뒤에 감나무
꼬부랑길 끝에 우리 집
입자국
나는 공룡
있어야 할 동무
강과 실핏줄
나무
나무가 타일러요
눈물맛
석수장이와 시인
꽃과 사람
뿌리 깊은 나무
엄마 잃은 날
닭이 욕을 한다
우리는 똥개
어느 들꽃
통일이 되거든, 우리
위험한 장난
사꾸라족 웃기네
천지라는 찻잔
재미로 그러신다
해동방이 할아버지

제15동시집 『우리 집 강아지는 아기공룡이에요』
(1999. 10. 30. 책동네)
강아지 갖고 싶어요
강아지 고르기
강아지 이름 짓기
집안 둘러보기
강아지 밥주기
강아지 목욕
강아지와 강아지
강아지 안고 누우면
잠버릇 고치기
손등을 핥아요
강아지와 아침 체조
착한 다롱이

다롱이 안고 사탕을 빨면
다롱이의 노리개
다롱이의 낯가림
다롱이의 실수
다롱이 꼬리에
다롱아 옷 입어 봐
강아지 자랑
다롱아 손 줘 봐
어린이 시간을 좋아해요
거울 속에 다롱이
키 크는 꿈
강아지 업고
강아지 들켰어요
다롱이가 입원했어요
다롱이의 퇴원
다롱이의 공부
다롱이의 재주
강아지 집짓기
교실에서 걱정이에요
학교에서 돌아오면
강아지 없어졌어요
다롱이 찾았어요
예방 주사 맞았어요
뼈다귀도 먹어요
참새 손님
개밥에 도토리
강아지 말을 배웠어요
우리는 자라야 해
강아지 달리기
개집 곁에 감나무
눈사람, 눈강아지
강아지 생일
강아지 글공부
심부름 같이 갔죠
귀밝은 다롱이
강아지 글짓기
강아지 사진
개의 역사
오수개의 전설

눈먼이를 이끄는 개
전쟁터의 멍멍이
에스키모의 개
사람이란 건
손을 돕는 연모
놀라운 햇빛
이름이 많은 다롱이
다롱이와 헤어지면
다롱이에 목사리
다롱이는 아기 공룡
도둑 잡은 다롱이
다롱이 동무 치와와
다롱이 동무 삽살이
호랑이는 없어 못 잡지
공룡의 별을 찾았어요
달을 먹는 개
별자리 공부
다롱이의 컴퓨터 공부
다롱이의 우주선
우주로 떠난 다롱이

제16동시집 『내 별 찾기』(2000. 8. 25. 미리내)
꼬마와 할머니
엄마의 세월
고마움이란
감자 먹고 껍질은
찌꺼기는 돼지를
내 것에는 내 이름을
엄마의 부업
아빠의 맨주먹
아빠와 아가
빠른 것과 더딘 것
좋은 햇살
금요일은 맑아줘
내 뱃속에
골목 축구 하다가
일기 쓰기
일이 착착 되는 날
선생님이 좋아요

선물 싸기
라면 먹기
낡은 가방, 낡은 필통
3월에서 5월
일기예보
우표 붙은 날개
시인의 손에 놓이면
시인이 모처럼 시를 쓴다
박쥐한테서 배운 것
된장찌개 우리 맛
감기, 콜록
내 버릇은 어디서 왔나
2월에도 30일을
새의 부리는요
화내는 놈은
벽시계
이것이 겁난다
그 말에 속상해
물
어느 감나무
미운 사람
까치네 아파트
사막에서 아리랑을
벌레의 재주
이파리와 열매
계절의 계획표
아빠보다 큰 아기
구름과 산
발끝에서 허리로
고마운 연탄
단풍
열매 키우기
첫눈
꽃샘추위
맛이 틀리지
피난길에 소 몰로
도토리묵
우리 식구, 우리 소
우리들 사촌은

콩쥐네 시대
안부전화 했더니
양말에 새앙쥐구멍
아빠들 세상, 참 웃겨
할머니의 텃밭
주머니에서 팽이가
아이스크림 핥아먹어요
마음 속 요놈을
내 소원
가는 시간에
나는 책상이다
눈에 맞춘 달
내 별 찾기
새 천년 아침에
내가 갖고 남이 가진 것
뼈는 야물다
국경선은 없다
안중근의 손도장

제17동시집 『자장면 대통령』(2003. 12. 1. 아동문예)

손가락이 닳아요
우리 아기 납작코
손바닥에 적는다
아가 하나 있으면
원숭이 아가 사랑
무궁화
백 점 맞은 날
밤 숲에서
신문지 한 장 깔면
나도 그랬었나요
꼬투리
귓바퀴에
자랑하고 싶은 건
팔씨름 챔피언
숨을 곳이 많은 골목
튀밥 먹곤 배부르지 않아
천 원짜리
벼포기 일으키기

수다쟁이 제비
등물
손잡는 물
쓰레기장에
지렁이에게 주는 상장
집 지을 데 없네
땅두더지 지하철
젖소가 말하네
자동차가 더 빨라
저 때문이죠
차례
할머니를 반반씩
할머니의 주름살
할머니 어깨
할아버지의 버릇
할아버지 동창회
안경 너머로
아가 삼촌
형제는
곶감보다 무서운 건
오빠의 응석
우리 아빠 말려 줘요
좋은 아빠
가을 열매
그림에서 바람이
여름 나무
벼논의 암체
할아버지 나무
겨울바람
커다란 수박
바퀴벌레
더위 쫓기
우리 집 벽화
합격 엿
그릇과 그릇
핀셋이 하는 말
충치 작전
씨앗이라는 것
가난 훈련

날아다니는 집
달나라에서 온 편지
하늘 채우기
끔찍한 침략
이러면 안 되죠
여기서 저긴데
휴전선에 눈이 왔다
높아야 나부끼는 깃발
틀림없는 바보 후손
공룡과 도마뱀
자장면 대통령
이천삼년의 나뭇잎
소파 찾기

제18동시집 『빈대떡과 피자는 어디가 다른가』
(2005. 1. 31. 청개구리)
아가 배꼽
할머니 건 꼬깃꼬깃
선생님 될 거예요
앞니 빠진 일학년
손 조심
사탕 넣은 볼
강아지 장난감
등긁개
게
외갓집 가는 길
잇자국
동생 두 개 나 하나
풀밭
파리채가
태극기 예뻐요
키 크는 약
집배원 집에 오는 편지
지구촌 표준말
잘 크는 아이
머리띠
월급 쪼개기
우리 마당 주말 농장
옷 자랑

영월에서
여름 것은 가벼워
엎드리면 편해
엄마보다 큰 오빠
약수
알약은 왜 예쁜가?
아빠 잘해
씨앗이라는 것
쌓여야 보이는 것
손가락은 우리 식구
선생님 생각
빈대떡과 피자는 어디가 다른가
기념사진
새둥지
로봇 가르치기
떨어진 단추
땅 끝 마을에서
도깨비 배고파요
다보탑 꼭대기에 달이 머문다
내 별명
내 목숨 얼마쯤이
나무도 주사를 맞는다
꼭지는 손잡이 아니야
깨진 그릇에
귀여운 재주꾼
계단 오르기
강원도 찰강냉이
감기약 따로 없네
빨래가 잘 마르는 날
가마 속 장작이
토종
파도
화살표
신문지 한 장 깔면
외삼촌 들통 났어
엄마는 옷이 두 가지
수박 한 덩이가 지하철을 탔어요
부침개 부치는 날
별나라에 꽃씨 심기

떠다니는 섬
태극기 볼에 붙이고
돌아오는 물
다리 다친 비둘기
매니큐어 바른 손톱
있어야 할 골목대장
제비가 하는 말
엄마 아빠 사이에 꼬마가

제19동시집 『살구씨 몇 만년』(2005. 11. 15. 문원)
싹트는 꽃밭
봄바람이
단비
살구 씨, 몇만 년
뿌리가 있어야 잎이 산다
물방울의 날개
엄마의 마음
내 여름 방학
창 밖에 박덩굴
이불에서 거름으로
마지막 한 송이
닭과 벌레
씨 뿌린 손
나무의 옷
겨울옷이 쿠울 쿨
봄 방학
우리 집 난쟁이늘
손님 오시는 날
버리기는 아깝고
공기놀이
별나라의 땅값
아가는 강아지띠
도깨비 아닌 희께비
장승
돌멩이
아빠 엄마가 무서워 보일 때
대문 빗장
담을 헐면
주워 온 돌멩이

세계의 김치
제비집
배추 가꿔, 등록금
가마 속 장작이
열매 가꾸기
추석 전날
한가위에 맞추어
조물락 송편
조상님 입맛
깻잎 김치
가을볕
방 안에서 잃은 것
십 원에서 천 원으로
우리 아가 우리 임금
작은 섬, 우리 섬
청개구리
매미야, 미안해
집값 따라잡기
우리 시계 병났어요
엄마의 한아름
손끝으로 쬐금
손가락 끝에 눈이 있다면
고추의 역사
부처님 손바닥
별이 되고 싶은 바위
버려진 학교
우리 아빠 이웃 사랑
우리들의 모금함
가죽옷
원두막 있던 자리
돗자리를 타고

제20동시집 『기관사 아저씨 딸기 드세요』(2007. 1. 7. 청개구리)

공룡 목장
달밤에 노래잔치
공책은 무엇인가?
책상이 아프대요
한 색깔만 없어도

개구멍
고친 우산
포클레인 커다란 손
가지 많은 옷걸이
길가 쪽으로 문을 연다
붕어빵 아저씨
씽씽이 운전기사
모자 씌워 드릴까요
엄마는 아가만
슬리퍼
후루룩 아침 먹기
와는 대학 졸업반
반반씩 닮기
가발 쓴 아빠
할아버지 수염
엄마 것, 아빠 것
칭찬
바나나와 야구장갑
낮은 가지
차창 밖 들판
옥수수알 형제
시골 왔다
할아버지 시골
감자 캐는 날
몽둥이 연필
만세 부르는 호박
배 열매 옷 입히기
곶감 마을
곶감 깎는 날
만국기와 단풍잎
창밖에 눈사람
나는 더 달지
그냥 두는 게 사랑
여름철 말썽꾸러기
숲 그늘
숲에는 민주주의
꺾지 말 걸
새들의 생활 규칙
구름은 바쁘다

일천 살 나무의 왕
뚜껑
머리 없는 마네킹
보석이란 돌멩이
손과 어깨
물방울이 한강 되는 법
시간이라는 것
아버지 주신 것
배움과 가르침
엄마 맘은 내 곁에
수수 빗자루
초가집 추녀
제주도에서
생각나는 사람들
사람의 숲
태극기 붙인 것과 아닌 것
지구의를 돌리며
기관사 아저씨 딸기 드세요

제21동시집 『공룡을 타고 지구 한 바퀴』(2008. 8. 29. 섬아이)
동쪽의 시작 독도
달이 정말 풍선이 됐지 뭐야
홍길동이 나타났다
잠이 깬 공룡
공룡을 타고 지구 한 바퀴
소리치는 고구려
공룡 알
구천만이 한 가족
서해 바다 뭉게구름
지구는 둥그니까
개학날에
콩 지우개
상품 꼬리표
한 우산을 두 사람이
노래에 맞추어
작아서 더 바빠
떠나는 제비
함부로 버렸다간

조개는
문어
해바라기는 뭘 먹나
꼬마와 해바라기
폭포
수박의 기억장치
단비 쓴 비
나뭇잎은 왜?
나뭇잎 초록 핏줄
산에는 이름이 많다
가을 숲
벌레는 악기다
동생이 가진 것
뜨거워서 특별한 날
급할 때 누구를 찾나
뒷동산 가족 캠프
일기는 미리 쓰는 게 아냐
자전거로 북극 얼리기
쬐그만 종지와 널따란 대접과
아가 키에 엄마 키를
집수리
발톱을 깎으며
눈짐작 손짐작

제22동시집 『작아야 클 수 있다』(2008. 10. 30. 아동문학세상)
시가 되는 모든 것
강아지 차지
모래 위에 쓴 시
산새 소리 물 소리
비행기에서
우리 곁에 태극기
달을 생각하다가
열쇠 꾸러미
인사란
발 노릇 잘 할게요
돈으로 사는 거지만
비빔밥은 왜 4천원인가
우리 집 장독간

일요일은 쉬는 날
제 입맛에 맞으면
요술박은 안 심을래
봄이 빠른 남쪽
꽃 피는 내 생일
해님이 가꾸는 것
깜둥개미 군사
나무가 키우는 것
쓰운 뿌리 씀바귀
어디서나 새소리
예술가 곤충
단비
아침마다 새 꽃
초가을
운동화 말리는 날
겨울의 차례
겨울 동안 잠자 두기
장화 신고 초록나라 걷기
개미가 타면
옥수수알 형제
할머니의 여름 나기
못난이 된장뚝배기
내가 가꾼 것
허수아비는 눈이 커야
잘못된 흉내
제주도는 감귤섬
돈 벌러 간 아빠
대추가 앞자리
산바람과 물고기
초점에 모으면
사람의 숲
씨앗은
아빠의 발등
작아야 클 수 있다
천재가 되고 싶은 아기 새
언니의 예언
엄마 아빠 따라 배우기

제23동시집 『몽당연필도 주소가 있다』(2010. 12.
1. 문학동네)
주머니에 넣고 다녀야 할 말
작은 고추 덕수
점 속에 내가 있다
동갑내기
약도 그리기
우리 집 골목길은
이름이란 그런 것
뜨개질 할머니
이발소 거울
몽당연필도 주소가 있다
문패를 단다
작아질 수 있는 내 자유
클 수 있는 것도 내 자유
시간 알맹이
세상 온갖 말
우리 아빠 깜둥 사마귀
도깨비 배꼽 간질이기
팔고 사는 값
아직도 강아지
할머니 돋보기
개나리초등학교
기운 옷
골목 도부차
추운 날 고드름 달기
신라 왕릉 풀 깎기
프라이팬
열쇠
동그라미표 쌓기
비눗방울 타고 태평양 건너기
빨래 잘 마르는 날
양떼와 양떼구름
홑이불 날개
여름에는 퍼부어
한국 원산 별난 나무
달을 먹는 개
오리 가족
종아리로 듣는다

자갈돌
새싹 간질이기
제비가 물고 오는 것
계절의 시간표
꽃 소식
꽃을 드는 봄
해님은 손으로 장맛을 들여요
칠월의 비

제24동시집 『칠백년만에 핀꽃(동시조집)』(2010. 12. 30. 대양미디어)
아가의 숨바꼭질
우리 집 대장
내 자전거 뒷자리
꼬마의 키
코올코올 잠자네
자가용 씽씽이
책 읽는 아기
배내옷 지어 놓고
아빠도 아기였어
엄마는 바빠
우리 유진이
아가 것은 무엇이나
작은 웅덩이
모기장
달맞이꽃
장마철엔 우산을
흔들려야 잘 큰다
씀바귀 고집
차례대로 먹어요
여름 숲
캥거루 엄마, 배주머니
끼리끼리 모여 살게
여름에는 얼음이
줄 맞추기, 키 맞추기
첫 열매
여름 속에 가을이
밤송이
오도독, 잘 익었네

가을 숲
도토리 풍년
씨앗 고르기
참새 끼리 모이면
흙을 덮고 잠잔다
첫눈은 서너 송이
눈 이불
사진 찰칵
선수 흉내
일요일
이웃 동무
칫솔 한 가족
부침개
덧버선
드린 거소가 받은 것
온 세상이 내 밥상에
짝
잃어버린 필통
자랑은 조금씩
뜨거운 고구마
고마운 사람
형 노릇
우린 서로 붕어빵
돌멩이와 바위
주고받는 시골
배울 것은 여기저기
늙어 뵈는 엄마
엄마보다 내가 크면
어머니 업히세요
두 장이면 넉넉한데
아빠의 학교길
사랑은 약이거든
하모니가 생긴 날
새 운동화
새로 짓는 교실
바꾸어 쓰기

제25동시집 『내가 누구~게』(2011. 6. 30. 사계절)
숨 쉬는 꼬마 비행기

나비의 왕 납신다!
그물을 발로 엮는 어부
집을 지고 다니지
내 꼬리 어디 갔지?
이놈은 작은 공룡
옆으로만 걷는 버릇
끌어라 영~차
야문 부리 딱딱딱
세상을 깨우는 목소리
악어네 치과 의사
밤소잉 아니야!
좀 느리면 어때?
얼룩무늬 키다리
사막에서 오래 참기
물고기 같다고?
애국가에 대 이름이
나무 가슴에 동그란 테
아기 안고 춤추는 엄마
떠돌이 나그네
날아다니는 물방울
일곱 빛깔 고운 다리
목소리 흉내쟁이
불에 타는 돌멩이
하늘에서 파도타기
발끝으로 글씨 쓰기
연필만 따라다녀
꼭꼭 잡아라, 춤추는 빨래
옷섶을 여며 주는
야문 머리 탕탕탕
콩닥콩닥 작은 방아
돈을 먹는 꿀꿀이
제주섬 거인 할머니
심술쟁이 버릇 고치기
저건 내 비단신이야!
다시 예뻐진 내 코
하나는 알고 하나는 몰라

제26동시집 『화성에 배추 심으러 간다』(2011. 7.
18. 아동문예)
새해 첫 아기
한입 먹고 한입 주고
잠자리가 말했지
맏형 것
있던 자리에 있거라
대위 아빠
공부 시간에 막 졸려
꼬맹이 공룡
들고 다니는 교실
내 키 10센티
소나무의 팔
집짓고 애기 두고
새는 부리로
끼리끼리 모여 산다
바람은 이것저것
아는 게 많은 바람
꿀벌은 건축가
꽃담장
아기 나무가
소리 내는 물
초롯빛 옷에서 소리가 난다
화분 안에 꽃이
숲 속 우리 집
바보는 천재
사과나무 선생님
나무조각이 우주선을 탔다
화성에 배추 심으러 간다
움직이는 팔
사냥꾼 파리지옥
나무도 배불러야
제일 갖고 싶은 것
벼포기가 하는 얘길 들어 봐
꽃물들인 손톱
뱃속엔 눈금이 있지
작고 크긴 하지만
들 가운데 키다리가
엄마 한 숟갈만

아름다운 욕심
물음표 풀기
도화지에 담는 것
오이 넝쿨
웃음 나라 웃음 꽃밭
산골 아이들
똑똑한 시계
황인종 노랑둥이
자전거방 아저씨
태극기 꽂히면
그땐 어쩌지?
지구촌 너무 좁아
1천살 나이, 강감찬
기저귀 다 말랐다
나무의 아빠 엄마
괴물이란?
허풍선이 호랑이 잡기
특별한 맞춤집
내가 그때 있었다면
고춧가루 할머니
사임당 찍힌 돈은
비 오는 밤 고목나무가
휴전선이 졸업해야

제27동시집 『째깍째깍 너는 내 친구』(2012. 3. 8.
대양미디어, 삽화 : 경순이)
아기는 작아서
봄은 세 번씩
아빠에겐 너무 작아
바꿀 수 없지
꽃잎이
노래 듣고 잘 크지
쉴 때는 쉰다
큰 참외, 작은 수박
생각을 잘 하면
버릴 때는 생각을
누구 손해지?
뿔이 있다면
병사와 산토끼

숲이 가진 것
온실 안에 잡초가
민들레 불러보면
털보 아빠
인사하고 싶은 사람
씨야 감씨야
바다는 크다
파도에 목소리를
담배꽁초 새둥지
은혜 갚는 나무
그릇은
엎드려 쉬는 그릇
강아지 밥그릇 값
줍는 손
좋은 버릇 가꾸기
걔들에겐 좋은 버릇
엄마는 손이 부족해
어른 돼도 크고 싶나 봐
날아가는 자전거
임금님만 가는 국수집
추운 날은 눈만 빠꼼
땅속에도 왕국이
아빠 때의 학교길
현대의 도깨비
기쁨 쌓기
불을 일으키는 물
새나 나무는 그러지 않아
어떻게 올라갔지
외딴 섬에 어떻게
계절과 음식
석굴암 부처님께
이 세상 전에 나는
옛날 얘기에 속는 새미
큰 키와 작은 키
슬기 임금 사랑의 말씀
오뚜기 민족
어떤 때에 꿀꿀일 터나?
지구 엄마 힘들어
불을 켜는 지구별

토요일에 맞춘 월식
우주의 동무
째깍째깍, 너는 내 친구

제28동시집 『세종대왕 세수하세요』(2013. 12월, 푸른사상)

방울토마토
절구방아, 콩다콩
병아리도 공부한다
열매는 형제
들판 가득, 아이스크림
경운기는 큰 일꾼
엄마 아빠 동창회
시작은 한 삽
몸을 바꾼 나무
마음의 크기
내 몸은 자
좋은 생각 손잡기
그것도 역사
서로 고맙지
자연 사랑 쉽네
내 생일이 장갑 생일
짝 잃은 장갑
추울 때는 추워야 해
바퀴 달린 가게
실끝만 잡으면
묻어온 과자
나는 엄마 딸
내 흉을 봐야겠어
허리띠 졸라매고
삼촌의 효도
김치의 나라
모두 누구네 아빠
까만 띠 메고도
꼬챙이 음식
옷 갈아입기
이런 말 해줬음
내 마음 내가 달래기
세대차

우리 반 자랑나무
유월의 그림
씨앗은
가족 동창회
나를 타이른다
꿈은 정반대
어떤 아저씨
아빠의 설거지날
발끝이 시릴 텐데
오빠 공부는 디딤돌 놓기
세종대왕 세수하세요

제29동시집 『분홍 눈 오는 나라』(2014. 8. 5. 아동문예)

나는 책가방
석 달 자고 잠 깼다
참게 군사
땅이 녹았으니
어제의 나와 만났지
살구와 개살구
사람들 너무 약다
깜둥개미의 대답
지하빌딩 개미집
키 작은 임금님
착한 눈물
족집게
몹시도 심심한 날
거꾸로 세상
쥐도 사랑 받을 수 있다
저금통은 저금통이 주인
나는 불발탄
복조리 사다 거세요
뒷동산 높이 에베레스트
도와주는 비닐끈
모기가 꿀을 빤다
쏘지 않는 꿀벌
덩굴식물 우리는
노래를 바꾸었지
길아 지나가거라

나무도 사람처럼
과자로 된 별나라
나무 아버지
가르치는 연필
우리는 민주주의
꽃담장
웃지 않는 건 없지
개구멍이 해야 할 일
그림 속의 자유
이어가는 수수께끼
화성의 모래밭
돌멩이 열매
세종 대왕의 그 날
살아난 가야아가씨
뚜껑
모두 약초
깨가 열린 잡초
강아지도 투표권을
다시 찾은 구슬
지구 어머니
지구의 체온
예쁘면 그만
노래하는 꽃
별난 선생님
괴딴 세 놈
두 마네킹
엉뚱한 토마토 나무
패션모델 무당벌레
텃밭에 비타민
밥상에는 모두 콩
새가 되니 이렇게도 좋은 걸
바퀴 달린 끌가방
눈 밝은 인공위성
분홍 눈 오는 나라
소파 선생, 사랑의 덩굴

제1동요집 『아가 것은 예뻐요』(1998, 윤진문화사)
바람
바람

종달새
개나리
옹달샘
봄나무
봄을 맞는 나무
봄 나루터
나뭇가질 흔드는 건
골짝물
잔디밭
구름 봉우리
연못
소나기
산의 합창
나무는 나무끼리
산은 산끼리
해님의 말, 나무의 말
햇빛은 고루고루
까치 밥
빨간 가을
가을 기찻길
꽃길
가을 산길
가을 음악대
가을의 빛깔
들의 그리자
가을 들길
가을 산
발자국
눈오는날
냇물아 얼어라
눈길
겨울 어린이
눈
추운 날은
강너머 마을
피리를 불면
제비집, 끼치집
달이 떴다
산마루에서

산 위에서
어제보다 오늘이
돌다리
농악
이웃
기차를 타고
아파아트 마을
고향 마을
고향 집, 고향 마을
복조리를 사셔요
뺑틀을 차린 골목
줄을 서서 차례로
아가 앞치마
아가 것은 예뻐요
아가 베개
아가 것은
그네
춥지 않겠다
아기 웃음
달팽이
우리가 모이면
나비처럼, 토끼처럼
소꿉놀이
바람개비
전화
무엇을 도와 드릴까요
조금씩 조금씩
숲속마을
같이 난 동무
설날
설날
새 해다
자장가
자장가
짝자꿍
둥개둥이
해
대추 주께 볕 나라
거북이 노래

손뼉 소리 울린다
구름을 타고
편지
둑길을 뛰자
하나의 나라

제2동요집 『아가 손에 아가 발에』
학교 길
숨바꼭질
봄 도랑
포도
호박꽃, 박꽃
대추나무
연
도토리
해가 뜬다
가을 산
아가 손에, 아가 발에
아가 손
엄마 손
줄넘기 노래
꽃나무 가지
어깨동무
참새네, 까치네
아기가 자는 동안에도
논둑길
외가집
소풍길
소풍날
냇물
산길
정자나무
쪽박샘
여름냇가
들국화
돌각담 안집
새싹
봄 언덕
버드나무

봄산
무어라 하나?
비탈 밭
저녁의 언덕
나무
박꽃 피는 시간에
덧밭
별 세기
두멧 집
우리가 큰다는 건
메아리
목화밭
이슬비
세계 어린이 해외 노래

4. 신현득 연구목록

1. 학위논문

전유경, 「신현득 동시 연구」, 성신여대 대학원 석사학위 논문, 1997.

이성자, 「신현득·전원범 동시의 은유형태 연구」, 광주대 대학원 석사학위 논문, 2000.

노여심, 「한국 동시문학의 창작방법 연구」, 단국대 대학원 박사학위 논문, 2009.

김진희, 「신현득 동시의 생태학적 상상력 연구」, 단국대 대학원 석사학위 논문, 2013.

신정아, 「신현득 동시 연구」, 단국대 대학원 박사학위 논문, 2014

2. 논문 및 평론

김성도, 「농군풍의순박인」, 《영남일보》, 1962.9.22.

이재철, 「아동세계를이해한본격동시」, 《매일신문》, 1968.12.15.

이재철, 「신현득님의인간과문학」, 『옥중이』, 세종문화사, 1975.

이오덕, 「부정의동시」, 『시정신과유희정신』, 창작과 비평사, 1977.

이재철, 「시적상상과단순·간결의묘미」, 『문예진흥』, 1979.8.

김용희, 「서민의지와전통의식:신현득론」, 『아동문학평론』, 1982.3.

김용희, 「나날이새로운삶의모색:신현득론」, 『아동문학평론』, 1989.3.

오순택, 「고여있는 시와 움직이는 시」, 『아동문학평론』, 1989.

김용희, 「신현득의 시세계」, 『한국아동문학연구』, 1990.

편집부, 「시인 신현득의 연보, 옥중이의 인생 한 짐」, 『아동문학평론』, 1991.

최지훈, 「옥중이의겨레인식」, 『아동문학평론』, 1991.3.

최지훈, 「동요시의즐거움」, 『동시란무엇인가』, 민음사, 1992.

최종고, 「신현득 선생님,잊을 수 없는 스승」, 『나눔터』, 1992.1.

정은진, 「스페셜 인터뷰:신현득」, 『아동문학평론』, 1994.8.

김진광, 「아동문학의기능회복」, 『아동문학평론』, 1995.

이재철, 「생태학적상상력과동시」, 『아동문학평론』, 1995.

전병호, 「상상적현실과사물의인격화—신현득제11동시집몽당연필로시쓰기」, 『아동문학평론』, 1995.

정운모, 「우리의 삶, 우리의 얼을 담은 큰 그릇, 신현득 제10동시집 독도에 나무 심기」, 『아동문학평론』, 1995.

최지훈, 「요즈음 '아가'는」, 『아동문학평론』, 1995.

김용희, 「동화적 상상력을 접목한 이야기동시」, 『아침햇살』, 1995.3.

조두섭, 「다원적 상상력의 높이와 깊이―신현득 제12동시집 달나라에서 지구 구경」, 『아동문학평론』, 1996.

진 용, 「사물과의식의일원화」, 『아동문학평론』, 1996.

최명표, 「아비 없는시대의 아비 찾기:신현득의 동시론」, 『한국아동문학』, 1996.

최지훈, 「손꼽히는 아동문학가는 누구인가」, 『아동문학평론』, 1996.

최명표, 「부성적 상상력의 시적 표정:신현득론」, 이재철 편, 『한국현대아동문학작가작품론』, 집문당, 1997.

선안나, 「어느 대책 없는 시인에 관한 보고서」, 『아동문학평론』, 1997.9.

윤삼현, 「자아의 움직임과 언어의 결」, 『아동문예』, 1999.3.

손광세, 「메마른 들판을 적시는 물줄기」, 『아동문학평론』, 1999.

손영일, 「다채로운동심의꽃송이들」, 『아동문학평론』, 2000.

최지훈, 「계속 크는 큰 시인, 신현득의 동시세계」, 『아동문학평론』, 2000.

조유로, 「동시의 발상과 인식의 전환」, 『아동문학평론』, 2003.

한상수, 「어린이가 정말 알아야 할 우리 전래동요―신현득이 다듬은 우리 전래동요」, 『아동문학평론』, 2007.

편집부, 「아동문학의 오래된 샘―신현득 선생님을 찾아서」, 『열린아동문학』, 2010.9.

김옥성·김진희, 「신현득 동시의 생태학적 상상력과 그 교육적 함의」, 『문학과 환경』, 2011.

오순택, 「우리말의 아름다움을 담아놓은 그릇」, 『아동문학평론』, 2011.

이준섭, 「에베레스트 산봉우리보다 높은」, 『아동문학평론』, 2014.

5. 신문자료

□ 2014. 7. 15.《단국대학신문》

역사를 깨우다, 우주를 깨우다, 어린이를 깨우다
―아동문학가 신현득

1. 역사참여 반세기 "아픈 것은 아프다 해야"

신현득은 아홉 살 때까지 옥중이라는 이름으로 불렸다. 형제가 태어난 지 얼마 되지 않아 생을 달리한 탓에, 옥같이 중하다는 뜻으로 붙여진 이름이다. 시인의 어린 시절은 일제의 수탈로 생계를 잇기 어려운 상황이 계속되던 때다. 또 연이은 불행으로 1945년 2월, 그의 나이 13살에 어머니가 세상을 떠난다. 감당하기 힘든 시기임에도 신현득은 야무진 꿈을 키워나가는데, 이것은 그의 작품 「옥중이」에 잘 드러나 있다.

옥중아 옥중아
너는 커서 뭐 할래?

보리밥 수북이 먹고
고추장 수북이 먹고
나무 한 짐
'쾅당' 해 오지.

―「옥중이」 전문

옥중이는 "커서 뭐 할래?"라는 질문에 "나무 한 짐 쾅당" 해오겠다는 힘찬 대답을 한다. 궁핍한 시대에 낙천적이면서도 힘찬 옥중이의 대답은 곧 생명성과 풍요로운 미래를 보여준다. 자신을 둘러싼 세계를 겁내지 않는, 소박하지만 강한 꿈이 들어있는 것이다. 작품에 표출된 굳은 의지는 시인이 반세기가 넘도록 시를 놓지 않은 원동력이 되기도 한다. 특히 한국의 어린이들이 옥중이처럼 희망찬 내일을 꿈꾸길 바라고 또 바라면서, 신현득은 오늘에 이르기까지 꾸준한 시 농사를 지어왔다.

그의 등단 초기 우리나라는 일제에서 해방은 되었지만, 뒤이은 6·25 전쟁으로 인해 육체적으로는 물론 정신적으로 피폐된 어린이들이 많았다. 무엇보다 시인의 가슴을 아프게 한 것은 어린이들의 마음속에 잠재되어 있는 열등감이었다. 당시 초등학교 교사였던 그는 머리카락이 노란 아이에게 "서양아이 같구나" 했더니, "서양아이라면 얼마나 좋게요"라는 답변을 듣고 며칠 동안 잠을 못 이뤘음을 고백한다. 그가 줄곧, 자라나는 어린이들에게 자긍심을 심어주는 시 창작에 골몰한 것도 바로 이 때문이다.

한편 「옥중이」가 발표된 『아기 눈』(1961) 이후, 제2동시집 『고구려의 아이』(1964)는 '어린이에게 역사를 바로 가르쳐 자긍심을 되찾아야 한다'는 시인의 주장을 내세운 개성 있는 작품집이다. 표제가 된 「고구려의 아이」는 고구려의 한 아이가, 요동성을 지키다가 전사한 아버지를 뒤이어 요동성을 지키러 떠나기까지의 스토리를 내용으로 한 서사시다. 이 시는 주제가 강해서 오늘의 동북공정을 50년 전에 대응한 예언의 작품이 되었다. 같은 시집에서 단군의 개천을 소재로 한 「우리나라 첫날」, 고주몽 탄생 설화를 내용으로 한 「알 속의 임금」, 첨성대의 역사를 살펴본 「첨성대」 등은 신현득 역사참여시의 첫 시도였음을 보여준다.

이후 그는 '옥중이', '고구려의 아이'를 필명으로 하면서, 신현득 문학의 개성으로 '고구려 정신'을 내세운다. 고구려 정신은 민족을 생각하는 용기이며, 이 정신이 우리의 올바른 사유와 행위에 적용되어야 한다는 것이, 일관된 그의 주장이다. 역사를 소재로 한 다수의 작품 중 유관순 열사의 죽음 순간을 테마로 한 「아무도 말려주는 이가 없었다」, 안중근 앞에서 뉘우치는 「안중근 손도장」, 삼국분열을 통탄한 「내가 그때 있었다면」 등도 같은 맥락에서 살펴볼 수 있다.

시인의 역사참여의식은 통일노래로 이어지는데, 안타깝게도 분단의 상황은 좀처럼 진전의 기미를 보이지 않아, 현재에 이르기까지 통일염원의 노래가 계속되고 있다. 남북 어린이들이 아침 여덟 시 반, 같은 시간에 교문을 들어서고 있다는 사실을 시로 빚은 「여덟시 반」을 시작으로 「휴전선에 선 감나무」(3집), 「통일이 되는 날의 교실」(6집), 「삼팔선 긋기」(13집), 「기관차 아저씨 딸기 드세요」 등에서 그는 분노를 터뜨린다.

특히 「삼팔선 긋기」에서 조국분단은 강대국이 범한 '20세기의 죄악'임을 주장하기에 이르는데, 무참히 짓밟힌 역사적 진실을 폭발적인 감정으로 드러낸다. 이것은 다른 시인들과 차별화된 그만의 특성이기도 하다. 국민시집이라 이름 지은 『우리를 하나의 나라로 하라』(2012)는 제호부터 강한 통일염원이 담겨있다. 이어서 출간된 『동북공정 저 거짓을 쏘아라』(2013)에서는 역사를 도둑맞을 수 없다는 강한 의지가 드러난다. 아픈 것을 아프다고 소리치는 것이, 신현득 문학의 방법으로 자리 잡은 것이다.

2. 작품에 투영된 모성과 부성의 생명력

신현득은 나라 잃은 슬픔에 어린 시절을 보내고, 그 시련에서 벗어날 무렵 어머니를 여읜다. 어머니가 없었던 어려운 상황 속에서 그는 소년 가장역할을 했다. 밥을 짓기 위해 물을 길어야 했다. 동네 아낙들이 보는데서 사내아이가 물 긷는 것이 부끄러워 물은 밤에만 길었다. 밥을 하려면 방아를 찧어야 하는데, 어린 아이 체중으로는 방아가 올라오지 않아서 방아머리에 끈을 매어 잡아당기며 방아를 찧었다 한다. 잿물 받아 빨래 씻기 등 여자가 할 일이 그의 몫이 되었다. 10릿 길 초등학교에서 돌아오면 지게를 지고 산에 가서 나무를 해와야만 했다. 어머니를 일찍 여읜 신현득의 삶은 이처럼 고달프고 힘들었다. 그래서 신현득에게 어머니는 영원한 시의 대상이다. 아침을 든든히 먹여서 학교에 보내고 싶은 어머니, 날씨를 용하게 알고 우산을 챙겨주는 어머니 등 어머니를 주제로 한 연작시가 6집에 실려 있다. 이밖에도 어머니에 대한 그리움은 다수의 작품을 통해 드러난다.

엄마는
가지 많은 나무
오빠의 일선 고지서
소총의 무게 절반을 오게 하여/ 가지에 단다.
오빠 대신
무거워 주고 싶다.
시집 간 언니 집에서
물동이 무게 절반을 오게 하여
가지에 단다.

—「엄마라는 나무」 일부

'가지 많은 나무 바람 잘날 없다'는 우리 속담을 바탕으로 한 이 시편은 어머니의 희생을 노래하고 있다. 먹을 것을 주고 싶을 엄마, 넘어지면 안아주고픈 엄마의 마음은 「고아원 하늘에 피는 놀」, 「흙과 나무」 등의 작품을 통해 다양하게 제시된다.

한편 시인은, 어머니의 사랑보다 더 짙고 무거운 것이 아버지의 사랑임을 말하며, 가족 전체를 안고 있는 아버지를 형상화한다. 특히「아버지 젖꼭지」에서 "아버지 가슴에 까만 젖꼭지/엄마가 될 수 있는 흔적"임에도, 더 많은 식구를 먹여 살리기 위해 한 아이에게 젖 주지 않음을 노래한다. 엄마의 젖꼭지는 한 아이가 물지만, 아버지의 온 몸에서 나오는 젖은 가족 모두를 먹인다는 뜻으로 해석할 수 있다. 이때의 젖은 아버지가 일터에서 흘린 땀이다.

또한 그는 같은 시집에서「들을 가득 채우는 아버지의 손」,「땔나무를 대어주는 아버지의 손」,「그물을 당기는 아버지의 손」등 '아버지의 손' 연작시를 발표한다. 시인은 어른이 되어 한 가정의 가장으로 아버지라는 이름으로 불리면서, 가족을 위한 노동은 물론 국가의 힘겨운 상황을 헤쳐 나갈 수 있는 돌파구로서 아버지의 삶을 제시한다. 이로써 자라나는 어린이들이, 국가에 이바지하는 아버지 또는 어머니가 되길 바라는 작가의식이 시의 바탕에 내재되어 있음을 알 수 있다.

3. 동심, '문구멍'을 통해 눈뜨다

신현득은 초등학교 교사로 근무하면서 어린이 글짓기 지도에 힘쓴 것은 물론, 동시 창작에도 심혈을 기울인다. 교단에 선 지 몇 해 되지 않은 1959년에는 조선일보 신춘문예에 응모한 시「문구멍」이 당선작 없는 가작으로 뽑힌다. 그는 시상식장에서 하늘로만 여기던 심사위원 윤석중을 만난다. 이것이 신현득을 동시문학으로 발돋움하게 한 본격적 계기가 된다. 시인의 등단작「문구멍」은 아기가 어린이로 어린이가 어른으로 점차 성장하고 커가는 존재임을 문구멍이 높아가는 이미지를 통해 표출한다.

빠꼼 빠꼼

문구멍이 높아간다.

아가 키가

큰다.

—「문구멍」 전문

시인은 "문구멍의 높이와 아이의 키와의 관계를 생각하면서 상당히 긴 시를 썼다"고 집필 상황을 회고한다. 그것을 줄이고 줄인 끝에 2연 4행의 시구, 열여덟 개의 글자만 남았다는 것이다. 아기의 키가 크면서 문구멍의 높이가 점차 높아지고, 호기심 많은 아기의 눈에 더 넓은 세상이 들어온다는 착안에서 비롯된 시다. 단시지만 다양한 함축적 의미를 내포하고 있다. 아기는 작은 문구멍으로 세계를 접하면서 꿈을 키워나간다.

이 작품이 실린 그의 첫 동시집 『아기 눈』은 1961년에 출간된다. 전재산 1만원을 들여서 시집을 내었다. 시인의 첫 작품집은 표제에서부터 신현득 시세계의 방향을 짐작케 한다. 어린이는 자라나는 존재이며 꿈이 있는 존재라는 것, 그리고 나아가 국가에 이바지할 미래라는 진실을 바탕에 둔다. 이후에도 시인은 줄곧 작은 것에 가치를 부여하며 어린이를 위한 작품을 생산하는데 여념이 없었다. 어린이는 작지만 우리나라의 미래이자 희망인 것만은 분명하기 때문이다.

그는 어린이를 갖가지 그릇에 비유하여 '그릇'을 소재로 한 연작시를 발표하기도 한다. 특히 「사람이라는 그릇」에서 시인에게 어린이는 세계를 담아도 넘치지 않은 그릇, 우주를 담을 수도 있는 그릇으로 표현된다.

4. 초월적 상상력, 과거와 미래를 넘나들다

1950년대까지도 아동문학인은 40명 정도였으며, 실제 활동하는 작가가 20명에 불과했다. 이 시기 아동문학인은 어린이의 생활이나 자연소재를 주로 다루었다. 이외의 소재는 아동문학이 되지 않는다는 생각이 강했다. 1960년대에 와서야 소재의 변화가 나타나기 시작하는데, 신현득이 역사소재와 통일소재 외에 우주를 소재로 한 창작을 시도하면서부터다. 평론가들은 이를 두고 '역사참여', '통일참여', '우주참여'라고 이름 짓기도 한다. 상상의 스케일을 크게 하고, 근원을 노래에 담는 것이 신현득 작품의 특성이라 할 수 있을 것이다.

이것은 1집에 실린 「별나라 동무들에게」와 「월식」을 시작으로, 12집 『달나라에서 지구 구경』(1996), 16집 『내 별 찾기』(2000), 26집 『화성에 배추 심으러 간다』(2011) 등 꾸준히 출간되는 시집들에서 찾아볼 수 있다. 특히 달나라에서 과일을 가꾸는 상상의 시 「달나라에서 사과나무 가꾸기」, 일식과 월식을 동화적으로 형상화한 「해님의 그림자놀이」 외에 「달 끌어오기」(13집) 등은 성공작으로 평가받는다.

> 달을 끌어오는 거다.
> 든든한 밧줄을 걸고.
> 우리 지구마을 모두가 힘을 모아서
> "여엉차!" 한 마디에
> 슬몃슬몃 끌리어 올걸.
>
> 지구에 끌어다 합쳐
> 하나의 대륙을 만드는 거지.
> 지구땅 좁다고 싸우지 말고

그렇게 해 보는 게 어때?

—「달 끌어오기」 일부

　어린이는 우주를 담을 수 있는 그릇이라는 판타지적 세계를 통해 어린이의 꿈을 키워준다. 그의 시세계에는 「공룡을 타고 지구 한 바퀴」, 「비눗방울 타고 태평양 건너기」 등 스케일이 큰 작품이 있다. 몸이 작아져서 개미와 대화하거나, 몸이 커져서 반시간 만에 지구 반 바퀴를 돌기도 한다. 모두 놀라운 세계를 좋아하는 어린이, 경이로운 세계를 찾는 어린이들의 심리를 만족시키기 위함이었다. 시인은, 이를 어린이들의 '경이선호성'이라 이름 붙여놓고 있다.

　이렇듯 미래와 과거를 넘나드는 그의 시세계가 어디까지일까? 가늠하기 어렵다. 쉽고 재미있는 표현과 더불어 내용의 무게까지 균형을 맞춘 시인의 작품, 올해 82세인 시인의 가슴을 동심이 꼭 잡고 놓아주지 않는가 보다.

찾아보기